형사의 약속

≪KEIJI NO YAKUSOKU≫

© Gaku YAKUMARU 2014

All rights reserved.

Original Japanese edition published by KODANSHA LTD.

Korean translation rights arranged with KODANSHA LTD.

through JM Contents Agency Co.

야쿠마루 가쿠

남소현 옮김

형사의 약속

BOOK PLAZA

목차

호적 없는 아이

1

후쿠치 히로코는 고개를 갸웃거렸다.

조금 전 안자이 계장으로부터 근처 DVD 판매점에서 강도상해사건이 발생했다는 연락을 받고 바로 현장으로 달려왔는데, 매장 앞에 보이는 것은 경찰차 한 대뿐이었기 때문이다. 출입금지 테이프가 둘러쳐져 있지도 않고, 제복을 입은 경찰도 보이지 않았다. 자동문에는 '가게 사정으로 오늘 영업은 일찍 종료합니다'라고 적힌 종이가 붙어 있었다.

감식반이 아직 안 왔나?

자동문을 손으로 열고 안을 살피며 "실례합니다." 하고 인사하자 계산대 안쪽에서 남자 직원 하나가 나왔다.

"죄송하지만 오늘 영업은 끝났는데요." 직원이 머뭇거리며 설명했다.

"히가시이케부쿠로 경찰서에서 나왔습니다."

"아, 그러시군요. 다른 분들은 안쪽 사무실에 계세요."

히로코는 매장 안으로 들어가 직원이 가리키는 문 쪽으로 향했다.

"실례합니다."

노크를 하고 문을 연 순간, 이상한 냄새가 살짝 느껴졌다. 5평 정도 되는 공간 안에서는 양복을 입은 남자 둘과 매장 앞치마를 두른 남자가 이야기를 나누고 있었다.

"히가시이케부쿠로 경찰서 청소년계에서 나온 후쿠치 히로코 형사입니다."

히로코가 인사를 하자 양복 차림의 두 남자가 이쪽을 돌아보았다. 둘 다 이름은 모르지만 강력계 형사들이었다.

"기다리고 있었습니다. 저는 센다, 이쪽은 나가토입니다." 연배가 높은 쪽이 인사를 건네왔다.

"강도상해사건이라고 들었는데 감식반은…."

"점장님, 잠깐만 나와 보시겠어요?"

밖에서 직원이 부르는 소리에 점장인 듯한 남자가 방에서 나갔다.

"그렇게 대단한 사건은 아닙니다."

문이 닫히자 센다가 손을 내저으며 쓴웃음을 지었다.

"대단한 사건이 아니라니요?"

"강도상해사건이라는 신고를 받고 출동했는데 막상 와 보니 단순 절도사건이더라고요. 직원이 절도범을 잡아서 이 방으로 데려와 구체적인 상황을 파악하려고 했는데 상대가 도무지 입을 열지 않아서 어쩔 수 없이 경찰에 신고하려고 하니 호신용 스프레이를 뿌리고 달아났답니다."

이상한 냄새의 정체는 호신용 스프레이였나 보다. 그래서인지 방에 있는 창문은 두 개 모두 활짝 열려 있었다.

"이 녀석이 절도범입니다."

센다가 선반에 놓인 기계를 조작하자 화면에 영상이 떴다.

매장 안에 설치된 CCTV 영상이었다. 모자를 쓴 소년이 할인상품 판매대에 놓인 DVD를 집어 가방에 넣는 장면이 흘러나왔다.

"초등학교 5, 6학년쯤 되겠네요. 이렇게 어린 녀석이 호신용 스프레이를 소지하고 있다니 대체 세상이 어떻게 되려는 건지. 아시다시피 지금 저희 강력계 쪽은 본부에 많은 인원을 차출당한 상태라 이런 사건까지 처리할 여력이 없어 그쪽 계장님께 연락을 드린 겁니다."

일주일 전 히가시이케부쿠로 경찰서 관내에서 살인사건이 발생했다. 패밀리 레스토랑에서 식사 중이던 회사 대표가 갑자기 나타난 괴한에게 찔려 살해당한 것이다.

백주대낮에 많은 사람들로 붐비는 매장 내에서 일어난 사건이다 보니 신문이며 TV에서 매일같이 관련 뉴스를 내보내고 있었다. 히가시이케부쿠로 경찰서에 특별수사본부를 설치해 수사를 진행하고 있지만, 목격자가 많은데도 불구하고 아직 범인은 잡히지 않은 상태였다. 형사과만으로는 사람이 부족해 다른 부서에서도 많은 인원이 본부에 지원을 나가 있었다. 히로코가 속한 청소년계에서도 다섯 명이 그 사건에 차출되었다.

"인원이 부족한 건 저희도 마찬가지예요. 게다가 말씀하신 내용으로 판단하자면 이건 단순절도가 아니라 강도상해사건이 맞는 것 같은데요. 강력계와 청소년계가 합동 수사를 하는 거라면 몰라도…."

"글쎄 우리 쪽은 어린 녀석 하나 잡겠다고 달라붙어 있을 시간 따윈 없다니까요." 센다가 짜증 섞인 말투로 내뱉었다.

듣고 있자니 슬슬 화가 나기 시작했다.

히로코의 얼굴에 불쾌한 기색이 그대로 드러났는지 센다가 더 열을 올리며 말을 이었다.

"학생이라면 학교에 있을 시간이니 근처 학교들을 조사해 보면 청소년계에서 바로 해결할 수 있을 겁니다. 어차피 잡는다고 해서 체포할 수 있는 나이도 아니고. 잘 타일러서 아동보호소에 넘기면 끝이잖아요. 이런 일까지 강력계에서 일일이 개입해야 한다면 이 지역 치안은 누가 책임집니까?"

"형사과 혼자 이 지역 치안을 죄다 책임지고 있는 건 아니잖아요." 히로코가 받아쳤다.

"청소년과 계장님은 오케이하셨으니 불만이 있으면 그쪽에 얘기하세요. 우린 이만 가 보겠습니다."

센다는 히로코가 더 말 붙일 틈을 주지 않고 나가토와 함께 사무실 문을 열고 나가려고 했다.

그러다가 문밖에 서 있는 점장을 보고 잠시 멈칫한 후 어색하게 인사를 했다. 두 사람이 돌아가자 점장이 방 안으로 들어왔다.

"현장에 있던 직원분과 이야기할 수 있을까요?"

히로코는 치밀어오르는 화를 억지로 가라앉히며 점장에게 물었다.

"조금 전 병원에서 연락이 왔는데 곧 돌아올 겁니다."

"이 영상을 몇 장 뽑아주실 수 있나요?" 화면을 가리키며 말하자 점장이 알겠다며 프린트를 해주었다.

한 시간쯤 기다리니 스프레이 테러를 당한 코바야시라는 직원이 돌아왔다. 키가 크고 마른 청년이었다. 점장이 동석한 자리에서 당시 상황을 듣기로 했다.

히로코와 마주 보고 앉은 코바야시는 아직도 눈이 많이 아픈지 새빨갛게 충혈된 눈동자를 연신 깜박였다.

"절도 소년에 대해 몇 가지 여쭤보고 싶은데요, 전에도 이 매장에 온 적이 있나요?"

"아니요, 저는 오늘 처음 봤습니다." 코바야시가 대답했다.

"저도 본 기억이 없네요." 프린트한 사진을 보고 있던 점장도 고개를 가로저었다.

매장 입구 가까이에는 잡지와 아이돌 DVD가 진열되어 있었고, 안쪽에 커튼으로 가려진 성인 코너가 따로 있었다.

문제의 소년은 정오 즈음에 매장에 들어와 처음에는 잡지를 읽는 척하다가 할인상품 판매대에 놓인 DVD를 훔치는 현장을 코바야시에게 들킨 것이었다.

"점장님이 자리를 비우셔서 매장에는 저밖에 없었기 때문에 일단 가게 문을 닫고 들어와 아이에게 이야기를 들어 보려고 했어요. 그런데 아무리 물어도 이름이 뭔지 어느 학교에 다니는지 말을 안 하는 거예요. 한 시간 넘게 추궁을 했는데 여기 가만히 앉아서 한마디도 안 하더라고요. 그래서 어쩔 수 없이 경찰에 신고하겠다고 하고 전화기로 향하는데 갑자기…."

"호신용 스프레이를 뿌린 거군요."

"네, 정말 깜짝 놀랐어요." 코바야시가 다시 생각해도 화가 난다는 얼굴로 답했다.

"봉변을 당하셨네요."

"그런 걸 누구나 들고 다닌다고 생각하면 어디 무서워서 절도범을 적발할 수나 있겠어요? 그렇지 않아요, 점장님?"

코바야시가 동의를 구하자 점장이 고개를 크게 끄덕였다.

"다들 절도를 가볍게 생각하는 것 같은데 저희로서는 정말 심각한 문제거든요. 실제로 하도 물건을 훔쳐 가는 바람에 망한 가게도 이 주변에 꽤 됩니다."

히로코도 잘 알고 있는 사실이었다.

특히 최근 히가시이케부쿠로 경찰서 관내에서는 초등학생, 중학생들의 악질적인 절도사건이 빈발하고 있었다. 한 명이 직원의 주의를 끄는 동안 다른 대여섯 명이 게임이나 만화책을 대량으로 빼돌리는 수법이었다. 아이의 잘못이라고 가볍게 보고 넘어갈 수 있는 수준이 아니었다.

오는 길에 주변에서 절도 피해를 당한 서점과 게임 판매점에 들러 이야기를 들어 봤는데, 경찰이 제대로 수사하지 않아서 이런 사건이 끊이지 않는 거라는 원성이 자자했다.

"가게 입장에서는 이것 때문에 정말이지 골머리를 앓고 있습니다. 물건 훔친 아이 하나 잡겠다고 출동하기에는 경찰도 많이 바쁘겠지만요."

아무래도 아까 센다가 한 말을 문밖에서 듣고 있었던 모양이었다.

점장의 비아냥을 들으며 히로코는 고개를 숙였다.

생활안전과에 돌아오니 청소년계에는 안자이 계장밖에 보이지 않았다.

청소년계는 총 여덟 명인데, 그중 다섯 명이 본부에 지원을 나가서 지금은 안자이 계장과 히로코, 그리고 사카이라는 20대 남자 형사만 남은 상태였다. 사카이는 현재 불법 성매매 관련 수사에 매달려 있었다.

"어땠어?"

히로코와 눈이 마주치자 안자이가 심드렁하게 물어왔다.

"어떻긴요. 저 혼자 수사하는 건 무리예요." 히로코는 짜증을 숨기지 않고 퉁명스레 대답했다.

"힘들겠지만 패밀리 레스트랑 살인사건이 해결될 때까지는 어쩔 수 없잖아. 그것 때문에 연일 언론에 두들겨 맞고 있는 상황이니."

"그렇다고 해서 다른 수사를 대충 한다는 건 말이 안 되잖아요. 형사과에 얘기해서 저희 쪽 몇 명은 돌려달라고 해주세요."

"말이야 쉽지…." 안자이가 말끝을 흐리며 시선을 피했다.

"알겠습니다."

히로코는 여기서 더 말해도 소용없다는 생각에 발걸음

을 돌렸다. 생활안전과를 나와 형사과로 향했다. 직접 가서 담판을 지을 생각이었다.

형사과에 들어서자 여기도 여기저기 빈자리가 눈에 띄었다. 절반 이상이 위층에 설치된 수사본부에 가 있는 모양이었다. 바쁘게 돌아다니는 형사들 사이를 조심스럽게 지나며 강력계 키쿠치 계장을 찾았다. 수사본부에 가 있으려나 싶었는데 다행히 자기 자리에 있었다.

키쿠치는 잔뜩 찌푸린 얼굴로 쉴 새 없이 드나드는 형사들에게 지시를 내리고 있었다.

좀처럼 말을 걸 타이밍을 잡을 수 없었다.

한참 지나 겨우 키쿠치가 히로코 쪽을 돌아보았다.

"무슨 일이시죠?"

살기등등한 기세에 저도 모르게 주눅이 들었다.

"청소년계 후쿠치 히로코라고 합니다. 잠시 드릴 말씀이 있는데요."

"말씀하세요."

빨리 용건을 말하라고 재촉하는 말투였다.

"청소년계는 현재 패밀리 레스토랑 살인사건 수사본부에 반 이상의 형사가 나가 있는 상황입니다. 지금 인원으로는 도저히 수사를 진행할 수가 없습니다."

"청소년계에서 현재 안고 있는 사건이 뭡니까?" 키쿠치가 물었다.

"절도로 잡힌 소년이 매장 직원에게 호신용 스프레이를 뿌리고 달아난 상해사건입니다."

"절도사건이네요."

"그렇다고도 할 수 있죠."

"그쪽 수사도 물론 중요하다고 생각합니다. 하지만 우리 쪽은 패밀리 레스토랑 살인사건 말고도 상해사건 세 건에 강도사건 두 건, 강제추행사건 한 건을 안고 있어요."

"네, 강력계가 많이 바쁘다는 건 딱 봐도 알겠네요." 히로코는 바쁘게 오가는 형사들을 쳐다보며 말했다.

그런 가운데 창가 쪽 자리에 앉아 있는 한 남자가 눈에 들어왔다. 딱히 뭘 하고 있는 건 아닌 듯 창밖을 물끄러미 바라보고 있었다.

"하지만 저희 사건도 긴급성이 떨어진다고는 보기 어렵습니다. 이번에는 호신용 스프레이여서 피해가 크지 않았지만, 범인이 칼이나 흉기를 갖고 있을 수도 있으니까요."

창가에 앉은 남자에게 신경이 쓰였지만, 히로코는 이야기를 이어갔다.

"이번에 호신용 스프레이를 뿌리고 달아난 소년과 관련이 있는지는 알 수 없지만, 최근 이 일대에서 악질적인 집단절도사건이 많이 발생하고 있기도 하고요."

창가 쪽 남자가 자리에서 일어나는 모습이 시야에 들어왔다. 이제야 일을 시작하려는 건가 싶었는데 남자는 가방을 집어 들더니 "먼저 들어가 보겠습니다."라고 하며 그대로 사무실을 나섰다.

히로코는 저도 모르게 벽에 걸린 시계를 쳐다보았다.

5시 15분. 퇴근 시간을 10초 정도 넘긴 시각이었다.

"좋습니다."

키쿠치의 말에 히로코는 다시 시선을 돌렸다.

"그쪽 수사도 중요하다는 건 잘 알겠습니다. 내일부터 저희 쪽에서 한 명을 그쪽으로 보내드리겠습니다."

"감사합니다." 히로코는 고개 숙여 인사했다.

니시하치오지역에 도착하니 밤 9시가 넘었다. 히로코는 무거운 다리를 이끌고 집으로 향했다.

아침에 집을 나설 때만 해도 저녁은 직접 만들 생각이었지만 결국 집 근처 편의점에 들렀다. 아들 준에게 편의점 도시락만 먹이는 게 미안하긴 했지만, 도저히 집에 돌아가서 요리를 할 기운이 없었다. 3개월 전까지 근무한 경찰서는 지하철로 한 정거장이라 출퇴근이 편했는데, 히가시이케부쿠로 경찰서로 옮겨온 후 왕복 출퇴근 시간이 두 시간 이상 늘어났다.

남편 야스히코는 프리랜서로 중국어 통번역 일을 하고 있다. 전에는 집에서 일을 했는데 1년 전부터 나카노에 작업실을 구해 출퇴근하기 시작했다. 이참에 아예 도심 가까이로 이사를 가는 방법도 생각해 봤지만, 초등학교에 갓 입학한 준이 전학을 가야 한다는 점이 걸려서 포기했다.

늘어난 통근 시간뿐만 아니라 낯선 직장과 인간관계도 히로코를 지치게 만들었다.

오늘만 해도 청소년계에서 하는 일은 애들 장난이라는 식으로 깔보는 센다의 언동이나 윗사람 눈치만 살피는 안자이 계장의 얼굴을 떠올리는 것만으로도 화가 치밀어올랐다.

무엇보다 히로코의 신경을 건드린 것은 형사과 창가 자리에 앉아 있던 남자였다.

사람이 부족한 상황이라는 걸 뻔히 알면서 퇴근 시간이 되기가 무섭게 자리에서 일어나다니. 그런 사람이 강력계 형사라는 사실이 믿기지 않았다.

도시락 코너에서 준이 좋아할 만한 오므라이스와 자신이 먹을 미트소스 스파게티, 그리고 샐러드를 골랐다. 그대로 계산대로 향하려다 잠시 멈칫했다.

남편 것도 사야 하려나.

퇴근하면서 남편 핸드폰에 문자 메시지를 보냈는데 아

직 답이 없었다. 보통은 밖에서 먹고 들어오는데, 가끔 아무것도 먹지 않고 집에 돌아와서는 자기가 먹을 게 없다고 짜증을 내곤 했다. 그럴 거면 몇 시쯤 올 예정인지, 집에서 밥을 먹을 건지 말 건지 미리 알려주면 좋을 텐데.

내일도 늦게까지 일을 하게 될 것 같으니 남편이 안 먹으면 쥰에게 내일 저녁으로 먹으라고 하면 되겠지 싶어 진열대 안쪽에 놓인 유통기한이 많이 남은 치킨 도시락을 집어 들었다.

편의점을 나서 서둘러 집으로 향했다.

7월 들어서부터는 해가 져도 여전히 끈적끈적한 더위가 남아 있었다. 편의점에서 집까지 종종걸음으로 걷기만 했는데도 땀이 흠뻑 나서 블라우스가 몸에 달라붙었다.

들어가면 샤워부터 해야겠다고 생각하며 초인종을 눌렀는데 아무 대답이 없었다.

벌써 자나? 히로코는 가방에서 열쇠를 꺼내 문을 열었다. 거실에서 쥰이 소파에 앉아 휴대용 게임기로 게임을 하고 있었다.

"자고 있지 않으면 문 좀 열어주지."

말을 건네도 쥰은 게임기에서 눈을 떼지 않고 연신 버튼만 눌러댔다. 자세히 보니 귀에 이어폰을 끼고 있었다.

소파에 다가가자 그제야 히로코가 왔다는 걸 알았는지

준이 고개를 들었다. 그러고는 금방 다시 게임기로 시선을
돌렸다.

"으악."

뭐가 잘 안 됐는지 준이 이어폰을 빼고 게임기를 집어
던졌다.

"엄마가 많이 늦었지? 금방 저녁 차려줄게." 히로코는 편
의점 비닐봉지에서 도시락을 꺼내며 말했다.

"이미 먹었으니까 필요 없어."

그 말을 듣고 싱크대를 보니 다 먹은 컵라면 용기가 놓
여 있었다.

"컵라면으로는 영양이 부족할 텐데 샐러드라도 좀 먹을
래?"

"됐어. 잘래." 준이 게임기를 들고 자리에서 일어났다.

"씻고 자야지."

"귀찮아."

"안 돼. 오늘은 더워서 땀도 많이 났을 텐데."

히로코는 서둘러 욕조에 물을 받고 귀찮아하는 준을 달
래가며 목욕과 양치질을 하게 했다.

"안녕히 주무세요."

준이 자기 방에 들어가 문을 닫자마자 히로코는 소파에
쓰러지듯 주저앉았다. 식욕은 어느샌가 싹 달아났다.

가방 안에서 진동이 울렸다. 핸드폰을 꺼내 보니 남편에게서 문자 메시지가 와 있었다.

'오늘도 그냥 여기서 잘게.'

평소와 다름없이 짧은 문자였다.

남편과 결혼한 지 십 년이 다 되어 간다. 늘 좋은 파트너라고 여겨 왔는데 요즘 들어 둘 사이가 미묘하게 벌어진 느낌이 들어 종종 불안해지곤 했다.

이유는 간단했다. 최근 몇 년 새 중국어 통번역 수요가 크게 늘면서 남편의 일이 바빠진 탓이었다. 그전까지만 해도 늘 히로코를 배려하고, 경찰 일에 대해서도 많이 이해해주는 사람이었다.

7년 전 준을 임신한 사실을 알았을 때, 솔직히 히로코는 낳아도 될지 고민했다. 아이를 원하지 않은 건 아니었지만, 당시 염원하던 수사1과와의 합동 수사를 막 마치고 강한 사명감에 불타오르던 시기였기 때문이다.

그때 남편이 둘이서 함께 노력하면 아무 문제 없을 거라고 말해주었기에 히로코는 아이를 낳기로 결심했다. 남편은 집안일도 육아도 적극적으로 함께했다. 히로코가 출산휴가와 육아휴직을 마치고 직장에 복귀한 후에도 변함이 없었다. 그러던 남편이 요 몇 달 새 좀 달라진 것을 느꼈다.

집에서 일을 하던 때에는 히로코가 말하지 않아도 육아

와 집안일을 알아서 해주었다. 만두를 직접 빚는 것을 좋아하는 남편이 소꿉장난하듯 쥰과 함께 만든 만두로 저녁상을 차려줬을 때는 직장에서 받은 스트레스가 단숨에 사라지는 듯했다. 그것도 다 옛날얘기다. 일이 바쁜 것을 뭐라고 할 생각은 없지만, 작업실에서 집까지는 지하철을 갈아탈 필요도 없이 한 번에 올 수 있으니 적어도 히로코가 당직이 아닌 날 정도는 집에 돌아와 함께 저녁을 먹었으면 싶었다.

요즘 남편을 보고 있노라면 아내나 자식보다 우선하는 존재가 생긴 건 아닌가 하는 의심이 들었다.

히로코는 핸드폰 화면을 쳐다보며 크게 한숨을 내쉬고는 '알았어요'라고 답문을 보냈다.

2

금요일 밤이라 그런지 늦은 시간인데도 지하철 안은 많이 붐볐다.

쿠리하라 히로히사는 사람들 사이에 끼어서 뒤늦은 후회를 했다.

양손에 커다란 쇼핑백을 하나씩 들고 등에도 백팩을 메고 있었다. 다른 승객들의 따가운 눈총이 느껴졌지만 선반에도 빈자리가 없어서 달리 방법이 없었다. 비난의 눈초리를 모르는 체하며 사기노미야역까지 묵묵히 버티는 수밖에 없을 듯싶었다.

내일 타마미와 만나기로 해서 오늘은 일이 끝나자마자 신주쿠로 향했다. 백화점 안에 있는 장난감 매장과 서점에 들러서 유우키에게 줄 선물을 고르다 보니 어느샌가 짐이 한가득이 되어버렸다.

선물을 너무 많이 주면 유우키가 이상하게 여길지도 모른다고 타마미에게 주의를 들었지만, 유우키를 생각하면 뭐든 다 사주고 싶었다. 함께 있어줄 수는 없지만, 대신 그 또래 아이들이 좋아하는 TV 프로나 유행은 빠짐없이 파악하고 있었다.

쇼핑백 하나에는 리모컨으로 조종하는 장난감 자동차와 TV 만화영화의 캐릭터 인형, 얼마 전 출시된 게임 소프트 세 개가 들어있었다. 다른 하나는 아이들이 좋아하는 만화책 열 권과 초등학교 4학년용 문제집, 요리책이었다.

반년 전부터 유우키가 요리에 관심을 보인다고 했다. TV 요리 프로를 보다가 스스로 만들기 시작했다는데 맛도 나쁘지 않은 모양이었다. 유우키가 만든 요리를 직접 먹어볼 수는 없지만, 타마미가 핸드폰으로 보내준 사진을 보며 저녁에 술 한잔 기울이는 것이 최근 쿠리하라의 가장 큰 즐거움이었다.

유우키에게 취미가 생겼다는 것도 좋은 소식이었지만, 그보다 더 쿠리하라를 기쁘게 한 사실은 쿠리하라가 만든 대나무 장난감을 유우키가 아주 좋아한다는 말이었다.

대나무 장난감은 아마도 처음 보는 물건이었을 것이다. 유우키에게 시중에서 파는 장난감이 아니라 자연의 따뜻함을 느끼게 해주고 싶었다.

사기노미야역에서 내려 플랫폼을 걸어가는데 주머니에 넣어둔 핸드폰이 진동했다. 쇼핑백을 잠시 내려놓고 핸드폰을 꺼내 확인해 보니 화면에 '미네 타케시'라는 이름이 떠 있었다.

타마미에게서 걸려온 전화였다.

"여보세요." 전화를 받았다.

"전데요!"

타마미의 목소리에서 다급함이 느껴졌다.

"무슨 일이야."

"아이가 없어요."

"아이가 없다니 그게 무슨 말이야?"

설마.

"일 끝나고 돌아와 보니 집에 없어요."

"뭐? 일이라니?"

"지난달부터 요 앞 노래방에서 아르바이트로 일하고 있어요."

처음 듣는 이야기였다.

"요즘은 상태도 많이 안정되었고, 언제까지나 쿠리하라 씨가 보내주는 돈에만 의지하고 살 수는 없잖아요. 아이 장래를 생각하면 조금씩이라도 저축을 해야 할 것 같아서…."

처음 만났을 때는 퍽이나 위태로워 보이는 여자였는데 7년이라는 세월을 유우키와 함께 보내면서 많이 변한 것 같았다. 이제는 이렇게나 아이를 소중하게 생각해주고 있다는 사실이 놀라웠다.

"전에도 이렇게 늦게까지 안 들어온 적이 있어?"

손목시계를 확인하니 밤 10시 반이 넘어가고 있었다.

타마미에게는 가능한 한 유우키를 밖에 내보내지 말라고 말해두었다. 그렇다고는 해도 1년 365일을 방에만 가둬두는 것도 못 할 짓이라 2년 전부터는 잠깐 나갔다 오는 정도는 허락해주고 있었다.

밖에 나갈 때는 항상 호신용 스프레이를 지니고 다니면서 이상한 사람이 말을 걸어오면 스프레이를 뿌리고 달아나라고 가르쳤다.

"이렇게 늦은 적은 없어요. 다만 저도 가끔 늦게 출근하는 날은 한밤중에 돌아오기도 해서 잘은 모르겠어요."

"핸드폰은?"

"아직 안 사줬어요. 거의 집에만 있으니까."

그건 그렇다.

유우키가 걱정이 되었지만 그렇다고 타마미의 집으로 달려갈 수도 없었다.

"어떡하죠?"

타마미가 당장이라도 울 것 같은 목소리로 말했다.

"집에서 유우키가 돌아오길 기다리는 수밖에. 돌아오면 바로 나한테 알려줘. 그리고 절대 경찰에는…"

"알고 있어요."

"그럼 부탁할게."

쿠리하라는 전화를 끊었다.

유우키의 행방을 알 수 없어 불안한 마음을 억지로 가라앉히며 그대로 개찰구로 향했다.

3

"후쿠치 히로코 형사님 계신가요?"

자신을 찾는 남자의 목소리에 뒤를 돌아본 히로코는 저도 모르게 눈살을 찌푸렸다.

어제 형사과에서 본 창가의 남자가 서 있었다. 대체 무슨 일로 찾아온 걸까.

"제가 후쿠치 히로코인데요, 무슨 일이시죠?" 히로코는 쌀쌀맞게 응대했다.

"계장님이 이리로 가 보라고 하셔서요."

처음엔 이게 무슨 말인가 싶었는데 생각해 보니 짚이는 데가 있었다.

키쿠치 계장이 약속한 지원 인력이 설마 이 남자인가?

"전 뭘 하면 되나요?" 남자가 난처한 얼굴로 머리를 긁적였다.

곤란한 건 이쪽이라고. 하필이면 이런 의욕 없는 형사를 보내다니.

마음 같아서는 정중하게 돌려보내고 싶었지만 사람 손이 필요한 것은 사실이었다.

어제 경찰서에 돌아와서부터 근처 초등학교와 중학교에

연락을 돌려 사건이 발생한 시간대에 학교에 없었던 남학생들이 있는지 알아보는 중이었다. 전화 걸고 받는 것 정도는 할 수 있겠지.

"일단 여기 앉으세요. 성함이 어떻게 되시나요?"

히로코는 마음을 가라앉히고 비어 있던 옆자리 의자를 내주며 물었다.

"나츠메입니다."

"형사과에는 오래 계셨나요?"

"2년 정도 있었습니다만. 왜 그러시죠?"

"아니에요."

히로코가 이전 경찰서에서 형사과에 있었던 기간도 2년이었다. 출산휴가와 육아휴직을 마치고 복귀하니 바로 다른 부서로 보내졌지만.

CCTV 영상을 프린트한 사진을 나츠메에게 건네며 어제 발생한 사건에 대해 설명해주었다.

"호신용 스프레이라니 작정하고 준비했나 보네요." 나츠메가 느긋한 말투로 중얼거렸다.

"네. 어쩌면 다른 흉기도 소지하고 있을 수 있어요. 또 다른 사건을 일으키기 전에 빨리 잡아야 할 텐데. 현재 근처 학교들에 연락해서 그 시간대에 학교에 없었던 남학생들을 알아보고 있는 중이에요. 그러니까 나츠메 형사님은…"

"피해 매장에 가 보고 싶은데요."

나츠메가 히로코의 말 중간에 불쑥 끼어들며 말했다.

"매일같이 형사과 책상에 앉아 있기만 해서 좀이 쑤시던 참이었거든요. 오늘은 날씨도 화창하겠다 돌아다니기 좋겠는데요." 나츠메는 창밖을 바라보며 태평한 표정을 지었다.

산책이라도 하겠다는 건가.

그렇게 나온다면 이쪽도 생각이 있다고. 게으른 강력계 형사에게 청소년계의 고단한 현실을 제대로 알려줘야지.

"그러시죠. 그럼 바로 가 볼까요?" 히로코는 엷은 미소를 띠며 자리에서 일어났다.

DVD 판매점에 들어서자 계산대가 비어 있었다. 매장 안을 둘러보니 잡지 코너에서 물건을 정리하는 코바야시의 뒷모습이 보였다.

"안녕하세요."

히로코가 다가가 말을 걸자 코바야시가 "어? 어제 오셨던 형사분이시네요." 하며 가볍게 고개를 숙였다.

"몸은 좀 어떠세요?" 히로코가 물었다.

"많이 좋아졌습니다. 범인은 잡혔나요?"

"아직이요. 오늘은 앞으로 함께 이 사건을 담당할 형사님과 같이 왔는데 당시 상황에 대해 다시 한번 말씀해주실 수 있나요?"

"네, 뭐. 근처에 사는 녀석 같으니 빨리 좀 잡아주세요."

"근처에 산다고요?"

"저는 어제 처음 봤지만 그저께도 왔다고 하더라고요."

"정말이요?"

"네, 그저께 있었던 키타무라라는 직원한테 어제 사건 이야기를 하면서 CCTV 영상을 보여줬더니 그저께 목요일에도 왔었대요."

"키타무라 씨와 얘기 좀 할 수 있을까요?"

"지금 점장님이랑 사무실에 있어요."

히로코는 사무실 문을 노크하고 "히가시이케부쿠로 경찰서에서 왔습니다."라고 말하며 문을 열고 들어갔다.

점장과 젊은 남자가 모니터 앞에 앉아 CCTV 영상을 보고 있었다.

"오늘은 한 분 더 오셨네요."

점장이 히로코 옆을 바라보며 말하자 나츠메가 슬쩍 목례를 건넸다.

"네. 이쪽은 앞으로 함께 이 사건을 담당하게 된 나츠메 형사입니다. 오늘은 당시 상황에 대해 한 번 더 확인하고 싶어서 찾아왔습니다." 히로코가 설명했다.

"수사만 제대로 해주신다면야 얼마든지 협조해드려야죠."

정중하게 의자를 권하면서도 말투에서 비꼬는 듯한 뉘앙스가 느껴졌다.

"물론입니다. 방금 코바야시 씨에게 들은 바로는 그 소년이 그저께도 여기 왔었다고 하던데요."

"그런 모양이더라고요. 저도 키타무라한테 그 얘길 듣고 같이 CCTV를 확인해보던 참입니다." 점장이 옆에 앉은 안경 쓴 통통한 청년을 눈으로 가리키며 말했다.

"당시 상황을 자세히 말씀해주시겠어요?"

히로코가 키타무라에게 물었다.

"그 아이가 매장에 들어온 건 오전 11시 반쯤이었어요. 딱 봐도 초등학생이라 그 시간에 학교를 빼먹고 돌아다니는 건가 싶어 눈여겨봤거든요."

소년은 딱히 목적이 있어서 온 것은 아닌 듯 매장 안을 돌아다니며 잡지나 DVD를 뒤적이다가 할인상품 판매대에 있던 DVD 한 장과 만화잡지를 들고 계산대로 왔다.

"그날은 제대로 계산을 하고 사 갔다는 거네요." 히로코가 말했다.

"잡지는요."

"무슨 뜻이죠?"

"같이 가져온 DVD는…, 성인물은 아닌데 일단 누드가 나오기는 해서 15세 미만 관람금지 상품이었거든요. 초등학생한테는 팔 수 없다고 하니까 돈을 내고 사겠다는데 뭐가 문제냐고 발끈하더라고요. 열다섯 살 아래로는 팔 수 없다고 설명했더니 자기는 열여섯이라나 뭐라나. 그럼 나이를 확인할 수 있는 학생증을 보여달라고 하니까 그냥 잡지만 사서 가더라고요. 또 올 일은 없겠다 싶어서 DVD는 판매대에 다시 갖다 놨죠."

"어제 소년이 훔치려고 했던 DVD가?"

"네, 그저께 사려고 했던 그 DVD입니다." 점장이 답했다.

"왜 그랬을까요?"

"여자 알몸에 관심을 갖기 시작할 나이니까요. 안쪽에 있는 성인 코너는 18세 미만 출입금지지만 밖에 나와 있는 할인상품 판매대에는 가끔 15세 미만 관람금지 상품도 섞여 있곤 하니 우연히 그걸 발견하고 보고 싶어진 거겠죠."

"그 DVD는 아직 남아 있나요?"

나츠메가 처음으로 입을 열었다.

"네, 있습니다."

점장은 일어나서 방을 나갔다가 DVD를 손에 들고 돌아왔다.

케이스 겉면에는 속이 다 비치는 얇은 천을 몸에 감은 젊은 여자의 사진이 실려 있었다. 천 아래는 알몸이라 젖꼭지가 그대로 비쳐 보였다. 호시 노조미라는 배우였다.

"머리에 피도 안 마른 녀석이…."

나츠메가 중얼거리며 DVD를 집어 들고는 능글맞은 표정으로 케이스 앞뒤를 열심히 들여다보았다.

"이게 500엔이라니 정말 싸네요." 나츠메가 DVD에서 눈을 떼고 점장에게 말을 걸었다.

"10년도 더 전에 나온 무명 여배우의 DVD니까요."

"제가 사겠습니다."

이어지는 말에 히로코는 깜짝 놀라 나츠메를 노려보았다.

수사 중에 누드 DVD를 사다니 대체 무슨 생각인 걸까.

나츠메는 히로코의 시선 따위는 아랑곳하지 않고 지갑에서 500엔짜리 동전을 꺼내 점장에게 건넸다.

"좋은 물건을 건졌네요." 나츠메가 만족스러운 미소를 지으며 DVD를 가방에 넣었다.

"다른 곳에서 그 소년을 본 적은 없으신가요?"

나츠메를 향한 분노는 일단 접어 두고, 히로코는 키타무라에게 물었다.

"없습니다."

"그러시군요. 수사에 협조해주셔서 감사합니다." 히로코는 점장과 키타무라에게 인사하며 자리에서 일어났다.

가게를 나서자 "이제 어떡하실 겁니까?"라고 나츠메가 물어왔다.

소년을 찾을 만한 단서는 아직 아무것도 발견하지 못했다.

"일단 이 주변을 돌아다니며 사람들한테 물어보도록 하죠."

"오랜만에 걸었더니 좀 피곤한데요. 경찰서로 돌아가면 안 될까요?"

"형사의 기본은 탐문수사 아닌가요?" 히로코는 쌀쌀맞게 쏘아붙이고는 걸음을 내디뎠다.

4

타카다노바바역 앞 카페에 들어서니 안쪽 자리에 앉은 타마미가 시야에 들어왔다. 쿠리하라가 그쪽으로 향하자 인기척을 느꼈는지 타마미가 고개를 들었다. 걱정과 불안이 가득한 눈빛이었다.

"니시키 씨."

니시키는 타마미가 쿠리하라를 부를 때 사용하는 가명이었다. 혹시라도 유우키 앞에서 본명인 쿠리하라라고 부르는 일이 없도록 하기 위해서였다.

"아직도 안 돌아왔어?"

타마미의 표정만 봐도 답은 뻔했지만, 묻지 않을 수 없었다.

"네. 어제 니시키 씨와 통화하고 저 나름대로 열심히 찾아보고는 있는데 아이가 갈 만한 곳이 어딘지 좀처럼 감이 안 와서요."

오늘 아침, 타마미에게서 다시 전화가 걸려왔다. 밤새 유우키가 집에 돌아오지 않았다는 것이었다.

오늘은 장거리는 아니지만 시내에서 물건을 옮길 일이 하나 있었다. 갑자기 일을 쉴 수는 없어서 어쩔 수 없이 일이 끝나자마자 약속 장소로 달려온 참이었다.

"혹시 사고라도 당한 건 아닌지…."

타마미가 울먹이며 말했다.

되도록 생각하고 싶지 않은 일이었지만 그럴 가능성도 충분히 있었다. 사고를 당해 병원에 실려 갔다고 하더라도 유우키는 신원을 확인할 수 있는 물건을 아무것도 가지고 있지 않았다.

"신문이나 뉴스도 다 찾아봤는데 아이가 사고를 당했다는 기사는 없었어요. 대형 사고가 아니라서 실리지 않은 걸 수도 있지만요. 차에 치이기라도 해서 병원에 입원해 있는 건 아닐까요?"

"그러게…."

그런 게 아니라면 유우키가 돌아오지 않는 이유를 설명할 길이 없었다. 단 한 가지 가능성을 제외하면—

하지만 그 부분에 대해서는 되도록 생각하고 싶지 않았다.

"이제 어떡하죠?"

"아이한테는 잘 얘기해 놨지?" 쿠리하라는 타마미에게 다시 한번 확인했다.

"네. 밖에 나가서 절대로 자기 얘기를 하면 안 된다고 입이 닳도록 강조했는걸요. 물론 저나 지금 사는 집에 대해서도 말하면 안 된다고요. 하지만 만약 어딘가에 입원해 있는 거라면 보호자가 가지 않는 이상 퇴원시켜 주지 않을 텐데⋯. 그렇다고 쿠리하라 씨가 데리러 갈 수도 없고⋯."

"나도 내일부터 일주일 정도 휴가를 낼 테니까 둘이서 주변에 있는 병원을 돌면서 아이가 입원해 있는지 알아보자. 일단 찾는 게 먼저고, 어떻게 데리고 나올지는 그때 다시 생각하면 되니까."

당장 내일부터 일주일이나 일을 쉰다는 건 경제적으로도 타격이 컸지만, 하루라도 빨리 유우키를 찾아야만 했다.

"알았어요." 타마미가 기운 없는 목소리로 답하며 시선을 떨구었다.

"타마미."

쿠리하라가 부르자 타마미가 고개를 들었다.

"이런 일에 끌어들여서 정말 미안해." 쿠리하라는 고개를 숙였다.

"니시키 씨가 끌어들인 거라고는 생각하지 않아요. 오히려 감사하고 있는걸요. 밑바닥에서 허우적대던 저를 구해 주셨잖아요. 지금은 유우키랑도 잘 지내고 있고. 이제는 유우키가 진짜 제 자식 같다니까요."

"고마워."

"진짜 괜찮겠죠? 금방 찾을 수 있겠죠?"

간절하게 매달리는 듯한 타마미의 눈빛에 쿠리하라는 잠자코 고개를 끄덕였다.

5

10시까지 기다렸지만 나츠메는 나타나지 않았다.

참다못한 히로코는 벌떡 일어나 생활안전과를 나섰다.

형사 한 무리가 계단을 내려오고 있었다. 패밀리 레스토랑 살인사건 수사본부 회의를 마치고 이제부터 탐문수사를 나가는 모양이었다.

"히로코 선배님, 안녕하세요."

고개를 들어 보니 청소년계 후배인 스기우라가 내려오고 있었다.

"고생이 많네. 수사 상황은 좀 어때?"

히로코가 묻자 스기우라의 표정이 어두워졌다.

"그다지 좋지 않아요. 한동안은 청소년계로 돌아가기 힘들 것 같네요. 수사본부 진짜 힘들어요."

"힘내."

히로코가 수사본부에 참가한 적은 한 번뿐이었지만 그때 고생한 기억과 범인을 체포했을 때 느낀 성취감은 지금도 생생하게 남아 있었다.

"지금 나츠메 형사님하고 같이 일하고 계시다면서요?"
스기우라가 물었다.

"나츠메 형사를 알아?"

"수사본부에서도 가끔 나츠메 형사님 얘기가 나오는걸요. 수사1과에서도 인정한 인재라고."

"뭐?"

믿기지 않는 이야기였다.

"왜 이번 수사본부에는 나츠메 형사님이 빠졌는지 수사1과 분들이 궁금해하시더라고요. 형사과 키쿠치 계장님 지시인 것 같기는 한데. 아무튼 선배님도 파이팅입니다." 스기우라가 손을 흔들며 계단을 내려갔다.

히로코는 방금 들은 이야기에 고개를 갸웃거리며 형사과로 향했다. 사무실 안에 들어서자 자기 자리에 앉아 있는 나츠메의 뒷모습이 보였다.

"나츠메 형사님."

입구에서 큰 소리로 불렀지만 나츠메는 미동도 하지 않았다.

자고 있는 건가. 아니면 나를 무시하는 건가.

히로코는 나츠메에게 다가가 뒤에서 어깨를 가볍게 두드렸다. 그 순간 책상 위에 놓인 컴퓨터 화면이 눈에 들어오는 바람에 깜짝 놀라 한 발 뒤로 물러섰다.

여자의 벗은 젖가슴이 화면을 가득 채우고 있었다.

나츠메가 뒤를 돌아보며 이어폰을 귀에서 뺐다.

"아, 히로코 형사님. 안녕하세요."

"대체 뭘 보고 계신 겁니까!" 히로코는 놀란 가슴을 가까스로 진정시키며 소리쳤다.

"어제 산 DVD예요. 호시 노조미. 열여덟 살 때 사진 모델로 데뷔했다가 스물한 살 때 결혼하면서 은퇴. 그리 인기는 많지 않았지만 열성 팬은 어느 정도 있었던 모양이더라고요. 오른쪽 젖꼭지 옆에 있는 점이 매력 포인트라네요." 나츠메가 화면에 보이는 여자의 젖꼭지 주변을 손가락으로 두드렸다.

"이게 무슨…, 당장 끄세요!"

"얼마 전 TV에 나온 유명 개그맨도 호시 노조미 팬이라고 하길래 저도 한 번쯤 보고 싶었거든요. 호시 노조미는 안타깝게도 7년 전 교통사고로 죽었다고 하네요. 검색해보니 이런저런 정보가 뜨더라고요."

"그게 이번 사건이랑 무슨 관계가 있죠? 대체 무슨 생각으로 업무 시간에 이런 걸 보는 겁니까?"

"집에서 보면 아내한테 혼나거든요." 나츠메가 당연하다는 듯 말했다.

"그래서 직장에서 본다고요? 무슨 그런…"

무슨 그런 말도 안 되는 소리를 하느냐 따지려고 호흡을 고르는 사이에 핸드폰 전화벨이 울렸다. 청소년계 안자이 계장이었다.

"여보세요." 히로코는 일단 분노를 가라앉히고 전화를 받았다.

"지금 카마타 경찰서에서 연락이 왔는데, 문제의 소년을 그쪽에서 보호하고 있다는군."

안자이가 말했다.

카마타 경찰서에 도착하니 야마모토라고 하는 청소년계 형사가 소년을 보호하게 된 경위를 설명해주었다.

어제 저녁 6시 무렵, 소년은 이케부쿠로에서 택시를 잡아타고 택시기사에게 '로쿠고도테'라고 적힌 종이를 보여주며 여기로 가달라고 했다. 택시로 가면 비싸니까 지하철을 타는 편이 나을 거라고 알려주니 소년은 어떻게 가는지 모른다고 대답했다.

돈은 있으니 일단 가달라고 하길래 택시기사는 소년을 태우고 로쿠고도테까지 갔다. 그런데 도착하고 보니 소년이 가진 돈은 3천 엔 정도밖에 되지 않아 택시비로는 턱없이 부족했다.

그렇다고 택시기사도 곧바로 경찰에 신고할 생각은 아니었다. 일단 소년의 이름과 주소, 집 전화번호 정도만 확인하려고 했지만, 소년은 입을 열지 않았다. 그러다가 갑자기 주머니에서 무언가를 꺼내 들이대길래 순간적으로 소년의 손목을 붙잡아 저지했다. 소년이 들고 있던 것은 호신용 스프레이였다.

이대로 넘어갈 수는 없겠다고 판단한 택시기사는 그 자리에서 바로 경찰에 신고했다.

"경찰서로 데려와 아무리 이야기를 들어 보려고 해도 자기 이름은커녕 어디 사는지도 말을 안 하더라고요. 어젯밤에는 일단 아동보호소에서 자게 하고, 오늘 다시 데려와 아침부터 대화를 시도하고 있는데 계속 저 상태 그대로입니다."

야마모토가 두 손 두 발 다 들었다는 표정으로 창문 쪽을 바라보았다.

매직미러 너머로 옆 조사실에 소년과 여자 형사가 마주 앉아 있는 것이 보였다.

책상 위에는 소년의 것으로 보이는 모자가 놓여 있었다. CCTV에 찍힌 소년이 쓴 것과 같은 모자였다.

여자 형사가 계속해서 말을 걸었지만 소년은 고개를 푹 숙인 채로 가만히 앉아 있을 뿐이었다.

히로코와 나츠메가 이 방에 들어온 지 30분이 지나도록 아무런 움직임이 없었다.

"그런데 어떻게 알고 히가시이케부쿠로 경찰서로 연락을

주셨나요?" 히로코가 물었다.

그 점이 계속 궁금했다.

"소년의 소지품 중에는 신원을 확인할 수 있는 물건이 아무것도 없었습니다. 다만 지갑 안에 들어 있던 영수증이 전부 그쪽 관내에 있는 가게들이길래 혹시 이런 아이 모르냐고 히가시이케부쿠로 청소년계에 전화해 봤지요. 그랬더니 안자이 계장님이 자기가 아는 아이 같다고 하시더라고요."

"그러셨군요."

"그쪽으로 데려가서 다시 조사를 하셔야 할 텐데 저희 차로 바래다 드리겠습니다." 야마모토가 문을 열고 나가며 말했다.

복도에서 잠시 기다리니 조사실 문이 열리고 여자 형사와 소년이 걸어 나왔다.

"잘 부탁드립니다."

담당 형사와 인사를 나누고 소년에게 다가가자 이상한 냄새가 코를 찔렀다.

아무래도 절도사건이 일어난 금요일부터 이틀 동안 한 번도 집에 돌아가지 않은 듯했다. 그동안 대체 어디에 있었던 걸까.

"안녕? 난 히가시이케부쿠로 경찰서에서 온 히로코 형사라고 한단다. 많이 피곤하겠지만 지금부터 같이 이케부쿠로에 가서 이야기를 좀 나눌 수 있을까?"

소년은 고개를 푹 숙인 채 아무런 반응도 보이지 않았다.

"그럼 잘 부탁드립니다."

"신원이 밝혀지면 바로 형사님께 연락드리겠습니다."

아동보호소 직원은 히로코와 인사를 나누고 소년과 함께 차 뒷좌석에 올라타 문을 닫았다.

경찰서를 빠져나가는 승합차를 바라보며 히로코는 강한 피로감을 느꼈다. 스스로가 너무나도 무능하게 느껴졌다.

결국 소년은 끝까지 한마디도 하지 않았다.

히가시이케부쿠로 경찰서로 데려와 다섯 시간 넘게 대화를 시도했지만, 히로코가 무슨 말을 해도 소년은 꿀 먹은 벙어리처럼 가만히 앉아 입을 꾹 다물고 있었다. 안자이 계장과 상의한 결과, 어찌 됐든 아동보호소로 넘기는 수밖에 없겠다는 결론을 내렸다.

생활안전과로 돌아오니 히로코 옆자리에 앉아 있는 나츠메의 모습이 눈에 들어왔다. 책상 위에 놓인 사진과 프린트된 종이들을 멍하니 바라보고 있는 듯했다.

소년의 얼굴과 옷, 모자 등을 찍은 사진과 지갑에 들어 있던 영수증을 복사한 종이였다. 앞으로 소년에 대한 조사는 기본적으로 아동보호소와 가정법원, 소년분류심사원 등에서 담당하게 되겠지만 혹시라도 필요할 때가 있을까 싶어 경찰 쪽에도 관련 자료를 남겨 놓은 것이었다.

"갔나요?" 나츠메가 고개를 들어 이쪽을 보며 물었다.

"네. 나머지는 시간이 해결해주겠지요."

"시간이 지나면 입을 열 거라고 보시나요?"

"아까 아이한테도 말했지만 계속 말을 안 하면 집에도 못 가니까요."

"그래도 계속 말을 안 하면요?"

"그럴 리는 없겠지만 만약 그렇게 되면 보호자에게 연락이 오기를 기다리는 수밖에요. 자세한 사정은 모르겠지만 저 나이대 아이가 며칠씩 집에 안 들어오면 당연히 부모가 경찰에 신고를 할 테니까요."

"부모가 없는 아이라면요?"

"그야 물론 부모가 있다고 단언할 수는 없지만 적어도 같이 사는 사람은 있지 않겠어요? 지갑에 들어있던 영수증을 봐도 그렇고."

소년이 가지고 있던 영수증 일곱 장 중 절도사건을 일으킨 DVD 판매점을 제외한 나머지는 전부 편의점 영수증이었다. 동일 매장은 아니었지만 모두 미나미이케부쿠로와 조시가야에 있는 편의점들이었다.

소년은 편의점 도시락을 살 때마다 항상 같은 종류를 두 개 골랐다. 그 체격에 도시락을 두 개씩 먹을 것 같지도 않았고, 둘 다 사기가 먹을 거라면 보통은 다른 종류를 고를 터였다.

히로코가 그렇게 설명하자 나츠메가 "예리하시네요."라며 감탄했다.

상대가 누구든 자신을 칭찬하는 말을 듣고 기분이 나쁠 리 없었다.

"당직이어서 저녁 만들 시간이 없을 때 아들 저녁으로 전날하고 같은 도시락을 사놓았더니 엄청 불평을 하더라고요. 같은 도시락을 이틀 연속으로 먹으면 질린다고."

"아드님이 몇 살인데요?" 나츠메가 물었다.

"여섯 살이요. 올해 초등학교 들어갔어요. 나츠메 형사님도 아들이나 딸이 있으신가요?"

"열네 살짜리 딸이 하나 있습니다."

"그렇다면 더더욱 집에서는 그런 DVD를 보기 힘들겠네요."

가볍게 핀잔을 주는 투로 말하자 나츠메의 입가가 살짝 움찔했다.

웃는 것 같아 보였지만 감정이 담기지 않은 느낌이었다.

딸과 사이가 안 좋은 걸까.

"한 가지 이해가 안 가는 건 왜 로쿠고도테까지 택시를 타고 갔을까 하는 점이에요. 3천 엔밖에 없다면 지하철을 탔으면 될 텐데."

남의 가정사를 들쑤시는 것도 실례다 싶어 다시 소년의 이야기로 화제를 돌렸다.

"택시 운전기사에게 말한 이유대로겠지요."

어떻게 가는지 몰라요—

"그럴 리가 없잖아요. 로쿠고도테라는 역 이름을 알고 있으니 노선도에서 이름을 찾아 그리로 가는 지하철을 타기만 하면 되는데."

나츠메는 아무 말도 하지 않고 벽에 걸린 시계를 슬쩍 쳐다보더니 자리에서 일어났다.

"그럼 먼저 들어가 보겠습니다." 나츠메는 가볍게 머리를 숙이며 사무실을 나갔다.

시곗바늘은 5시 15분 10초를 지나고 있었다.

6

무거운 걸음으로 개찰구를 빠져나와 그대로 집으로 향했다.

유우키가 사라진 지 5일째다. 타마미와 함께 이케부쿠로에 있는 병원들을 하나하나 돌아다니고 있지만 아직 찾지 못했다. 매일 신문과 뉴스도 빠짐없이 확인하고 있지만 아이가 사고를 당했다거나 유괴 실종사건이 발생했다는 기사는 찾아볼 수 없었다.

대체 유우키에게 무슨 일이 생긴 걸까.

설마 그 남자가 데리고 간 건가.

그 생각만 하면 온몸이 뻣뻣하게 굳었다.

남자를 만나 유우키를 데려갔는지 확인하고 싶은 마음이 굴뚝같았지만 그럴 때마다 스스로 제 무덤 파는 일이라고 생각해 참았다. 무엇보다 그런 재수 없는 남자의 얼굴을 두 번 다시 보고 싶지 않았다.

병원을 돌아다니는 것 말고 지금 할 수 있는 일이 뭐가 있을까.

스스로의 무력함을 곱씹으며 지친 다리를 이끌고 가까스로 아파트에 도착했다. 계단을 오르려는데 등 뒤에서

"쿠리하라 씨." 하고 부르는 낮은 목소리에 깜짝 놀라 뒤를 돌아보았다.

어두워서 얼굴은 잘 안 보였지만 커다란 그림자와 위압감 느껴지는 목소리의 주인공이 누구인지는 금방 알 수 있었다.

"오랜만입니다. 그동안 별일 없으셨나요?"

오오미야가 기분 나쁜 웃음을 지으며 다가왔다.

"예, 뭐, 그럭저럭." 쿠리하라는 가볍게 웃으며 대답했다.

"장거리 트럭을 운전하며 남부럽지 않은 수입을 올리고 계신 것치고는 너무 낡은 아파트에 사시네요. 번 돈은 다 어디 쓰시는 겁니까?"

"다 여자 때문이지요 뭐. 아무리 벌어도 부족할 지경입니다."

"여자라 하심은 화려한 손톱을 한 그 여자 말인가요?"

쿠리하라는 흠칫했지만 당황한 티를 내지 않으려고 노력했다.

타마미의 존재를 알고 있다—

타마미와 만날 때는 항상 미행하는 사람이 없는지 철저히 주의를 기울였건만.

역시 아까 생각한 나쁜 예감이 들어맞은 걸까.

"아이는 지금 어디 있습니까?" 오오미야가 물었다.

"아이라뇨?"

"유우키 말입니다."

그 말을 듣고 가슴을 쓸어내렸다.

유우키는 그 남자가 데려간 것이 아니다.

"유우키라니요? 농담도 정도껏 하시죠. 아무리 예전에 신세 졌던 분이라고 해도 그런 농담은 도가 지나치지 않습니까." 쿠리하라는 짐짓 화가 난 표정으로 말했다.

"계속 시치미를 떼시겠다는 거군요."

"시치미를 뗀다니요. 당최 무슨 말씀을 하시는 건지 모르겠네요. 내일도 아침 일찍 나가 봐야 하니 이만 실례하겠습니다." 쿠리하라는 돌아서서 계단을 오르기 시작했다.

"쿠리하라 씨."

계단 아래에서 오오미야의 목소리가 들렸다.

"그분은 포기하지 않으실 겁니다. 지금이라면 아직 당신을 범죄자로 만들지 않고 조용히 일을 덮을 수도 있어요. 잘 생각해 보는 게 좋을 겁니다." 오오미야는 말을 마치고 그 자리를 떠났다.

현관문을 열고 집으로 들어가자마자 열쇠를 잠갔다. 필사적으로 억누르고 있던 공포심이 물밀듯이 밀려와 온몸이 부들부들 떨렸다.

그분은 포기하지 않으실 겁니다—

원하는 것은 무엇이든 손에 넣어야 직성이 풀리는 야비한 놈이라는 사실은 쿠리하라가 누구보다 잘 알고 있었다.

쿠리하라는 주머니에서 핸드폰을 꺼내 어둠 속에서 말없이 배경화면을 쳐다보았다.

쿠리하라와 노조미가 당시 세 살이던 유우키와 함께 찍은 마지막 가족사진이었다.

세 살 때 타마미에게 맡긴 후, 지금까지 7년 동안 한 번도 유우키를 보러 간 적이 없었다. 타마미가 핸드폰으로 찍은 유우키의 사진을 정기적으로 보내주었지만 그때마다 그 자리에서 보고 바로 지웠다.

보고 싶었다. 정말 잠깐이라도 좋으니 유우키를 만나고 싶었다.

하지만 그럴 수 없었다. 유우키를 지키겠다고 아내와 약속했기 때문이다.

"알겠습니다. 뭐가 알게 되면 연락 부탁드립니다."

수화기를 내려놓고 히로코는 한숨을 푹 내쉬었다.

"무슨 일인가요?" 나츠메가 이쪽을 보며 물었다.

"아직 아무 말도 안 하고 있대요."

절도사건이 일어난 지 일주일이 지났다. 소년은 현재 아동보호소에서 가정법원으로 송치되어 소년분류심사원에서 조사를 받고 있었다.

"토시마구뿐만 아니라 도쿄 전역에 있는 초등학교와 중학교에 확인 중인데 아직 해당자가 없다네요."

"보호자 연락은요?"

"신고가 들어온 건 없답니다."

"그렇군요."

심드렁한 말투였다.

히로코는 책상 서랍에서 소년의 사진과 영수증 사본을 꺼냈다.

"이걸 토대로 저희도 소년에 대해 좀 알아보도록 하지요."

"집단절도사건은 어떡하고요?" 나츠메가 물었다.

소년을 아동보호소에 보낸 다음 날부터 히로코와 나츠메는 집단절도사건 수사를 맡고 있었다. 물론 나츠메가 그쪽 수사라고 해서 의욕적으로 나서는 것도 아니긴 했지만.

"나츠메 형사님은 그 아이가 마음에 걸리지 않으세요?"

"그야 좀 신경이 쓰이기는 하지만 아이 신원을 알아내는 게 쉽지는 않을 것 같아서요."

"아이가 간 편의점 주변에서 탐문수사를 하다 보면 아이 가족이나 아이에 대해 아는 사람이 나오겠지요."

"글쎄요." 나츠메가 고개를 기울였다.

"왜 그렇게 회의적이신 건데요."

"미성년 거주불명자일 가능성도 있어 보여서요."

미성년 거주불명자—

히로코도 들어본 적이 있었다. 학교에 다닐 나이지만 주소 이전을 하지 않아서 거주불명인 상태로 학교에도 다니고 있지 않은 아이들을 가리키는 말이었다.

"만약 그렇다면 학교를 아무리 뒤져 본들 아무 소용이 없겠지요. 하지만 그렇다고 하더라도 보통은 일주일이나 애가 집에 안 들어오면 부모가 경찰에 신고를 할 텐데 그것도 없는 걸 보면 어쩌면 호적 자체가 존재하지 않을 수도 있겠네요." 나츠메가 팔짱을 낀 채 중얼거렸다.

"호적이 없다고요?"

"호적이 없다면 부모가 신고를 하지 않는, 아니, 하지 못하는 이유도 설명이 됩니다. 태어난 아이의 출생신고를 하지 않는 건 범죄니까요. 제 추측이 맞다면 부모가 아이를 밖에 내보내는 일도 거의 없었을 겁니다. 하루 종일 방 안에만 틀어박혀 지냈다면 지하철 타는 법도 당연히 모르겠지요."

히로코는 나츠메의 말을 듣고 짚이는 데가 있었다.

어떻게 가는지 몰라요—

소년이 택시 운전기사에게 한 말은 지하철 타는 법을 모른다는 뜻이었을까?

"그렇다면 더더욱 아이 부모를 빨리 찾아야겠네요." 히로코가 강한 어조로 말했다.

"아이 출생신고도 안 하는 부모라면 안 찾는 게 나을 수도 있지 않을까요? 이대로 아이가 아무 말을 안 하고 부모도 나타나지 않는다면 아이에게는 새 호적이 부여될 겁니다. 물론 호적이 나온 다음에는 보육원 같은 시설에 들어가게 되겠지만…" 나츠메가 말끝을 흐렸다.

"정말로 부모가 무책임한 건지는 알 수 없잖아요. 불법 체류 중인 외국인일 수도 있고. 만약 정말로 출생신고를 안 한 거라면 더더욱 부모를 찾아서 죄를 물어야죠. 어느 쪽이든 아이를 생각한다면 하루빨리 진실을 밝혀야 하지 않을까요?"

"네…."

나츠메가 어쩔 수 없다는 듯 소년의 사진을 손에 들고 자리에서 일어났다.

"한 가지 부탁이 있습니다만, 따로따로 움직여도 될까요? 지금까지 혼자 일해서 그런지 다른 사람이랑 같이 있는 건 영 불편하네요."

보나 마나 일은 안 하고 농땡이나 치려는 거겠지.

"좋을 대로 하세요." 히로코는 짧게 대답하고 먼저 사무실을 나섰다.

나츠메가 예상한 대로 소년을 알고 있는 사람을 찾는 것은 쉬운 일이 아니었다.

아이가 갔던 편의점 주변이나 그 나이 또래가 갈 만한 공원이며 PC방을 돌아다니며 탐문수사를 벌였지만 아이 부모나 아이를 안다는 사람은 찾을 수가 없었다.

땅거미가 질 무렵, 슬슬 경찰서로 복귀하려던 차에 나츠메에게서 전화가 걸려 왔다.

"토시마구 중앙도서관으로 와주세요."

나츠메는 그 말만 하고는 바로 전화를 끊었다.

도서관에 도착하니 안내데스크 옆에서 나츠메가 기다리

고 있었다.

"무슨 일이죠?"

"이분이 아이를 본 적이 있으시답니다." 나츠메가 안내데스크에 있는 여자 직원을 가리키며 말했다.

"정말이요?"

히로코가 저도 모르게 몸을 앞으로 내밀며 흥분한 목소리로 묻자, 직원이 "네." 하고 고개를 끄덕였다.

"언제 왔었나요?"

"아이들이 많았으니 토요일 아니면 일요일이었을 텐데…, 토요일이었던 것 같네요." 직원이 기억을 더듬으며 대답했다.

소년이 절도사건을 일으킨 다음 날이었다.

"아이가 책을 빌려 갔나요?"

대출을 했다면 대출기록을 통해 신원을 확인할 수 있을 터였다.

"아니요, 빌려 가지는 않았어요. 처음 보는 아이였고, 도서관 문 열 때 와서 저녁때까지 저 자리에 앉아 뭔가를 열심히 읽다 갔어요." 직원이 열람실 의자를 가리켰다.

"뭘 읽고 있던가요?"

"글쎄요, 거기까지는…. 이제 그만 가 봐도 될까요?"

히로코가 알았다고 하자 직원은 데스크 안쪽으로 사라

졌다.

"하루 종일 수사를 하긴 하셨군요."

의외의 일면을 발견한 기분으로 말을 건네자, 나츠메가 "그렇지도 않습니다."라며 무심하게 대꾸했다.

"일단 아이가 택시를 잡아탄 장소에서부터 시작하는 게 좋겠다 싶어서 카마타 경찰서에 전화해 택시회사와 택시기사 이름을 물어봤거든요. 그런데 하필이면 오늘 그 택시기사가 쉬는 날이라 확인하는 데 시간이 걸렸을 뿐입니다."

나츠메가 문득 고개를 돌렸다. 시선을 따라가 보니 벽에 걸린 시계가 눈에 들어왔다. 5시 반이었다.

"퇴근 시간이 지났으니 여기서 바로 퇴근하겠습니다." 나츠메는 그렇게 말하며 출입문 쪽으로 향했다.

다음 날, 히로코도 소년을 보았다는 사람을 찾았다.

조시가야에 있는 아파트 단지에 사는 스무 살짜리 대학생이었다.

나츠메에게 전화를 걸어 이리로 오라고 한 뒤, 청년과 함께 단지 안 벤치에 앉아 기다렸다.

"뭔가 운동을 하시나요?"

"네, 풋살을 하고 있습니다." 청년은 시원시원한 말투로 대답했다.

과연 반바지 아래로 보이는 두 다리가 탄탄한 근육으로 덮여 있었다.

잠시 잡담을 나누고 있으니 저쪽에서 나츠메가 걸어오는 게 보였다.

"기다려주셔서 감사합니다. 그때 상황을 다시 한번 말씀해주시겠어요?" 히로코가 청년에게 부탁했다.

"제가 그 아이를 본 건 며칠 전 일입니다. 풋살 연습을 마치고 돌아오는 길이었는데 저기서 아이가 어떤 남자랑 같이 있었어요."

청년이 가리키는 쪽에는 커다란 나무 한 그루가 서 있었다.

"남자의 인상착의를 설명해주실 수 있나요?" 나츠메가 물었다.

"다부진 체격에 양복을 입고 있었어요. 얼굴은 좀 험상 궂게 생긴 편이었고, 아이 손을 붙잡고 뭐라 뭐라 얘기하는 것 같더라고요."

"무슨 얘긴지 들으셨나요?"

"이리로 오면 원하는 건 뭐든 갖게 될 거라나 뭐라나. 그런 얘기를 하면서 억지로 아이를 끌고 가려고 하길래 당장 경찰에 신고해야겠다 싶어서 핸드폰을 꺼내 들었죠. 그런

데 그때 아이가 남자를 향해 뭔가를 뿌렸고, 남자는 고통스러워하며 두 팔을 허우적거렸어요."

"호신용 스프레이를 뿌린 걸까요?"

"아마도요. 꽤 거리가 떨어져 있었는데 제가 있는 곳까지 고약한 냄새가 느껴졌거든요. 남자는 한 손으로 눈을 가린 채 다른 한 손으로 소년이 쓴 모자를 움켜잡고 놓으려 들지 않았어요. 그러다 결국 소년이 남자의 손을 뿌리치고 어디론가 달아났고요."

"그게 정확히 언제였나요?" 나츠메가 무언가를 골똘히 생각하는 표정으로 물었다.

"지난주 금요일 밤이었습니다."

"이 아파트에 사는 아이인가요?"

"그렇지 않을까요? 그전에도 단지 안에서 몇 번 본 적이 있거든요. 한번은 엄마 같아 보이는 여자랑 대나무 장난감을 가지고 놀고 있길래 제가 이런 건 어디서 파냐고 말을 건 적도 있어요. 그랬더니 여자가 대답은 안 하고 그냥 애매하게 웃으면서 아이를 데리고 저리로 들어가버리더라고요." 청년이 단지 안 아파트 중 한 동을 가리켰다.

"아이 이름은 모르고요?"

"네."

"여자의 인상착의에 대해 설명해주시겠어요?"

"서른 정도 되어 보이는 예쁘장한 여자였어요. 딱히 기억나는 건 없는데…, 화려한 네일아트를 하고 있었다는 것 정도? 이제 가봐도 될까요? 알바 시간에 늦을 것 같아서요."

"네, 협조해주셔서 감사합니다."

청년은 히로코와 인사를 나누고는 자전거를 타고 떠났다.

"호적이 없는 건 아닌 것 같네요." 히로코가 조금 마음이 놓인다는 얼굴로 말했다.

"왜 그렇게 생각하시나요?"

"아마도 아이를 끌고 가려고 했다는 남자가 아빠 아닐까요? 가정폭력 등의 이유로 남편한테서 도망치려는 아내가 아이를 데리고 집을 나와서 일부러 주소 이전을 하지 않은 거죠."

"정말로 그런 거라면 좋겠지만…."

"이제 어떻게 할까요? 저 아파트를 한 집 한 집 방문해봐야겠죠?"

"그 전에 먼저 여자에 대해 좀 알아봐야 하지 않을까요?"

"그게 좋겠네요."

히로코는 고개를 끄덕이며 나츠메와 함께 단지를 돌아

나왔다.

초인종을 누르고 잠시 기다리자 여자가 현관문을 살짝 열고 얼굴을 내밀었다. 마르고 혈색이 좋지 않은 여자였다.

"히가시이케부쿠로 경찰서 생활안전과에서 나왔습니다. 잠깐 시간 괜찮으신가요?" 히로코는 여자에게 경찰 신분증을 들어 보였다.

"네? 경찰이 무슨 일로…."

여자는 당황한 기색이 역력했다. 움푹 파인 눈동자가 불안정하게 흔들렸다.

"이 아이 아시죠?"

여자는 히로코가 꺼내든 소년의 사진을 뚫어지게 쳐다보았다.

"현재 소년분류심사원에서 보호하고 있습니다."

"소년분류심사원이요?"

"지난주 금요일에 가게 물건을 훔쳐서 경찰에 신고가 들어왔거든요. 아이가 말을 하지 않아서 보호자를 찾는 중입니다. 문 좀 열어주시겠어요?"

히로코의 말에 여자는 체념한 듯 도어체인을 풀고 문을 열었다.

"들어가도 될까요?"

여자가 힘없이 고개를 끄덕이는 것을 확인한 히로코는 신발을 벗고 집으로 들어섰다.

작고 호리호리한 여자는 살짝 건드리기만 해도 쓰러질 것 같은 느낌으로 탁자 앞에 주저앉았다. 히로코는 "실례하겠습니다." 하고 양해를 구하며 여자와 마주 보고 앉았다.

주위를 둘러보니 히로코도 잘 아는 TV 만화영화 캐릭터 인형이며 게임, 자동차 같은 아이 장난감이 집 안 곳곳에 쌓여 있었다. 대학생 청년이 말한 대나무 장난감도 보였다. 장난감뿐 아니라 책도 많았다. 만화책과 초등학교 학습지 등이 책장에 가지런히 꽂혀 있었다.

나츠메는 자리에 앉지 않고 집 안을 천천히 돌아다니며 그것들을 살펴보았다.

"우선 이름을 말씀해주시겠어요?" 히로코는 눈앞에서 고개를 숙이고 있는 여자에게 말을 건넸다.

여자에 대해서는 어제 하루를 꼬박 들여 조사한 터였다. 먼저 조사부터 하고 오는 게 좋겠다고 말을 꺼낸 장본인인 나츠메는 어제 비번이라서 결국 히로코 혼자 알아봐야 했다.

조사 결과, 서류상으로는 이 집에 살고 있는 사람이 없는 것으로 나타났다. 계약서상 임차인 명의는 쿠리하라 히로히사라는 이름으로 되어 있었고, 우편함이나 문패에는 이름이 적혀 있지 않았다.

"오카자키 타마미입니다."

"쿠리하라 씨는 남편 되시나요?"

히로코의 질문에 여자는 놀란 듯 고개를 들었다.

"아니요, 그게…, 쿠리하라 씨는 이 집을 계약만 했고, 같이 사는 건 아니에요."

"요 며칠 근처에 있는 병원들을 돌아다니시는 것 같던데 아이를 찾고 계셨던 건가요?"

탁자 위에 소년의 사진을 내려놓자 타마미가 고개를 끄덕였다.

"왜 경찰에 신고하지 않으셨나요? 아들이 며칠씩 집에 안 들어오면 많이 걱정이 됐을 텐데."

"제 아들은 아니에요." 타마미가 중얼거렸다.

"그러면?"

"부탁을 받아서 잠시 맡아 키우고 있는 거예요."

"누가 부탁했는데요?"

"스즈키라는 여자요."

"그 사람은 지금 어디 있나요?"

"몰라요."

"모른다고요?"

"네."

"어떻게 아는 사이신데요?"

"부끄러운 얘기지만, 제가 좀 아파서 회사를 다니기는 어렵거든요. 그래도 먹고살기는 해야 하니까 거리에서 몸을 팔았던 적이 있어요. 스즈키 씨랑은 그때 만났어요."

"그게 언제인가요?"

"꽤 됐는데…, 6, 7년쯤 전일 거예요."

"그때부터 계속 아이를 맡아 키우고 계신 건가요?"

"네. 스즈키 씨가 나쁜 사람한테 쫓기고 있어서 함께 있으면 아이가 다칠지도 모른다면서…. 상황이 해결되면 반드시 데리러 올 테니 그때까지만 준을 좀 맡아달라고 했어요."

"아이 이름이 준인가요?"

"본명인지는 모르겠지만요. 스즈키라는 성도 그렇고요."

"아무리 그렇다고 해도 남의 애를 7년씩 맡아 키우다니…."

좀처럼 믿기 힘든 이야기였다.

"정기적으로 보내주는 양육비 덕분에 저도 생활하는 데 많이 도움이 되거든요."

타마미가 서랍에서 통장을 꺼내 보여주었다. 스즈키 유키코라는 이름으로 2주에 한 번꼴로 10만 엔씩 들어오고 있었다.

"장난감 같은 것도 이분이 보내오나요?"

갑작스런 질문에 뒤를 돌아보니, 나츠메가 손에 장난감 총을 들고 있었다. 벽 앞에 놓인 표적을 맞히며 놀고 있던 모양이었다.

"나츠메 형사님, 뭐 하시는 겁니까?" 히로코가 주의를 주었다.

"아니요, 보통 제가 사주고 있어요."

"준과 같이 가서 고르시나요?" 나츠메가 물었다.

"아이를 밖에 데리고 나가는 건 위험할 수 있으니 대부분 제가 적당히 골라서 사오는 편이에요."

나츠메는 장난감 총을 내려놓고 이번에는 가까이 놓인 요리책을 손에 들더니 책장을 휘리릭 넘겼다.

"요리를 좋아하시나 보네요. 손톱 때문에 요리하기 불편하지 않으세요?"

"10대 때부터 네일 아트에 빠져서 부엌칼은 거의 잡아본 적이 없어요. 요리책은 준이 보는 거예요."

"아이가요?"

"요즘 요리에 빠져 있거든요. 어릴 때부터 편의점 도시락만 먹어서 질렸나 봐요. 그래서 요즘은 만화책이나 참고서 외에 요리책도 종종 사주고 있어요."

"아이를 그렇게 아끼면서 왜 경찰에 신고를 안 하셨나요?" 히로코는 나츠메 때문에 옆길로 샌 이야기를 다시 바로잡았다.

"겁이 나서요. 준을 학교에 보내지 않은 걸 들키면 감옥에 가게 될까 봐…."

"보호자가 처벌받을 가능성은 있습니다. 일단 함께 경찰서로 가서 더 이야기를 나눌 수 있을까요?"

"네. 옷만 좀 갈아입고 가도 될까요?"

"그러시죠."

히로코는 자리에서 일어났다. 대나무 장난감을 가지고 놀고 있던 나츠메에게 "가시죠." 하고 함께 집을 나섰다.

"7년이나 저 작은 공간에 갇혀 생활했다니 아이가 너무 불쌍하네요."

"그런가요?"

"나츠메 형사님은 그렇게 생각하지 않으세요?"

"저는 집을 보고 타마미 씨가 아이를 친자식처럼 아낀다는 느낌을 받았거든요."

히로코 생각에도 아이를 방치하거나 학대하는 것 같지는 않았다.

"아이도 타마미 씨를 따르는 것 같고요."

"그래서 경찰에서도 소년분류심사원에서도 아이가 타마

미 씨 이름을 말하지 않았다는 건가요?"

신원이 밝혀지면 타마미에게 피해가 갈 거라고 생각한 걸까.

"아니요, 같은 도시락을 먹으려고 한 걸 보니까요." 나츠메는 그렇게 말하고는 계단을 내려갔다.

8

"쿠리하라 씨, 손님 오셨어요."

주차장에서 세차를 하고 있는데 직원이 부르러 왔다. 쿠리하라는 긴장한 눈빛으로 사무소 쪽을 쳐다보았다.

설마 경찰인가.

어제 타마미에게서 전화가 걸려 왔다. 지금부터 경찰서로 연행될 예정이라 마지막으로 하는 연락이라고 했다.

유우키는 절도죄로 경찰서에 잡혀 있는데, 경찰서에서도 소년분류심사원에서도 아무 말도 하지 않는 모양이었다.

유우키에게는 만약 네 존재가 세상에 밝혀지면 아줌마랑 헤어져 외톨이로 살아가야 한다고 타마미를 통해 귀에 못이 박히도록 일러두었다.

다른 사람한테는 아무 말도 하면 안 돼.

유우키는 그 말을 충실하게 지키고 있는 것 같았지만 이로써 타마미는 처벌을 받게 될 것이었다.

정말 미안해. 쿠리하라가 전화기 너머로 사과하자, 타마미는 "괜찮아요. 어떻게 해서든 아이는 제가 끝까지 지킬게요."라고 대답했다.

타마미는 쿠리하라에게도 경찰이 찾아갈지 모른다고 경

고했다. 집 계약 명의자일 뿐 아니라 타마미가 마지막으로 연락을 취한 인물이 바로 쿠리하라이기 때문이었다. 타마미는 나츠메라는 형사를 특히 조심하라고 신신당부를 하며 전화를 끊었다.

타마미가 전화로 알려준 덕분에 어느 정도 마음의 준비는 된 상태였다.

사무소 안 응접실 문을 열고 들어가자 한 쌍의 남녀가 소파에 나란히 앉아 있었다.

얼핏 보기에 나이는 마흔 전후로 쿠리하라와 동년배인 듯했다.

"저를 찾아오셨다고 들었습니다만…." 쿠리하라는 머뭇거리며 입을 열었다.

"갑자기 이렇게 찾아와서 죄송합니다. 몇 번 자택으로 찾아갔는데 아무도 없어서 이쪽으로 와 보니 마침 계시다고 해서요."

남자 쪽은 어딘가 나사가 하나 빠진 듯 못 미더운 인상이었지만, 여자의 시선이 쿠리하라를 머리끝부터 발끝까지 날카롭게 살피는 게 느껴졌다.

타마미가 말한 나츠메라는 형사는 여자 쪽인 것 같았다.

"히가시이케부쿠로 경찰서에서 나온 후쿠치 히로코 형사입니다."

여자는 나츠메가 아니었다.

"경찰이라고요?" 쿠리하라는 짐짓 놀란 표정을 지으며 되물었다.

"일단 앉으시죠."

히로코의 손짓에 두 사람을 바라보며 맞은편 소파에 앉았다.

여자가 나츠메가 아니라면 옆에 있는 이 멍해 보이는 남자가 나츠메라는 건가. 하지만 아무리 봐도 경계가 필요할 정도로 유능해 보이지는 않았다. 쿠리하라는 아마도 오늘 나츠메라는 형사는 같이 안 온 모양이라고 생각하며 가슴을 쓸어내렸다.

"형사님이 대체 무슨 일로…"

"오카자키 타마미 씨 아시죠?" 히로코가 물었다.

"네, 그런데요?"

"오카자키 씨한테 연락 못 받으셨나요? 오카자키 씨는 현재 아동복지법 위반 혐의로 경찰서에 구류 중입니다. 어제 경찰서로 연행되기 직전에 쿠리하라 씨 핸드폰으로 전화를 걸었던데 그때 이야기 안 하던가요?"

"그런 얘기는 안 했습니다. 단지 어제 만날 약속을 했었는데 사정이 생겨 못 나가게 되었다고만 했어요."

"죄송하지만 오카자키 씨와는 무슨 관계이신가요?"

"대놓고 말하긴 좀 그렇지만 서로 즐기는 사이입니다."

"오카자키 씨가 살고 있는 집이 쿠리하라 씨 이름으로 되어 있던데요."

"네, 집 계약할 때 이름을 좀 빌려달라고 해서요."

"그 집에 간 적은요?"

"계약할 때 한 번 갔었고, 그 이후로는 간 적이 없습니다. 오카자키 씨가 아동복지법을 위반했다니 그게 대체 무슨 소립니까?"

"이 아이를 아십니까?" 히로코가 테이블 위에 사진 한 장을 내려놓았다.

쿠리하라는 유우키의 사진을 잠시 바라본 다음, "모르겠는데요."라며 고개를 저었다.

"준이라고 하는데 타마미 씨한테 들은 적 없으신가요?"

"잠깐만요. 설마 타마미 아들이라는 겁니까?" 쿠리하라는 화들짝 놀란 척을 했다.

"아니요, 타마미 씨 말로는 아들은 아니라는데 그 집에서 같이 살고 있었습니다."

"그럴 수가… 어쩐지 집으로 가자고 하면 싫어하더라니…" 쿠리하라는 믿을 수 없다는 표정을 지었다.

"바쁘신데 시간 내주셔서 감사합니다."

더 이상 들을 게 없다고 판단했는지 히로코가 옆에 앉

은 남자와 눈짓을 주고받으며 일어섰다.

"타마미는 감옥에 가는 건가요?" 쿠리하라가 물었다.

"타마미 씨 말이 사실이라면 정상참작의 여지는 있습니다. 그렇다고 감옥에 갈 가능성이 전혀 없는 건 아닙니다만."

"그런가요. 그렇게 되면 집 계약도 해지해야 할 텐데…."

쿠리하라는 마지막으로 연기를 해 보이며 문을 나서는 두 사람을 배웅했다.

9

소년분류심사원 안내데스크에서 기다리니 키타시바라는 법무부 직원이 나타났다.

"안녕하세요. 저희가 애먹고 있는 동안 아이 보호자를 찾으셨다고요."

키타시바는 히로코에게 말을 건네고 조금 떨어져 서 있는 나츠메에게 고개를 돌렸다.

"어이, 나츠메. 오랜만이네."

키타시바가 인사하자 나츠메가 가볍게 고개를 끄덕였다.

"나츠메 형사님, 전에 청소년계에 계셨나요?"

히로코의 물음에 나츠메는 아무 대답도 하지 않았다.

"저희 동료였습니다."

키타시바가 한 말을 이해하는 데 잠시 시간이 걸렸다.

"동료라니요?"

"나츠메가 경찰관이 되기 전까지 같이 일했습니다. 그렇지?"

"나츠메 씨는 원래 법무부 직원이셨나요?"

나츠메가 두 사람의 눈길을 피하며 고개를 살짝 끄덕였다.

"모두가 인정하는 우수 직원이었죠. 아, 이리로 오시죠."

키타시바의 안내에 따라 히로코가 걸음을 옮겼다. 나츠메도 뒤따라왔다.

"아이는 좀 어떤가요?" 히로코가 키타시바에게 물었다.

"여기 데려와서 계속 면담을 하고 있기는 한데 도통 말을 안 하네요."

키타시바가 면담실이라고 적힌 방 앞에서 멈췄다. 노크를 하고 방문을 열자 책상에 앉아 있는 소년의 뒷모습이 눈에 들어왔다.

"들어가시죠."

히로코는 방으로 들어섰다. 소년과 마주 앉아 있던 직원이 일어나 방을 나갔다. 문이 닫히고 히로코는 소년의 맞은편에 앉았다.

면담실에는 의자가 하나 더 있었지만 나츠메는 자리에 앉지 않고 문 바로 옆 벽에 몸을 기댄 채 멍하니 서 있었다.

히로코는 다시 소년 쪽으로 시선을 돌렸다. 소년은 여전히 고개를 푹 숙인 상태였다.

"오카자키 타마미 씨를 만나 얘기 들었어."

히로코가 말하자 소년이 화들짝 놀란 표정으로 고개를 들었다.

히로코는 잠자코 소년의 눈을 들여다보았다. 아주 약간이지만 처음으로 보여주는, 감정이 담긴 눈빛이었다.

"타마미 씨가 너에 대해 다 말해줬단다. 그러니까 이제 더 이상 입 다물고 있을 필요는 없어. 몇 가지 확인하고 싶은데 대답해줄 수 있겠니?"

소년은 아무런 반응도 보이지 않았다.

"엄마 아빠 기억하니?"

최대한 부드러운 말투로 물었지만 소년은 대답하지 않았다.

"네가 물건을 훔친 날 밤에 어떤 남자가 널 끌고 가려고 했다면서? 그 남자는 누구니? 왜 널 데려가려고 한 거지? 혹시 그 남자가 아빠인 거니? 그때 무슨 얘기를 했는지는 기억해?"

소년은 조개처럼 입을 꾹 다물고 히로코를 쳐다보기만 했다.

"그날 왜 로쿠고도테에 가려고 한 거니? 거기에 뭐가 있길래?"

계속해서 질문을 던졌지만 소년의 눈에서는 더 이상 아무런 감정도 느껴지지 않았다.

히로코는 한숨을 내쉬며 나츠메에게 눈길을 보냈다.

"그만 돌아가시죠." 나츠메가 포기한 듯 방문을 열었다.

"왜 법무부를 그만두고 경찰이 되신 건가요?"

지하철 개찰구로 향하며 물으니 나츠메가 이쪽으로 고개를 돌렸다.

"글쎄요, 지금 생각하면 굳이 그럴 필요가 있었나 싶기도 하네요."

"굳이 그럴 생각도 없었는데 어쩌다 보니 경찰이 돼서 그렇게 의욕이 없으신 건가요? 수사1과에서도 인정하는 형사님이라길래 나름 기대했는데."

"그분들이 잘못 보신 겁니다." 나츠메가 자조 섞인 말투로 대꾸했다.

"저도 그렇게 생각해요. 나츠메 형사님에게서는 일에 대한 열의가 전혀 느껴지지 않는걸요. 그런 식으로 일하는 건 주위에도 안 좋다고 봅니다."

"그럴 수도 있겠네요. 친구 녀석도 제게 이직을 권하더군요. 다 잊고 새로 출발하는 게 좋지 않겠냐면서."

"알겠습니다. 이제 내일부터는 청소년계에 안 나오셔도 됩니다. 나츠메 형사님을 보고 있으면 계속 그 아이를 떠올리게 될 것 같으니까요. 나츠메 형사님이나 그 아이나 대체 뭘 생각하고 있는 건지, 뭘 바라는 건지 알 수가 없네요."

"그 아이가 무언가를 바라고 있는 건 분명합니다." 나츠메가 그렇게 말하며 개찰구를 통과했다.

"그게 뭔데요?"

히로코가 묻자 나츠메는 멈춰 서서 이쪽을 바라보았다.

"아이의 행적을 따라가다 보면 자연스럽게 알게 될 겁니다."

무슨 말인지 이해가 되지 않았다.

"무슨 의미죠?"

"오늘은 대학 동기와 술 약속이 있어서 이만 들어가 보겠습니다. 신문사 정치부 기자인데 만나면 늘 재미있는 업계 뒷이야기를 들려주거든요."

나츠메가 발걸음을 돌려 반대쪽 승강장으로 향했다.

"잠깐만요. 아직 얘기가…."

히로코가 불러 세웠지만 나츠메는 걸음을 멈추지 않고 점차 멀어져 갔다.

아이의 행적을 따라가다 보면 자연스럽게 알게 될 겁니다—

히로코는 차창에 비친 자신의 얼굴을 쳐다보며 그 말에 대해 곰곰이 생각해 보았다.

히로코가 알아차리지 못한 사실을 나츠메는 알고 있다는 걸까. 아니면 그냥 해본 말인 걸까.

지하철이 이케부쿠로역에 도착해 문이 열렸다. 경찰서로 돌아가려면 다음 역인 히가시이케부쿠로에서 내리는 편이 더 가까웠지만 무언가가 마음에 걸려 문이 닫히기 직전에

서둘러 열차에서 내렸다.

이케부쿠로역을 빠져나와 화려한 네온사인이 가득한 번화가를 지나 DVD 판매점으로 향했다. 매장에 들어서서 직원과 인사를 나누고 매장 안 할인상품 판매내에 놓인 DVD를 살펴보았다.

소년은 여기 있던 DVD를 훔치려고 했다.

전날 돈을 내고 사려고 했던 DVD니 충동적으로 저지른 실수라고 보기는 어려웠다. 어떻게든 그 DVD를 손에 넣고 싶었던 것이리라.

하지만 대체 왜?

히로코는 이렇다 할 해답을 찾지 못한 채 이번에는 소년이 살던 아파트로 걸음을 돌렸다.

어스름이 깔리기 시작한 아파트 단지 안 벤치에 앉아 맞은편에 있는 나무를 물끄러미 바라보았다.

매장에서 달아난 소년은 바로 여기에서 수상한 남자에게 끌려갈 뻔했다. 도망친 지 다섯 시간쯤 지난 시각이었을 텐데 어쩌면 호신용 스프레이 냄새가 빠질 때까지 어딘가에 숨어 있었던 건지도 모르겠다는 생각이 들었다.

소년을 데려가려고 한 남자는 대체 누굴까. 소년의 아버지일까 아니면 스즈키 유키코라고 하는 소년의 어머니를 쫓고 있다는 남자일까.

이번에도 답을 얻지 못한 히로코는 벤치에서 천천히 일어났다.

중앙도서관에 들어서자마자 히로코는 소년이 앉아 있었다는 열람실로 향했다. 소년과 같은 자리에 앉아 가만히 책상 위를 내려다보았다.

소년은 그날 아침부터 저녁까지 여기 앉아 열심히 무언가를 읽고 있었다. 그러고는 도서관 앞에서 택시를 타고—

"안녕하세요."

갑자기 들려온 목소리에 히로코는 생각을 멈추고 고개를 들었다.

일전에 이야기를 들려준 여자 직원이 서 있었다.

"아, 그때는 정말 감사했습니다." 히로코가 가볍게 목례를 건넸다.

"경찰분들은 정말 수사에 열심이시네요."

"'들'이라뇨?" 히로코가 되물었다.

"그때 함께 계셨던 남자 형사분도 이틀 뒤에 다시 오셔서 하루 종일 여기 앉아 있다 가셨거든요."

"하루 종일이요?"

나츠메가 비번이었던 날이다.

"네. 옛날 신문 모아 놓은 걸 열심히 읽으시더라고요."

직원이 그렇게 말하며 바로 옆 책장을 가리켰다. 과거 신문들을 모아 놓은 코너였다.

왜?

히로코는 벌떡 일어나 책장에서 파일 하나를 뽑아 들었다. 그러고는 자리로 돌아와 자신이 무엇을 찾고 있는지도 모르는 상태로 한 장 한 장 신문을 넘기기 시작했다.

문이 열리는 소리에 히로코는 시선을 들었다.

카페에 들어선 나가미네를 발견하고 바로 자리에서 일어섰다.

"나와주셔서 감사합니다. 오랜만에 연락드리면서 갑자기 무리한 부탁을 해서 죄송해요." 히로코는 고개를 숙였다.

"아닙니다. 지금은 그리 바쁜 일도 없어서 괜찮습니다. 히로코 형사님이 하치오지 경찰서에서 히가시이케부쿠로로 옮기신 줄은 몰랐네요."

"3개월 전에 발령이 나서요."

나가미네는 히로코보다 두 살 어렸지만 스물여덟 살 때 수사1과에 발탁될 정도로 우수한 형사였다.

나가미네는 7년 전, 히로코가 수사본부에 참가했을 때 함께 일한 파트너였다. 젊은 여성만을 노리는 연쇄강간살인사건이었다. 두 명이 살해당했고, 한 명은 평생 지워지지 않을 마음의 상처를 입었다.

히로코와 나가미네는 피해 여성으로부터 정보를 알아내야 했지만, 피해자는 사건 당시 받은 충격과 공포로 인해 범인에 관해서는 아무것도 기억하지 못했다.

히로코는 같은 여성 입장에서, 나가미네는 이성의 입장에서 피해자를 격려하고 용기를 북돋아주며 피해자가 입은 상처를 치료할 수 있도록 최선을 다했다. 그 덕분인지 피해자는 조금씩 범인의 정보를 기억해내기 시작했고 마침내 무사히 범인을 체포할 수 있었다.

나가미네를 비롯해 당시 함께 사건을 담당했던 형사들과는 지금도 가끔 술자리를 갖는 사이였다.

수사1과가 담당한 사건은 아닐 것 같았지만 나가미네라면 무언가 관련 정보를 알아봐 줄 수 있지 않을까 싶어 어제 오랜만에 연락을 해 본 것이었다.

"그 사고에 관해 뭔가 알아내셨나요?"

히로코는 바로 본론으로 들어갔다.

"네, 수사1과 담당은 아니었지만 카마타 경찰서에 동기가 있어서 그 녀석한테 좀 물어봤습니다."

어제는 하루 종일 도서관에 틀어박혀 신문을 읽었다. 특히 타마미가 소년을 맡아 키우게 된 7년 전을 중심으로 '로쿠고도테'와 관련된 사건이나 사고가 없었는지 샅샅이 뒤졌다.

이윽고 신문 기사 하나를 발견했다.

7년 전 6월 6일, 로쿠고도테역 근처 타마가와강 둔치에서 세 살짜리 남자아이가 물에 빠져 실종되는 사건이 발생했다.

아버지가 낚시에 정신이 팔린 사이 아들이 강에 빠진 것이었다. 아버지는 아들이 보이지 않는다는 사실을 깨닫고 곧바로 경찰에 신고했다. 하지만 그 일대를 아무리 수색해도 아이는 찾을 수 없었다는 기사였다. 후속 기사는 보이지 않았다.

아버지 이름은 쿠리하라 히로히사. 타마미가 살고 있는 집을 계약한 남자였다.

강에 빠진 아들 이름은 유우키라고 했다.

"카마타 경찰서에서는 그 사고 이후 한동안 쿠리하라 씨를 몰래 주시하고 있었다고 합니다. 좀 수상한 점이 있어서요."

"수상하다니요?" 히로코가 물었다.

"쿠리하라 씨는 과거에 정치인의 운전기사였습니다. 카미야 요이치라고 아시나요?"

"물론이죠."

카미야 가문은 3대째 내려오는 정치인 집안이었다. 이미 세상을 뜬 할아버지는 총리를 역임한 카미야 이치로였고,

아버지인 카미야 시게루는 경찰 간부 출신의 정치가로 장관을 몇 번이나 지낸 거물이었다.

"그러고 보니 카미야 요이치는 언제부터인가 별로 언론에 모습을 드러내지 않네요. 카미야 시게루는 아직도 정계에서 이름을 날리고 있는데."

"몇 년 전에 카미야 요이치의 외아들이 죽었는데 그것 때문일지도요. 아무튼 쿠리하라 씨는 10년쯤 전에 카미야 요이치의 운전기사를 관두고 잡지 모델과 결혼했습니다."

"잡지 모델이요?"

"네. 부인 이름은 호시 노조미. 저는 모르는 사람이지만요."

히로코는 어디선가 들은 기억이 있었다.

이윽고 소년이 훔치려고 한 DVD에 나오는 배우 이름이라는 사실을 기억해냈다.

동명이인일 가능성도 있지만 아무튼 같은 이름이었다.

"그리고요?"

생각지도 못한 연결고리에 히로코는 나가미네에게 이야기를 재촉했다.

"호시 노조미 씨는 아들의 사고가 일어나기 반년 전에 죽었습니다."

"반년 전이요?"

"네. 뺑소니 사고였는데 범인은 잡히지 않았습니다. 그 사고로 쿠리하라 씨 앞으로 부인의 생명보험금이 나왔고요. 쿠리하라 부부는 결혼 직후부터 카마타에서 술집을 했습니다. 처음에는 전직 모델이 하는 가게라고 소문이 나서 꽤 잘된 모양인데, 사고 당시에는 경영이 상당히 어려운 상태였다고 합니다. 부인이 죽은 후 쿠리하라 씨는 자신을 수익자로 해서 아들 명의로도 또 생명보험을 들었고요. 그래서 경찰에서 쿠리하라 씨를 조사하기 시작했는데 조사를 하면 할수록 수상한 부분이 나오는 겁니다. 쿠리하라 씨는 부인이 죽은 뒤 매일같이 불법 마사지숍을 방문하거나 길거리에서 성매매 여성을 사서 돈을 물 쓰듯 쓰며 방탕한 생활을 했습니다. 그리고 부인의 사망으로 받게 된 보험금이 바닥날 때쯤 아들이 사고를 당한 거죠. 카마타 경찰서에서는 두 사고를 수사하는 과정에서 수차례 임의로 쿠리하라 씨를 불러 조사했지만 입건할 만한 뚜렷한 증거를 찾지 못했습니다. 이제 사고로부터 7년이 지났으니 아들 앞으로 실종선고가 내려질 테고, 쿠리하라 씨는 또 보험금을 받게 되겠지요."

나가미네의 이야기를 들으며 히로코가 도출해 낸 결론은 하나였다.

보험금을 타낼 목적으로 아들이 죽은 것처럼 위장한 게

아닐까.

쿠리하라는 성매매 여성들과 어울리는 과정에서 타마미를 만나게 되었고, 그녀에게 아들을 맡긴 후 아들이 강에 빠졌다고 신고하고 보험금을 신청했다.

타마미는 아이를 맡아 키우는 대신 쿠리하라 명의로 된 집에 살며 정기적으로 양육비를 받았다.

경찰에서도 소년분류심사원에서도 아이가 아무 말도 하지 않은 것은 자신의 정체가 밝혀지면 아빠가 경찰에 잡혀갈 거라고 생각했기 때문이리라.

면담실에서 본 아이의 눈빛을 떠올리면 가슴이 아팠다.

"정말 감사합니다. 하루만에 이걸 다 알아내느라 고생하셨겠어요."

"그렇지도 않습니다. 실은 이틀 전에 똑같은 걸 물어온 사람이 있어서 자료는 다 준비된 상태였거든요."

나가미네의 말에 히로코는 고개를 갸웃거렸다.

"나츠메 형사님과 함께 수사하고 계신 거죠?" 나가미네가 미소를 지었다.

"나츠메 형사님을 아세요?"

"네, 히로코 형사님도 그렇고 나츠메 형사님도 제가 정말 존경하는 형사님이세요."

"나츠메 형사님을 존경하신다고요?" 히로코가 이해가

되지 않는다는 얼굴로 말했다.

"날카로운 통찰력과 아무리 고통스럽더라도 진실을 직시하는 강인함을 지닌 분이시지요. 겉보기엔 약해 보이지만 형사라는 직업에 누구보다도 진심인 분이라고 생각합니다."

"뭔가 오해가 있으신 것 같네요. 통찰력이 뛰어나다는 점에는 저도 동의하지만, 일에 대한 진심이나 열의는 전혀 안 느껴지던데요."

"요즘 좀 그렇다는 소문이 들리더군요. 저로서는 믿고 싶지 않은 이야기입니다만. 어쩌면 그 사건이 해결된 후, 이 일을 하는 의미를 찾지 못하고 계신 게 아닐까 싶기도 하네요."

"무슨 말씀이신지?"

"나츠메 형사님은 원래 소년분류심사원에서 일하는 법무부 직원이셨습니다. 서른 살 때 경찰로 전직하셨죠."

"네, 그 얘기는 저도 들은 적이 있어요. 갑자기 왜 전직을 하신 걸까요?"

"따님 사건을 해결하고자 하는 일념 때문이셨겠지요. 따님이 10년 전 지나가던 사람에게 무차별 폭행을 당해 아직도 식물인간 상태라고 들었습니다."

나가미네의 설명에 히로코는 말문이 막혔다.

"반년쯤 전에 나츠메 형사님이 자기 손으로 직접 딸을

공격한 범인을 잡으셨고요."

"그래서… 더 이상 경찰로 일할 필요를 못 느끼게 되었다는 건가요?" 히로코는 가까스로 입을 열었다.

"그렇지 않기를 바라야죠. 좀 특이한 타입이긴 하지만 저는 나츠메 형사님 같은 경찰도 반드시 있어야 한다고 보거든요. 가까운 시일 내에 나츠메 형사님이 열정적으로 수사하시는 모습을 다시 볼 수 있게 되기를 바랄 따름입니다."

나가미네는 진심 어린 눈빛으로 히로코를 바라보며 말했다.

쿠리하라가 보험금을 타내기 위해 아들을 죽은 것처럼 위장했다―

나츠메는 이번 사건의 배후에 뭐가 있는지 알면서 히로코에게는 아무 말도 안 했던 걸까.

아이를 그런 상황에 빠트린 부모의 범죄를 그냥 눈 감고 넘어가려 한 걸까.

일에 열의를 잃게 된 계기는 딱했지만 그렇다고 해서 순순히 받아들일 수 있는 문제는 아니었다.

형사과를 찾아가 곧장 나츠메 자리로 향했다.

"지금 시간 괜찮으세요?" 나츠메 앞에 멈춰서서 히로코가 굳은 목소리로 말했다.

"네, 무슨 일이시죠?"

"자리를 좀 옮길까요?"

남들 다 듣는 자리에서 할 만한 이야기는 아니었다.

나츠메와 함께 옥상으로 올라갔다. 옥상에는 아무도 없었다. 나츠메는 말없이 한 점을 응시한 채 천천히 옥상 끝으로 걸어갔다.

"대체 무슨 생각이신 겁니까?" 히로코는 나츠메의 등에 대고 말했다.

나츠메는 잠자코 이케부쿠로 거리를 내려다볼 뿐이었다.

"나츠메 형사님은 다 알고 계셨죠? 그 소년이 쿠리하라 히로히사의 아들이라는 사실도, 쿠리하라가 보험금을 타낼 목적으로 아들이 죽었다고 거짓말을 했다는 것도요."

"그저께 수사1과 나가미네 형사님께 이야기를 듣고 그럴 수도 있겠다는 생각은 했습니다."

"그렇다면 왜 그때 바로 제게 말해주지 않으셨나요? 아니, 저한테만 말한다고 될 문제도 아니고 경찰 차원에서 제대로 수사를 해야 하는 거잖아요."

"그럴 필요가 없다고 생각했기 때문입니다."

"그럴 필요가 없다고요?"

히로코는 그 말에 발끈하며 나츠메에게 다가섰다.

"딸을 해친 범인을 잡았으니 이제 다 상관없다는 건가요?"

히로코가 그렇게 말하자 나츠메가 이쪽을 돌아보았다.

"나츠메 형사님은 그 범인 하나만 잡겠다고 경찰이 되신 건가요? 그런 거라면 경찰 따위는 당장 그만두세요. 어딘가에서 고통받고 있을 피해자들을 돕는 게 저희가 할 일 아닌가요?"

나츠메는 어딘지 모르게 쓸쓸해 보이는 눈빛으로 잠시 히로코를 바라보더니 다시 거리 쪽으로 시선을 돌렸다.

"호적이 없어서 학교에도 못 다니고, 부모도 친구도 없이 그 좁은 집에서 하루 종일 갇혀 지내고 있다고요. 그런 아이가 불쌍하지도 않으세요?"

히로코가 거세게 힐난했지만 나츠메는 히로코와 눈을 맞추려 하지 않았다.

"호적이 있고 부모와 한집에서 경제적으로 윤택한 삶을 사는 것만이 행복이라고는 할 수 없지 않을까요?"

"그럼 나츠메 형사님이 보기에는 그 소년이 지금 행복하다는 건가요?"

나츠메가 몸을 돌려 히로코를 잠자코 쳐다보더니 이윽고 입을 열었다.

"그런지 아닌지 확인하러 가볼까요?"

10

대체 뭘 조사하겠다는 걸까.

경찰서 복도를 걸어가며 쿠리하라는 나쁜 예감을 떨쳐버리려 애썼다.

저녁 무렵, 히로코 형사가 집으로 찾아왔다. 타마미와 관련해서 조사하고 싶은 것이 있다며 임의동행을 요구했다.

오늘 시간이 안 되면 날을 다시 잡아도 된다고 했지만 내일부터 5일간 후쿠오카에 다녀올 예정이었고 그동안 내내 불안한 마음으로 지내기는 싫었기 때문에 바로 조사에 응하기로 했다.

하지만 차에 올라 히가시이케부쿠로 경찰서로 향하는 동안 나쁜 예감이 들기 시작했다.

혹시 유우키가 아빠를 기억해내고 경찰에 얘기한 건 아닐까.

만약 그렇다면 쿠리하라와 타마미는 잡혀가고, 유우키 홀로 남겨지게 될 터였다. 가장 피해야 할 상황이었다.

세 살 때까지의 기억이니 유우키가 쿠리하라를 얼마나 기억하고 있을지는 알 수 없었다.

타마미는 유우키를 준이라고 불렀지만, 어쩌면 원래 이

름을 기억해 냈을지도 모를 일이었다.

그러나 설령 유우키가 형사들에게 말했다고 하더라도 두 사람이 부모 자식 사이라는 증거는 아무것도 없었다. 쿠리하라가 자기는 모르는 아이라고 잡아떼면 그만이었다.

"이쪽입니다."

히로코가 '제3조사실'이라고 적힌 방 앞에서 멈췄다. 쿠리하라는 히로코를 따라 조사실로 들어갔다. 히로코가 가리키는 방향으로 고개를 돌린 순간, 심장이 멎는 줄 알았다.

벽 한쪽이 매직미러로 되어 있어서 옆 조사실 내부가 보였다. 일전에 사무실로 찾아왔던 남자 형사의 맞은편에 유우키가 앉아 있었다.

"이게 대체 무슨…?" 쿠리하라는 영문을 모르겠다는 듯 입을 열었다.

"저 아이가 오카자키 타마미 씨와 함께 살고 있던 소년입니다. 본 적 없으신가요?"

후쿠치의 질문에 쿠리하라는 고개를 저었다.

"쿠리하라 씨가 도착했습니다. 시작하시죠."

히로코가 책상 위에 설치된 마이크에 대고 말하자 옆 조사실에 있던 형사가 고개를 끄덕였다.

"많이 기다렸지?"

형사의 목소리가 스피커를 통해 흘러나왔다.

유우키는 반응을 보이지 않았다. 그저 가만히 고개를 숙이고 있을 뿐이었다.

"이름을 말해줄 수 있을까?"

형사가 몸을 살짝 앞으로 숙이며 부드럽게 말을 건넸다.

그 상태로 1분 정도 기다렸지만 유우키가 아무 말도 하지 않자 형사는 난처한 표정으로 살짝 웃었다.

"어쩔 수 없지. 그럼 아저씨 얘기를 좀 들어볼래? 중간에 말하고 싶은 게 생기면 사양 말고 얘기하렴. 아, 사양하지 말라는 게 무슨 뜻인지는 알려나? 너는 영리한 아이이니까 알고 있을 것 같구나."

형사가 이쪽을 슬쩍 한번 바라보고는 다시 유우키 쪽으로 시선을 돌렸다.

"요 며칠 동안 아저씨는 네 생각만 했단다. 네가 왜 그 DVD를 훔치려고 했는지, 왜 점원에게 호신용 스프레이를 뿌리고 도망쳤는지, 이튿날 도서관에는 왜 갔고 도서관을 나와서는 왜 택시를 타고 로쿠고도테까지 갔는지 말이야. 호신용 스프레이를 뿌리고 도망친 이유는 대충 짐작이 갔지만, 그 외에는 도통 감이 안 오더구나. 그래도 고생고생해서 겨우 알아냈단다."

유우키가 어깨를 흠칫하더니 살짝 고개를 들었다.

"너는 스스로를 찾고 있었던 거 아니니? 내가 누구인지,

어째서 나만 학교에 안 다니는지, 사랑하는 아빠는 왜 옆에 있어주지 않는 건지 알고 싶어서 말이야. 아마도 타마미 씨는 네게 아빠가 죽었다거나 어딘가로 사라졌다고 말해줬겠지."

쿠리하라는 매직미러 너머의 두 사람을 바라보며 옆에 서 있는 히로코가 눈치채지 못하게 어금니를 꽉 깨물었다.

"아저씨가 생각하기에는 네가 최근 TV에서 어딘지 모르게 낯이 익은 사람을 본 게 아닐까 싶더구나. 호시 노조미라고 하는 배우 말이야. 너는 TV에서 그 여자를 보고 스스로가 기억하는 엄마 얼굴과 닮았다고 생각했지만 확신할 수는 없었던 거지. 그래서 DVD를 훔치려고 한 거고. 기억 속에 남아 있는 엄마 가슴에 있던 점이 그 배우한테도 있는지 확인하고 싶었던 거 맞지?"

옆에서 듣고 있던 히로코가 화들짝 놀라는 게 느껴졌다.

"아마도 그 DVD를 손에 넣기 위해 여기저기 가게들을 뒤지고 다녔겠지. 온라인으로도 살 수 있지만 집에는 컴퓨터도 스마트폰도 없어서 불가능했을 테니까. 10년도 더 전에 나온 DVD를 구하기는 쉽지 않았을 거야. 겨우 발견한 가게에서는 구매를 거부당했고, 어쩔 수 없이 훔치려다 들켜서 점원한테 호신용 스프레이를 뿌리고 달아난 거지. 몸에서 나는 이상한 냄새가 사라질 때까지 기다렸다가 집에 들어갈 생각이었는데 집 근처에서 한 남자가 말을 걸어 왔고, 평소 타마미 씨가 밖에서 다른 사람과 얘기하면 안 된다고 했기 때문에 너는 곧바로 달아나려 했지만 결국 잡히고 말았지."

처음 듣는 이야기에 쿠리하라는 저도 모르게 앞으로 몸을 내밀 뻔했지만 옆에 있는 히로코의 시선이 느껴져 가까스로 참았다.

쿠리하라는 매직미러에 시선을 고정한 채 머릿속으로 오오미야의 얼굴을 떠올렸다.

"그 남자가 네게 이름을 묻지 않았니? 쿠리하라 유우키 아니냐고. 그러고는 아마도 7년 전 로쿠고도테에서 무슨 일이 일어났는지 설명해줬겠지. 네 아버지가 살아 있을 뿐 아니라 그리 멀지 않은 곳에 살고 있다는 얘기도 했을 거야. 다른 사람과 얘기하지 말라는 타마미 씨의 말을 떠올린 너는 남자에게 호신용 스프레이를 뿌리고 달아났지만, 남자와 다시 마주칠까 두려워 집으로는 돌아가지 못했지. 대신 도서관에 가서 당시 신문기사를 뒤지며 어렸을 적 일을 필사적으로 기억해 내려고 했을 거야. 내가 누군지, 아빠는 어떤 사람이었는지에 대해서 말이야."

형사가 책상 위에 팔꿈치를 올리고 깍지를 꼈다.

"네가 누군지는 이미 알고 있지? 네 진짜 이름은 준이 아니라 쿠리하라 유우키란다. 7년 전 강에 빠져 죽은 걸로 되어 있지."

형사는 잠시 말을 멈추고 숨을 골랐다.

"네가 모르는 사실을 하나 알려주마. 네 아버지는 널 버렸단다. 보험금 2천만 엔과 맞바꾼 셈이지. 네 아버지는 네가 생각하는 만큼 좋은 사람이 아니야. 그러니 일부러 감싸줄 필요는 없단다."

그 말을 듣고 있던 쿠리하라는 강한 분노를 느꼈다.

왜 굳이 저런 말을 한단 말인가.

형사는 자리에서 일어나 유우키 쪽으로 다가갔다. 그러고는 유우키의 손을 잡아 일으켜 세우더니 함께 조사실을 나갔다. 잠시 후, 이쪽 방 문이 열리더니 형사와 유우키가 들어왔다.

바로 눈앞에 서 있는 유우키를 보니, 쿠리하라는 가슴 속 깊은 곳에서 무언가 뜨거운 것이 치밀어오르는 듯했다.

"대체 무슨 말도 안 되는 소리를 하는 겁니까? 내 아들 유우키는 7년 전에 죽었단 말입니다. 이 아이가 유우키일 리가 없잖아요!"

쿠리하라는 터져 나올 듯한 눈물을 가까스로 참으며 거세게 항의했다.

하지만 눈앞에 있는 형사는 눈썹 하나 까딱하지 않았다.

형사는 계속 고개를 숙이고만 있는 유우키 쪽으로 고개를 돌렸다.

"네가 보기에는 어떻니?"

형사가 묻자 유우키가 천천히 고개를 들었다.

쿠리하라와 눈이 마주친 순간, 유우키의 눈동자가 크게 흔들렸다.

유우키는 곧바로 눈을 피했다.

"이 아저씨 알지? 이 아저씨가 네 아버지라는 사실만 기억해 내면 넌 진짜 너로 돌아갈 수 있단다. 다시 쿠리하라 유우키로 돌아갈 수도 있고, 아니면 어머니 성을 따라 앞으로는 호시 유우키로 살아갈 수도 있지."

형사가 유우키의 뺨을 돌려 쿠리하라 쪽을 바라보게 했다.

"아니면 앞으로도 계속 지금처럼 살아야 해. 이름도 없이, 학교에도 못 다니고. 넌 정말 그래도 괜찮은 거니? 아저씨한테 사실을 말해주면, 여기 이 사람이 네 아버지라는 사실만 기억해내면 아저씨가 널 구해줄게. 약속하마."

유우키의 눈에 눈물이 글썽였다.

쿠리하라는 유우키도 자기처럼 억지로 눈물을 참고 있다는 사실을 깨달았다.

"모르는 사람이에요."

유우키는 작은 목소리로 그렇게 말하고는 형사의 손을 뿌리쳤다. 그러고는 그대로 방을 나가 옆 조사실로 돌아가더니 의자에 앉아 다시 고개를 숙였다.

"정말 너무하시는군요." 쿠리하라는 형사를 노려보며 말했다.

"죄송합니다. 저희가 무례했던 점에 대해서는 나중에 민원을 넣으셔도 됩니다. 바쁘신데 여기까지 와주셔서 감사합니다. 이제 돌아가셔도 됩니다."

형사가 문을 열어주었고, 쿠리하라는 유우키 쪽을 한번 돌아본 다음 방을 나섰다.

"엘리베이터까지 모셔다 드리겠습니다."

형사의 안내에 쿠리하라는 뒤따라갔다.

"저 아이는 이제 어떻게 되는 겁니까?" 쿠리하라가 물었다.

"쿠리하라 씨와는 상관없는 일입니다."

"이런 말도 안 되는 상황극에 억지로 끌려온 이상 제게도 알 권리는 있다고 보는데요."

"타마미 씨 앞으로 매달 돈을 보내오는 스즈키 유키코라는 사람을 찾지 못할 경우, 아이에게는 새로운 호적이 부여될 겁니다. 그 후에는 시설로 보내지겠지요."

엘리베이터 앞에서 멈춰선 형사가 주머니에서 명함을 꺼내 쿠리하라에게 건넸다.

11

문이 열리고 나츠메가 들어왔다.

"아이는 소년분류심사원으로 돌려보내야겠죠?" 히로코는 창문 너머로 옆 조사실에 있는 소년을 보며 말했다.

"나중에 제가 데려다주겠습니다."

"아이의 어머니, 스즈키 유키코 씨를 빨리 찾으면 좋을 텐데요."

"스즈키 유키코는 아마도 실재하는 인물이 아닐 겁니다. 저는 저 아이가 쿠리하라 유우키라고 확신합니다."

그 말을 듣고 히로코는 깜짝 놀라 나츠메 쪽을 돌아보았다.

"그렇다면 왜 쿠리하라 씨를 돌려보내신 거죠? 아무리 서로 부정한다 하더라도 친자 확인 정도는 얼마든지…."

"소용없을 겁니다. 쿠리하라 씨도 유전자 검사로 친자확인이 가능하다는 것 정도는 알고 있을 테니까요. 아들인 건 맞지만 친자식은 아닐 거예요. 그러니까 저렇게 나올 수 있는 거죠."

"친아버지는 따로 있다는 말인가요?"

"저는 그렇게 생각합니다."

"그게 누군데요?"

"절도사건이 있었던 날 밤에 유우키를 끌고 가려고 했던 남자가 아마도 관계가 있지 않을까 싶은데요."

"무슨 뜻이죠?"

"어디까지나 제 상상입니다만, 유우키가 사실은 죽지 않고 살아 있다고 생각한 누군가가 그 사실을 확인하기 위해 아이의 모발을 손에 넣으려고 한 게 아닌가 싶어서요. 보통은 상대방을 붙잡으려고 할 때 몸이나 손을 잡지 모자를 잡지는 않으니까요."

남자는 한 손으로 눈을 가린 채 다른 한 손으로 소년이 쓴 모자를 움켜잡고 놓으려 들지 않았어요—

유우키가 사는 아파트 단지에서 대학생 청년에게 들은 이야기가 생각났다.

"어디 짐작 가는 사람이라도 있나요?"

"글쎄요."

나츠메는 말끝을 흐렸지만 표정을 보니 누군지 대충 감을 잡은 듯했다.

"그게 누구든 아이가 죽었다는 거짓말을 해서라도 넘겨주기 싫은 상대인 건 분명합니다."

히로코는 쿠리하라와 유우키 주변에 있는 인물들을 하나하나 떠올려 보았다.

이윽고 한 사람의 이름이 떠올랐다.

과거에 쿠리하라와 관계가 있었고, 몇 년 전 외아들을 잃었으며, 돈과 지위를 가졌을 뿐만 아니라 명령 하나로 움직이는 부하를 둔 남자.

하지만 그 이름을 섣불리 입에 올리기는 망설여졌다.

"만약 저 아이가 정말 유우키라면 왜 아까 쿠리하라 씨를 보고 모르는 사람이라고 한 거죠? 자기를 버린 아버지에 대한 원망 때문에 그랬다는 건가요?"

"그 반대가 아닐까요? 아버지가 살아 있었고, 지금까지 자기가 부족함 없이 자랄 수 있도록 아낌없는 사랑을 주었다는 사실을 알았기 때문에 아버지를 믿고 입을 맞추기로 한 거죠."

"아낌없는 사랑이라고 해봐야 타마미 씨한테 정기적으로 돈을 부쳐줬을 뿐이잖아요. 그 돈도 결국 거짓말로 타낸 유우키의 보험금인 거고."

"타마미 씨 집에 있는 장난감과 책을 보면 쿠리하라 씨가 유우키를 아끼는 마음이 느껴지지 않던가요?"

"그건 다 타마미 씨가 산 거잖아요."

나츠메는 고개를 저었다.

"히로코 형사님도 아들이 있다고 하셨죠? 아이가 사달라고 조르지도 않았는데 굳이 총알이 발사되는 장난감 총을 사주는 엄마도 있나요?"

히로코는 말문이 막혔다.

"아들에게 그런 장난감을 사주는 건 주로 아빠 쪽이 아닌가 싶은데요. 게다가 대나무 장난감은 손으로 직접 만든 것이더군요. 타마미 씨의 그 화려한 손톱으로는 칼을 잡기도 힘들 테고, 거의 집에만 틀어박혀 지내는 아이가 다른 누군가에게 받았다고 생각하기도 어렵죠."

나츠메가 옆 조사실로 시선을 돌렸다. 히로코도 옆방을 보았다.

아까까지만 해도 바닥만 보고 있던 소년이 고개를 들고 앉아 있었다.

기분 탓인지 앞을 향한 소년의 눈빛에서 무언의 각오가 느껴졌다.

12

이걸로 되었다──

엘리베이터에서 내리며 쿠리하라는 그렇게 스스로를 타일렀다.

무슨 일이 있어도 카미야 요이치가 유우키를 데려가게 하지는 않을게──

그 약속을 지키기 위해서는 유우키 앞에서 그렇게 말할 수밖에 없었다.

유우키가 살아 있다는 사실이 밝혀지면 카미야 요이치는 수단과 방법을 가리지 않고 유우키를 손에 넣으려고 할 게 뻔했다.

자신의 쾌락을 위해 노조미를 억지로 범했을 때와 마찬가지로──

TV에서 우연히 노조미를 보게 된 요이치는 온갖 수단을 다 동원해 노조미와 만나고자 했다.

단체로 노조미와 만나는 자리를 마련하는 데 성공한 요이치는 가게를 전세 내어 한바탕 마셔댔다. 친구와 점원들도 모두 한패였다. 이윽고 노조미가 몸을 가누기 힘들 정도로 취하자 요이치만 남겨두고 나머지 사람들은 모두 자리에서 일어났다.

요이치의 운전기사였던 쿠리하라는 술집 앞에서 요이치와 노조미가 나오기를 기다렸다. 하지만 아무리 기다려도 요이치가 나오지 않아 어쩔 수 없이 차에서 내려 가게 안으로 들어가 보았다. 가게 문 앞에 이르렀을 때, 벽 너머로 여자의 비명이 들렸다. 문을 열고 들어가니 일을 마치고 만족스러운 얼굴로 일어서는 요이치와 딱 마주쳤다.

지금까지 소문으로만 들었던 요이치의 악행을 처음으로 직접 목격한 순간이었다.

"오, 마침 잘 왔네." 요이치는 웃으며 가방에서 백만 엔짜리 현찰 다발을 꺼냈다.

"이걸로 잘 수습해 봐. 여자가 말을 안 들으면 차에 있는 비디오카메라로 부끄러운 영상이라도 좀 찍어 두고. 난 한 번 해본 여자한테는 관심 없으니까 이 여자는 너 줄게."

그 말이 채 끝나기도 전에 쿠리하라는 요이치에게 주먹을 날렸다.

결국 쿠리하라는 해고당했지만 후회는 하지 않았다. 그 일을 계기로 쿠리하라와 노조미는 서로 사랑에 빠지게 되었다.

노조미는 카미야 요이치의 아이를 임신했다. 처음에는 그런 남자의 피가 섞인 아이를 낳아도 될지 고민했지만, 자기 뱃속에 깃든 새 생명을 차마 지울 수가 없어서 낳기로 결심했다.

쿠리하라는 노조미와 결혼했다. 이윽고 유우키가 태어나 셋이서 행복하게 살고 있던 어느 날, 카미야의 부하라는 남자가 찾아왔다. 그게 오오미야였다.

5천만 엔을 줄 테니 유우키를 넘기라는 얼토당토않은 제안을 하길래 당연히 그 자리에서 거절했다.

요이치 주변을 알아본 결과, 쿠리하라는 요이치가 왜 그런 제안을 해왔는지 알게 되었다. 1년 전, 요이치의 하나밖에 없는 아들이 죽는 바람에 대를 이을 핏줄이 필요했던 것이었다. 게다가 요이치가 더 이상 아이를 가질 수 없게 되었다는 소문도 돌았다.

어떻게 알게 되었는지는 모르겠지만, 어쨌든 요이치는 유우키가 자기 아들이라는 사실을 눈치챈 듯했다.

요이치는 유우키를 손에 넣기 위해 부하들을 시켜 갖은 압력을 가해왔다. 쿠리하라가 운영하던 술집에 대해서도 안 좋은 소문을 퍼트려서 손님이 떨어져 나가게 만들었다.

그러던 와중에 노조미가 뺑소니 사고를 당해 죽었다.

아내를 잃은 슬픔에 빠져 있던 쿠리하라는 문득 이 사고도 결국 뒤에서 요이치가 조종한 것이 아닌가 하는 의혹을 품게 되었다.

원하는 것을 손에 넣기 위해서라면 수단과 방법을 가리지 않는 사람들. 요이치뿐만 아니라 카미야 집안은 원래부터 자기 손을 더럽히지 않고 더러운 짓을 하는 것으로 유명했다.

쿠리하라는 유우키를 데리고 어디 멀리 도망을 갈까도 생각해보았다. 하지만 카미야 가문이 가진 힘을 생각하면 완벽하게 몸을 숨기기란 불가능했다.

다른 사람 호적을 사는 것도 생각해 봤지만 주위에 그런 방법을 알 만한 사람이 없었다.

한편, 주소 이전을 하지 않고 이사를 가면 요이치가 자신들을 찾기는 어렵겠지만 쿠리하라도 제대로 된 일자리를 구하기 힘들 터였다. 유우키를 춥고 배고프게 키우고 싶지는 않았다.

그래서 생각해낸 방법이 바로 유우키를 죽은 것처럼 꾸며 요이치의 눈을 피하는 것이었다.

그때부터 쿠리하라는 매일같이 밤거리를 돌아다니며 계획에 협력해줄 여자를 물색했고, 당시 길거리에서 몸을 팔던 타마미를 만났다.

삿포로에서 판매원으로 일하던 타마미는 질 나쁜 호스트에게 잘못 걸려 사채로 큰 빚을 지고 불법 성매매 업소로 팔려갔다고 했다. 하지만 자율신경에 이상이 생겨 제대로 일을 할 수 없었고, 결국 사채업자를 피해 도쿄로 도망을 온 것이었다.

쿠리하라와 만났을 당시 타마미는 사채업자에게 들킬까 봐 주소 이전도 못 하고 낡은 여관을 전전하며 돈이 떨어지면 거리에 나와 몸을 팔고 있었다.

이런 구질구질한 삶은 정말이지 진절머리가 나요—

몸도 마음도 너덜너덜해진 타마미에게 쿠리하라는 자신의 계획을 밝혔다.

밑바닥 생활에서 벗어나기만을 바랐던 타마미는 유우키가 홀로서기가 가능할 때까지 맡아 키우는 데 동의했다.

유우키를 평생 호적이 없는 채로 내버려 둘 생각은 없었다. 언젠가는 유우키와 비슷한 나이대의 호적을 하나 구해서 타마미에게 등록 절차를 밟게 할 계획이었다. 유우키의 실종선고가 내려지고 보험금이 들어오면, 새 호적은 물론 앞으로 유우키가 혼자 살아가는 데 필요한 환경도 제공해 줄 수 있을 터였다.

그때까지는 학교에도 다니지 못하고 친구도 만들지 못하겠지만, 장차 세상을 살아가기 위해 필요한 최소한의 지식과 남을 배려할 줄 아는 착한 마음씨를 지닌 아이로 커주길 바랐다. 그래서 매달 유우키에게 보내는 선물은 항상 시간을 들여 신중하게 골랐다.

아들이 가엾기는 했지만 요이치에게, 그런 집안 사람들에게 유우키를 빼앗기는 것보다는 낫다고 생각했다.

경찰서 건물을 나와 아까까지 자신이 있던 조사실 창문을 올려다보았다.

지금 저기에 유우키가 있다.

이제 유우키 앞으로 새 호적이 나와 쿠리하라와도, 요이치와도, 카미야 집안과도 아무 상관없는 새로운 인생을 살게 되겠지.

쿠리하라는 손에 쥐고 있던 명함을 쳐다보았다. '히가시 이케부쿠로 경찰서 형사과 나츠메 노부히토'라고 적혀 있었다.

나츠메라는 형사를 특히 조심하세요—

어쩌면 나츠메 형사는 쿠리하라의 이런 사정을 다 알고 있었던 게 아닐까.

엘리베이터 문이 닫히기 전 나츠메가 한 말이 생각났다.

모르는 아이라고 하셨지만 혹시 저 아이가 앞으로 어떻게 살아가는지 궁금해지면 연락주십시오. 제가 경찰서에서도 알아주는 한직이라 그 정도는 얼마든지 알아봐 드릴 수 있으니까요—

쿠리하라는 그럴 리가 없다고 머리를 가볍게 흔들고는 명함을 주머니에 넣고 걸음을 내디뎠다.

13

"엄마 왔다."

거실로 들어가자 쥰이 소파에 앉아 게임을 하고 있었다. 오늘도 귀에 이어폰을 끼고 있어서 히로코가 집에 돌아왔다는 사실을 알아차리지 못한 듯했다.

"오늘도 엄마가 많이 늦었지? 금방 저녁 차려줄게. 조금만 기다리렴."

듣고 있지 않다는 것을 알면서도 히로코는 이렇게 말하며 들고 있던 비닐봉지에서 편의점에서 산 치킨 도시락 두 개를 꺼냈다.

"엄마 왔네?"

뒤를 돌아보니 쥰이 게임기를 내려놓고 소파에서 일어서는 참이었다.

"내일은 안 들어와?" 쥰이 식탁에 놓인 도시락 두 개를 보고 물었다.

"응. 내일 엄마 숙직이야."

"그건 알겠는데 내가 전에도 한번 얘기했잖아. 이틀 연속 같은 도시락 먹으면 질린다고."

"둘 다 오늘 먹을 건데? 하나는 엄마 거야. 오랜만에 아들이랑 같은 거 먹고 싶어서 사왔지."

히로코는 입을 삐죽 내민 준에게 웃으며 대답했다.

매일 저녁을 편의점 도시락으로 때우게 하는 게 아들에게 늘 미안했다. 적어도 내일 하루만큼은 준의 저녁을 만들어 놓고 출근할 생각이었다.

내일 아침에는 평소보다 조금 일찍 일어나야겠다고 생각하며 히로코는 치킨 도시락을 전자레인지에 넣었다.

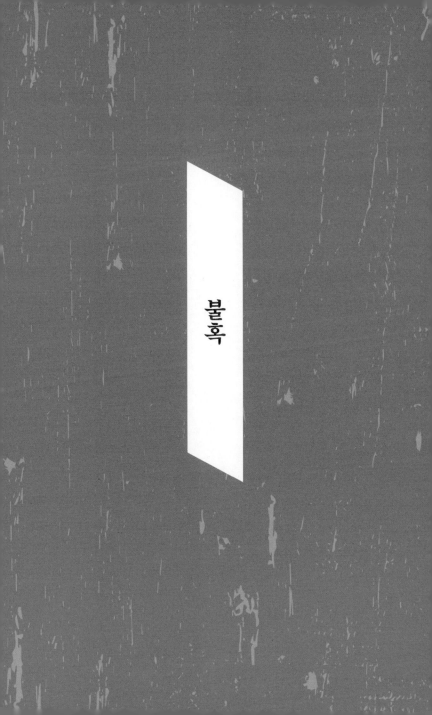

불
혹

1

라운지 쪽을 쳐다보니 안쪽 자리에 사진작가 타니가 앉아 있는 것이 보였다.

쿠보타 다이스케는 라운지로 걸어 들어가 타니에게 다가갔다.

"많이 기다렸어?"

그가 말을 걸자 타니가 이쪽을 돌아보았다.

"아니요, 저도 예식장이랑 피로연장 먼저 좀 둘러보고 지금 막 들어온 참이에요."

쿠보타가 타니의 맞은편에 자리를 잡고 앉으니 웨이터가 다가왔다. 커피 주문을 받은 웨이터가 물러가자 타니가 종이 한 장을 내밀었다.

"예식장 앞에서 코디네이터인 야노 씨를 만났는데요, 이걸 좀 전해달라고 하더라고요."

쿠보타는 오늘 결혼식의 진행 순서가 적힌 종이를 받아들고 훑어보았다.

신랑 나루미야 테루유키—

신랑 이름이 눈에 들어오자 쿠보타는 심장이 미칠 듯이 뛰기 시작했다.

세차게 뛰는 가슴을 필사적으로 억누르며 진행표 마지막 줄에 '18시 신랑 신부 퇴장 및 배웅'이라고 적힌 부분까지 다 읽고 고개를 들었다.

"본식 촬영과 관련해서 고객 측으로부터 뭔가 요구사항 같은 건 없었나요?" 타니가 물었다.

"딱히 없어. 식전영상이 아주 마음에 드니까 본식 촬영도 그냥 다 알아서 해달라던데."

속이 부글부글 끓었지만 겉으로는 아무렇지 않은 척 웨이터가 가져다준 커피를 입으로 가져갔다.

지금 당장이라도 폭발할 것 같은 감정을 어떻게든 가라앉히고자 노력했지만, 앞으로의 일을 생각하면 평정심을 유지하기가 힘들었다. 잠시라도 좋으니 혼자만의 시간을 갖고 싶었다.

"슬슬 가볼까?"

쿠보타는 일단 라운지를 나가야겠다고 생각하며 자리에서 일어섰다. 타니에게는 적당한 이유를 둘러대며 먼저 가 있으라고 할 생각이었다. 계산대 쪽으로 향하는데 문득 이쪽을 바라보는 시선이 느껴졌다.

"안녕하세요."

혼자서 차를 마시고 있던 토코시마 아야카가 자리에서 일어나며 인사했다.

"나루미야 신랑님과 카와이 신부님 촬영 건으로 오신 거죠? 잘 부탁드립니다."

예상치 못한 그녀의 말에 쿠보타는 살짝 당황했다.

"아야카 씨가 사회를 맡으시나요?"

쿠보타가 아까 본 진행표의 사회자란에는 다른 이름이 적혀 있었다.

"네, 원래 사회를 보려던 분이 감기에 걸려서 대신 맡게 됐어요."

이대로 계획을 강행해도 될지 망설여졌다.

"오늘 진행 관련해서 쿠보타 씨께 몇 가지 확인하고 싶은 게 있는데요."

아야카의 강한 눈빛에 내심 당황하며 쿠보타는 타니 쪽으로 고개를 돌렸다.

"미안한데 가서 식사 먼저 하고 올래? 2시 10분 전에 대기실 앞에서 만나자고."

"네, 그럴게요."

타니가 떠나자 아야카는 조금 전까지의 밝은 표정을 지우고 다시 의자에 앉았다.

"확인하고 싶은 게 있으시다고요?"

쿠보타가 맞은편 의자에 앉으며 물었지만, 아야카는 고개를 숙인 채 아무 말도 하지 않았다.

"혹시 일 얘기가 아니라 다른 얘기를 하고 싶으신 건가요?"

아야카가 작게 고개를 끄덕였다.

"아야카 씨께 고백을 받고 저도 기뻤습니다. 아야카 씨는 정말이지 제게는 과분할 정도로 좋은 분이라고 생각합니다."

"그럼…" 아야카가 얼굴을 들어 쿠보타 쪽을 쳐다보았다.

사회를 볼 때의 자신감 넘치는 눈빛과는 전혀 다른 수줍은 모습에 쿠보타는 마음이 흔들렸다.

"하지만 제게는 좋아하는 상대가 있습니다."

"약혼자분 얘기는 저도 들었어요. 13년 전까지 지금 회사에서 함께 일하셨다고."

아야카가 갑자기 끼어들듯 말하는 바람에 쿠보타는 입을 다물었다.

"약혼자분이 지금 어떤 상태이신지도…"

그 말을 듣고 씁쓸한 기분이 들었다.

"타니가 말하던가요?"

그런 이야기를 할 사람은 타니밖에 없었다.

"쿠보타 씨가 그분을 잊지 못하는 심정은 이해해요. 아니, 오히려 저도 쿠보타 씨의 그런 상냥한 부분에 끌린 거라고 생각해요."

아야카처럼 매력적인 여성이 왜 자기보다 열 살이나 더 나이가 많은 후줄근한 아저씨한테 호감을 갖게 된 걸까.

계기는 아마도 반년 전 그 일일 것이다.

한 정치인이 개최한 파티에서 아야카와 함께 일을 하게 되었다. 그 자리에서 술에 취한 참석자 하나가 사회를 보던 아야카에게 들러붙어 집적대기 시작했다.

주위 반응을 보아하니 아무도 쉽게 건드리지 못하는 거물 정치인인 듯했지만 쿠보타는 개의치 않고 남자의 행동을 제지했다. 물론 남자가 일개 영상 촬영 업체 직원이 하는 말을 순순히 들을 리가 없었고, 결국 싸우다시피 하며 쿠보타가 남자를 연회장 밖으로 끌어냈다.

당연히 주최 측으로부터 회사로 클레임이 들어와 쿠보타는 사장에게 호된 질책을 들었다.

그 일이 있은 후부터 자신을 바라보는 아야카의 눈빛이 이전과는 확연히 달라진 것을 느꼈지만 쿠보타는 계속 모르는 척했다.

한 달 전, 일을 마치고 연회장을 나서는데 아야카와 마주쳤다. 둘이서 역까지 함께 걸어가는 길에 아야카가 갑자기 고백을 해왔다.

"약혼자분은 아직도…" 차마 끝까지 말하지 못하고 아

야카가 입을 다물었다.

"타니에게 들어서 아시겠지만, 제 약혼자는 아직도 의식이 돌아오지 않은 상태입니다."

13년 동안 마리코와 말은커녕 눈빛조차 나누지 못했다.

어쩌면 앞으로도 평생 쿠보타의 마음을 전할 기회는 두 번 다시 찾아오지 않을 것 같았다.

"쿠보타 씨는 그분을 마음에 품고 죽을 때까지 혼자 살아갈 생각이신가요?"

아무 대답도 할 수 없었다.

"평생 쓸쓸히 혼자 살면서 타인의 가장 행복한 순간을 카메라에 담는 일을 계속한다는 건… 너무 괴롭지 않나요?"

"그야 물론 괴롭지요."

마리코가 그렇게 된 후, 쿠보타는 한순간도 괴롭지 않은 적이 없었다.

"그렇다면 대체 왜…? 약혼자분도 분명 쿠보타 씨가 평생을 괴로워하며 혼자 살기를 바라지는 않을 거예요."

"저 먼저 일어나겠습니다."

아야카와 이야기하는 동안 망설임은 사라졌다.

"나쁜 여자라고 생각하시죠?"

자리에서 일어나려던 쿠보타는 아야카가 작게 중얼거리

는 소리에 멈칫했다.

"하지만 아무리 접으려고 해도 쿠보타 씨를 좋아하는 마음이 접어지지가 않는걸요…."

"나쁘다고는 생각하지 않습니다. 아마 다른 사람들도 마찬가지일 거고요."

쿠보타도 아야카가 나쁘다고는 생각하지 않았다.

"그럼 가 보겠습니다."

쿠보타는 등 뒤에서 자신을 바라보는 아야카의 시선을 느끼며 계산대로 향했다.

아무리 접으려고 해도 쿠보타 씨를 좋아하는 마음이 접어지지가 않는걸요….

나루미야의 결혼식이 끝난 후에도 과연 그 마음이 변하지 않을 수 있을까.

계산을 마치고 라운지를 나서는데 로비에 있는 한 노부인이 눈에 들어왔다. 쿠보타는 저도 모르게 황급히 얼굴을 돌리고는 도망치듯 계단을 뛰어올라 화장실로 들어갔다.

세면대 앞에 서서 거울에 비친 자기 모습을 바라보았다.

아무리 봐도 남의 결혼을 축하하는 얼굴로는 보이지 않았다.

오랜 세월 마음속에 쌓여온 분노와 증오, 슬픔 따위가 당장이라도 터져 나올 것만 같았다.

마리코가 그렇게 되고 나서부터는 매일매일이 고통과 고뇌의 연속이었다.

쿠보타는 윗주머니에 손을 넣어 휴대용 칼의 감촉을 확인했다.

하지만 그런 나날도 오늘로 끝이다. 자신을 옭아매는 것들을 이 손으로 모두 끊어 낼 생각이었다.

"어, 쿠보타?"

갑자기 들려온 소리에 깜짝 놀라 주머니에서 손을 빼냈다. 뒤를 돌아보니 양복을 입은 남자가 이쪽을 쳐다보고 있었다.

"쿠보타 맞지? 나야 나. 3학년 A반 요시자와."

이름을 들으니 기억이 났다.

"아, 요시자와…."

계속 다른 생각을 하고 있었기 때문에 무슨 말을 이어 가면 좋을지 감이 안 왔다.

"와, 이게 얼마 만이냐. 그때 시합 보러 갔던 게 마지막이었으니까 한 15년 만인가?" 요시자와가 감개무량하다는 듯 말했다.

"그런가?"

"무릎 부상으로 은퇴했다는 말은 들었는데 지금은 뭐 하고 지내? 축구팀 코치?"

"아무리 프로축구팀에 있었다고는 해도 한낱 이류 선수한테 그런 기회가 주어질 리 없잖아. 지금은 전혀 다른 일을 하고 있어. 너 너무 빨리 온 거 아냐? 동창회는 3시 반부터잖아."

"아, 동창회 시작하기 전에 나츠메랑 만나서 같이 밥 먹기로 했거든."

"오늘 나츠메도 와?"

요시자와가 고개를 끄덕였다.

동창회 간사인 토모미 말로는 나츠메는 오늘 올 수 있을지 어떨지 확실하지 않다고 했다.

졸업 후의 인생이 너무도 파란만장했던 탓에 쿠보타는 고등학교 시절 친구들을 거의 기억하지 못했다. 하지만 3학년 때 같은 반이었던 나츠메만은 잊지 않고 있었다. 쿠보타와 공통점이 많았기 때문이다.

쿠보타도 나츠메도 어렸을 때 부모를 여의었다. 쿠보타는 고등학교에 들어가기 전까지 친척 집에서 자랐고, 나츠메는 조부모와 함께 살았다고 했다. 가까운 사람이 범죄의 피해자라는 점도 같았다.

10년쯤 전에 TV 뉴스를 통해 나츠메의 딸이 묻지마 범죄의 희생양이 되었다는 소식을 전해 들었다. 가까스로 목숨은 건진 듯했다. 당시 뉴스에 나온 나츠메는 눈물 젖은 얼굴로 카메라를 바라보며 범인에게 간곡하게 자수를 권했다.

쿠보타는 그런 나츠메를 보며 함께 마음 아파하는 한편, 그때 내가 얼마나 괴로웠는지 이제 너도 알겠지 하는 생각도 했다.

"나츠메도 일이 워낙 바쁜 모양이더라고. 일단 휴가를 내긴 했지만 급한 연락이 오면 바로 가봐야 한다던데?"

"소년분류심사원이라는 데도 바쁜가 보네." 쿠보타가 말했다.

"직장 옮겼다던데? 지금은 형사래."

"형사?"

순간 귀를 의심했다.

"응. 그 녀석이 형사라니 안 믿기지? 시간 괜찮으면 너도 점심 같이 먹을래?"

"아… 미안, 난 일이 있어서."

나츠메가 형사가 됐다—

쿠보타는 예상치 못한 사태에 동요했다. 설마 피로연장 앞에 놓인 신랑 신부 이름을 보고 쿠보타의 계획을 눈치채는 것은 아닐까. 13년 전에 담당했던 사건을 나츠메가 아직 기억하고 있으리라고는 생각하기 어려웠다. 하지만 만에 하나 쿠보타가 하려는 일을 눈치챘다면 소지품 검사를 당할 가능성은 있었다.

"그래? 그럼 이따 동창회에서 보자." 요시자와가 가볍게 손을 흔들고 화장실 칸 안으로 들어갔다.

쿠보타는 화장실을 나와 피로연장이 있는 2층으로 향했다.

어딘가 칼을 숨겨둘 만한 장소가 없을지 주위를 둘러보았지만 적당한 곳을 찾을 수가 없었다. 2층 남자 화장실에 들어가 안을 살펴보았다. 칸마다 설치된 화장지걸이가 눈에 들어왔다. 쿠보타는 안으로 들어가 문을 닫았다.

화장지걸이에는 작은 소지품을 올려 둘 수 있는 평평한 덮개가 설치되어 있었고, 덮개과 걸이 사이에는 약간 공간이 있었다. 덮개 아래에 칼을 테이프로 붙여두면 겉에서는 보이지 않을 것 같았다.

쿠보타는 거기까지 확인한 후, 화장실을 나섰다.

2

화장실을 나와 1층 로비로 향하던 요시자와 아츠로는 호텔 프론트에 가방을 맡기고 있는 노부인을 보고 걸음을 멈췄다. 고등학교 때 수업을 들은 적이 있는 선생님이었지만 이름은 가물가물했다.

"안녕하세요, 선생님."

요시자와가 인사를 하자 노부인이 이쪽으로 얼굴을 돌렸다.

2학년 때 생물 선생님이라는 것까지는 기억이 났지만 여전히 이름은 생각나지 않았다.

"오랜만에 뵙습니다. 2학년 때 선생님 수업을 들었던 요시자와입니다."

"어머, 오랜만이구나."

노부인은 반갑게 인사를 받아주었지만 요시자와를 기억하지는 못하는 듯했다.

"오늘 동창회에 오신 건가요?"

"응, 초대장이 왔길래. 담임도 아니었는데 내가 와도 되는 자리인지 모르겠네."

"당연히 오셔야죠. 다들 오늘 선생님 만나고 싶어서 나온다던데요. 혹시 다른 선생님도 오시나요?"

"아니, 간사 말로는 선생님 중에는 나만 참석한다고 하던데."

"그렇군요. 아무튼 와주셔서 정말 감사합니다. 이따 동창회에서 뵐게요." 요시자와는 선생님께 인사하고 나츠메와 만나기로 약속한 로비로 향했다.

입구 쪽에 서 있던 나츠메가 요시자와를 보고 손을 들어 보였다.

"늦어서 미안. 화장실에 갔다 나오는 길에 선생님을 만나서 잠깐 인사드리느라."

"나도 방금 도착했어. 선생님 누구?" 나츠메가 물었다.

"우리 2학년 때 생물 가르치셨던 여자 선생님. 안경 쓰신분. 도무지 이름이 생각나지 않아서 난감했어."

"2학년 때 생물이면… 메구로 선생님이겠네."

"넌 여전히 기억력이 좋구나. 그런데 왜 메구로 선생님을 초대했을까? 우리 학년들은 그분한테 2학년 때 생물 배운거 말고는 없잖아. 선생님도 초대받은 이유를 잘 모르겠다는 표정이시던데."

"퇴직하고 도쿄로 이사 오신 거 아닐까? 아무리 친했던 선생님이라도 동창회에 참석하기 위해 일부러 아오모리에서 도쿄까지 오시긴 힘들 테니까."

"그것도 그렇네. 호시카와 선생님은 일이 있어 못 오시는 거려나?"

호시카와는 3학년 때 담임이었다. 나츠메와 요시자와가 졸업하고 2년 후에 도쿄에 사는 아들 부부와 함께 살게 되면서 학교를 그만두었다. 현재는 아들 부부가 하는 주류 판매점을 함께 운영하고 있다고 했다.

"그러고 보니 도쿄에 살고 있으면서 호시카와 선생님도 오래 못 뵈었네." 나츠메가 문득 생각났다는 듯 말했다.

"마지막으로 뵌 게 사이타마에서 열린 프로축구 시합 때였지 아마."

제자였던 쿠보타가 프로축구 선수로 활약하고 있다는 사실을 알게 된 담임과 도쿄에 사는 동창들이 함께 시합을 보러 간 적이 있었다.

고등학교 때 축구부 고문이었던 오오야부 선생님은 무려 아오모리에서 사이타마까지 달려와 열심히 응원했다.

"어, 나 아까 화장실에서 쿠보타 봤는데."

요시자와가 말하자 조금 전까지 웃고 있던 나츠메의 표정이 살짝 굳는 것이 느껴졌다.

"왜?"

"아무것도 아냐. 배고프지 않아? 점심 뭐 먹을래?"

"류타도 잘 지내고 있나 보네."

점심을 먹으며 아들의 근황을 들려주자 나츠메가 다행이라는 듯 미소를 지었다.

"응. 지금은 고등학교 입시 준비하느라 바빠. 검도로 유명한 학교를 노리는 모양인데 커트라인이 꽤 높거든."

"류타라면 문제없을 거야. 너랑 달리 머리가 좋잖아." 나츠메가 농담을 던졌다.

"그렇길 바라야지."

요시자와가 웃으며 대답하자 나츠메는 젓가락을 내려놓고 슬쩍 시선을 피했다. 그러고는 잠시 생각에 잠긴 듯 아무 말도 하지 않았다.

"넌 어때?"

나츠메가 지금 어떤 심정일지 어렴풋하게나마 짐작이 갔다.

"뭐가?" 나츠메가 다시 이쪽을 바라보았다.

"범인이 잡혔잖아."

나츠메가 대답 대신 한숨을 내쉬며 입을 꾹 다물었다.

뉴스를 통해 10년 전에 나츠메의 딸을 공격한 범인이 밝혀졌다는 소식을 접한 것이 불과 반년 전 일이었다.

10년 전, 어린 여자아이가 습격당하는 사건이 잇따라 발생했다. 피해자 중 한 명인 나츠메의 딸은 의식을 잃고 식물인간 상태에 빠졌고, 다른 한 명은 사망했다. 두 사건은 동일범의 소행이라고 여겨졌으나 밝혀진 진실은 달랐다. 첫 번째 피해자인 나츠메의 딸을 공격한 범인과 두 번째 피해자를 죽인 범인은 다른 사람이었다.

나츠메가 심정적으로 많이 혼란스러우리라는 점은 쉽게 짐작이 갔고, 요시자와 입장에서도 나츠메에게 어떤 말을 건네면 좋을지 알 수 없어 지금까지 연락하지 못하고 있었다.

"범인은 어떤 처벌을 받게 되는 거야?" 요시자와가 물었다.

"에미를 공격한 건으로는 아무런 처벌도 받지 않아."

"그게 무슨 소리야?" 나츠메의 대답에 깜짝 놀라 되물었다.

"그 사건은 상해죄에 해당하는데 이미 공소시효가 지났거든. 범인은 자기 아내가 저지른 살인을 덮어주기 위해 대신 경찰에 출두해 자신이 죽였다고 거짓 자백을 했으니 그 건에 대해서는 뭔가 처벌을 받게 되겠지."

요시자와는 나츠메의 심중을 헤아리며 깊은 한숨을 내쉬었다.

"형사는 계속 할 거야?"

"사실 잘 모르겠어." 나츠메가 고개를 흔들었다.

"고민하고 있구나?"

"응. 어떻게 하면 좋을지… 앞으로 뭘 해야 할지 모르겠 달까. 사건의 진상이 밝혀졌을 때는 앞으로도 계속 형사를 할 생각이었어. 에미를 공격한 범인을 단죄하는 건 불가능하지만 나 같은 피해자나 피해자 가족이 더 이상 생기지 않게 하기 위해서라도 이 일을 내 평생의 업으로 삼겠다고 말이야. 하지만…."

"많이 힘들구나."

나츠메는 아무 말도 하지 않았지만 표정만 봐도 알 수 있었다.

남을 의심하는 일은 나츠메에게 어울리지 않았다. 오랜 친구인 요시자와는 그 점을 잘 알고 있었다.

그런 나츠메가 형사가 되기로 결심한 것은 오로지 딸을 공격한 범인을 자기 손으로 잡겠다는 일념 때문이었다.

"힘들면 그만둬."

"그게 말처럼 쉬운 일이 아니야." 나츠메가 쓴웃음을 지었다.

"나도 쉽게 말하는 거 아냐. 우리도 이제 불혹이라고. 나이 마흔에 이르러 미혹되지 아니하니라는 말 몰라? 나츠메 너한테 맞는 일은 따로 있다고 생각해."

"불혹의 나이라…."

나츠메는 불혹이라는 단어를 되뇌며 계산서를 들고 자리에서 일어났다.

"아직 좀 이르긴 하지만 동창회 장소에 가볼까?"

식당을 나와 나츠메가 말했다.

"그럴까? 간사인 토모미는 먼저 와 있을 수도 있겠다. 도와줄 일이 있을지도 모르니까 한번 가보자."

엘리베이터를 타고 동창회 행사장이 있는 2층을 눌렀다.

2층 연회장 앞에 '카미이치카와 고등학교 동창회'라는 안내판이 세워져 있었지만 문은 닫혀 있었다.

요시자와는 손목시계를 들여다보았다. 오후 1시 반이었다. 동창회는 3시 반부터 시작할 예정이었다.

"역시 아직 아무도 안 왔나 보네. 1층 라운지에서 차라도 한잔하고 올까?"

다시 엘리베이터 쪽으로 돌아가려는데 나츠메가 복도에 놓여 있던 테이블 앞에서 걸음을 멈추었다.

"왜 그래?"

요시자와가 물었지만 나츠메는 테이블 위를 응시한 채 가만히 서 있었다.

바로 옆 연회장에서는 결혼식 피로연이 진행될 예정인 듯했다. 테이블 위에는 꽃으로 장식한 안내판이 놓여 있었다. 나루미야 테루유키와 카와이 치하루라는 신랑 신부의

이름과 함께 결혼식에 와준 손님들에게 보내는 감사 인사
가 적혀 있었다.

"아는 사람이야?"

나츠메는 아무 대답도 하지 않고 테이블 위에 놓인 초대
장을 집어 들었다.

"뭐 하는 거야?"

요시자와도 나츠메 옆으로 다가가 안에 적힌 내용을 읽
어 보았다.

결혼식 피로연은 3시 반에 시작해 6시에 끝난다고 되어
있었다. 동창회도 3시 반부터 6시까지 열릴 예정이었다.

"대체 왜 그러는데?"

재차 말을 걸자 그제야 정신이 들었는지 나츠메가 요시
자와 쪽으로 고개를 돌렸다. 이유는 모르겠지만 심각한 표
정이었다."미안한데 급한 일이 생겨서 잠깐 가 봐야겠다.
이따 동창회에서 보자."

"갑자기 무슨 일인데?"

심상치 않은 분위기에 신경이 쓰였다.

"너 명함 있어?"

나츠메의 물음에 요시자와는 고개를 끄덕였다.

"몇 장만 빌려도 될까?"

"어디 쓰려고?" 갑작스런 부탁에 이유를 물었다.

"지인 중에 신랑하고 이름이 같은 사람이 있는데 그 사람이 맞는지 확인해보고 싶어서."

"그런 거라면 직접 가서 물어보면 되잖아. 다른 사람이면 그냥 미안하다고 하고 돌아나오면 되지."

"만약 내가 아는 사람이 맞다면 오늘만큼은 얼굴을 마주하고 싶지 않거든."

"무슨 소린지 모르겠다."

"부탁이야." 나츠메가 고개를 숙였다.

"좋아. 대신 나도 같이 가. 아무리 네 부탁이라고 해도 내 명함을 어디에 사용하는지는 알아야겠으니까."

나츠메가 고개를 끄덕였다.

두 사람은 안내판에 적힌 예식장 위치를 확인한 후 4층으로 향했다.

3

"네, 들어오세요."

대기실 문을 노크하자 안에서 남자 목소리가 들렸다.

쿠보타는 살기가 드러나지 않도록 주의하며 미소 띤 얼굴로 문을 열었다.

타니와 함께 대기실 안으로 들어서자 거울 앞에 앉아 있던 신랑 신부가 이쪽으로 고개를 돌렸다.

환하게 웃고 있는 나루미야를 보니 온몸의 피가 거꾸로 솟는 듯했다.

사진과 영상으로 수도 없이 보아 온 얼굴이었지만 이렇게 직접 보는 것은 처음이었다.

쿠보타와 마리코를 불행의 구렁텅이로 몰아넣은 장본인이 바로 눈앞에 있었다.

"두 분 결혼 정말 축하드립니다. 오늘 웨딩 촬영을 맡게 된 쿠보타와 타니입니다. 잘 부탁드립니다." 쿠보타는 치밀어오르는 분노를 필사적으로 억누르며 인사를 건넸다.

"저희야말로 잘 부탁드립니다. 식전영상도 너무 멋지게 잘 만들어주셔서 감사합니다. 그쪽 업체를 선택하길 잘했다고 이야기하던 중이었어요."

아무것도 모른 채 웃으며 말하는 나루미야에게 감사는 오히려 내가 해야 할 것 같다고 말해주고 싶었다.

나루미야가 쿠보타네 회사에 웨딩 촬영을 의뢰해준 덕분에 13년 동안 찾아 헤매던 범인의 정체를 알아낼 수 있었기 때문이다.

쿠보타가 범인에 대해 알고 있는 정보는 세 가지뿐이었다. 열일곱 살 소년이라는 점, 도쿄 세타가야구에 산다는 점, 당시 마리코가 살고 있던 나카노에 위치한 고등학교를 자퇴하고 2개월 후에 범행을 저질렀다는 점.

신랑 나루미야의 이력을 보고 이 세 가지가 모두 일치한다는 사실을 깨달았다.

나루미야는 사건 발생 당시 열일곱 살이었고, 본가는 세타가야구에 있으며, 나카노 소재 고등학교를 자퇴한 경력이 있었다.

물론 프로필에는 강도사건을 일으켜서 체포되었다는 말은 없었고, 고등학교 자퇴 후 바로 미국으로 건너갔다가 1년 후 돌아와 고졸 검정고시를 봐서 대학에 들어갔다고 되어 있었다.

흥신소에 조사를 의뢰한 결과, 나루미야는 해당 기간에 미국 유학을 간 것이 아니라 소년원에 들어갔었다는 사실을 확인할 수 있었다.

범인이 청소년인 경우 신상을 공개하지 않는다는 소년법의 벽에 가로막혀 나루미야가 마리코 사건의 범인이 맞는지까지는 확인할 수 없었지만, 과거 나루미야와 어울렸던 친구들 말에 따르면 주로 혼자 사는 젊은 여성을 노려 강도짓을 했다고 하니 십중팔구 틀림없어 보였다.

　"신랑도 저도 이제 곧 식이 시작한다고 생각하니 너무 긴장해서…. 얼굴이 많이 굳었죠? 나중에 영상을 보면 진짜 이상할 것 같아요."

　신부 치하루가 나루미야와 마주 보고 웃으며 말했다.

　"걱정하실 필요 없습니다. 저희 사진작가가 정말 실력이 출중하거든요. 두 분은 그냥 마음 푹 놓고 편하게 움직이시면 됩니다."

　쿠보타는 넉살 좋게 대답했지만, 속으로는 신랑 신부가 이 결혼식 영상을 감상하는 일 따위는 아마 없을 거라고 생각했다.

　"동영상 잘 찍는 비결 같은 게 있나요? 반년 후에는 저도 전속 사진사가 될 예정인데 촬영할 때 비결이 있다면 꼭 좀 알고 싶네요." 나루미야가 타니를 보고 말했다.

　"전속 사진사가 될 예정이라니요?"

　타니가 묻자 나루미야가 치하루 쪽을 돌아보며 대답했다.

"반년 후에 아빠가 되거든요."

생각지도 못한 말에 쿠보타는 깜짝 놀랐다.

"그러시군요. 두 배로 축하드려야겠네요. 사진이나 동영상을 잘 찍는 비결은 뭐니 뭐니 해도 역시 대상에 대한 애정을 듬뿍 담아 찍는 거죠."

"그거라면 자신 있습니다." 나루미야가 웃으며 말했다.

"저희는 슬슬 가서 준비하고 있겠습니다. 잠시 후 예식장에서 뵙지요."

쿠보타는 더 이상 참지 못하고 신랑 신부에게 간단히 인사한 후 대기실을 나섰다.

타니와 함께 엘리베이터를 타고 4층으로 올라갔다. 예식장 입구 앞 복도에는 많은 사람들이 모여 문이 열리기를 기다리고 있었다. 쿠보타는 그 속에서 나츠메와 요시자와의 모습을 발견하고는 그 자리에 그대로 얼어붙었다.

왜 저 두 사람이 여기에?

설마 나츠메가 동창회 장소 바로 옆방에서 진행되는 피로연의 신랑 이름을 보고 자기가 아는 사람이 맞는지 확인하러 온 건가.

"미안한데 먼저 좀 가 있을래?"

쿠보타는 타니를 먼저 보내고 엘리베이터 앞까지 돌아와 반대쪽 복도로 이어지는 사각지대에 몸을 숨겼다.

얼마 지나지 않아 나츠메와 요시자와가 엘리베이터 홀에 나타나 버튼을 누르고 잠시 기다리더니 이윽고 도착한 엘리베이터를 타고 사라졌다. 엘리베이터 문이 닫힌 것을 확인한 쿠보타는 다시 예식장 쪽으로 향했다.

나츠메와 마주치지 않도록 조심해야 했다. 나츠메가 쿠보타의 계획을 눈치챈다면 방해하려 들 것이 분명했다.

반년 후에 아빠가 되거든요—

문득 대기실에서 나루미야가 한 말이 생각나 마음이 무거워졌다.

계획대로 실행한다면 결혼식에 참석한 사람 모두가 나루미야의 과거를 알게 될 것이었다. 나루미야가 과거 여성을 덮친 적이 있는 저열한 인간이라는 사실을 알게 된다면 신부는 큰 충격을 받을 터였다.

배 속에 있는 아이에게 안 좋은 영향을 미쳐 유산을 할 가능성도 있었다.

그렇다고 이제 와서 계획을 취소할 수는 없었다. 오늘이 아니면 두 번 다시 기회가 오지 않을지도 몰랐다.

예식장에 들어서니 손님들은 모두 자리에 앉아 있었다. 쿠보타가 타니 옆에 자리를 잡자 나루미야도 긴장한 얼굴로 주례대 앞에 섰다.

오르간 연주가 시작되고, 뒤쪽에서 신부 치하루가 아버

지와 함께 버진로드를 걸어왔다. 이윽고 나루미야와 치하루가 주례대 앞에 나란히 섰다.

원래대로라면 13년 전, 쿠보타와 마리코가 저 자리에 서 있어야 했다.

눈앞에 서 있는 두 사람을 보며 걷잡을 수 없는 후회가 몰려왔지만, 쿠보타는 의식적으로 후회보다는 나루미야를 향한 분노에 집중하고자 애썼다.

"건강할 때나 병약할 때나 기쁠 때나 슬플 때나 부유할 때나 가난할 때나 항상 사랑하고 존중하며 진실한 남편으로서의 도리를 다할 것을 맹세합니까?"

"네, 맹세합니다."

씩씩하게 맹세하는 나루미야가 참을 수 없이 역겹게 느껴졌다. 쿠보타는 마리코에게 끝내 전하지 못한 말이었다.

4

"지금 대체 뭐 하는 건데!"

요시자와는 1층 홀을 돌아다니며 주위를 샅샅이 살피는 나츠메 앞을 막아섰다.

"쿠보타를 찾아야 해." 나츠메가 말했다.

"힘들여 찾아다니지 않아도 한 시간만 지나면 동창회에서 만날 거잖아."

나츠메의 얼굴에 조급함이 묻어났다.

"아까 그 나루미야라는 신랑하고 뭔가 관계가 있는 거야? 대체 무슨 일인데? 나도 궁금해서 미치겠다고."

요시자와가 따져 물었지만 나츠메는 대답을 하지 않았다.

요시자와의 명함을 사용해 다른 사람인 척하며 예식장 입구에 모인 사람들과 잡담을 나누던 나츠메는 신랑이 자기가 아는 사람이 맞다는 확신이 들었는지 어느 순간부터인가 불안하고 초조한 기색을 내비치기 시작했다.

"업무와 관련해 알게 된 타인의 사적인 정보를 함부로 말하고 다닐 순 없어." 나츠메는 그렇게 말하며 요시자와의 시선을 피했다.

"어디 가서 말하라고 해도 안 할 테니 걱정 마. 내 입이 무거운 건 너도 잘 알잖아. 사정을 설명해주지 않으면 나도 도울 수가 없다고."

잠시 고민하던 나츠메가 요시자와 쪽으로 시선을 돌렸다.

"긴급 상황이니 어쩔 수 없지. 절대로 아무한테도 말하지 않겠다고 약속해."

"약속할게."

"일단 나가자."

요시자와는 나츠메를 뒤따라갔다. 나츠메는 호텔 로비를 지나 건물 밖으로 나가 주위에 사람이 없는 곳까지 와서 걸음을 멈췄다.

"13년 전에 나카노에서 혼자 사는 여자 집에 침입한 강도가 잡힌 적이 있어. 귀가한 여성이 자기 집 문을 여는 순간을 덮쳐서 그대로 집에 쳐들어가 청테이프로 여자의 손발을 묶으려고 했는데 여자가 도망치는 바람에 잡힌 거지. 범인은 열일곱 살짜리 소년이었어. 범인의 자백을 통해 그 전에도 동일한 수법으로 다른 여성의 집에 침입해 현금과 귀금속을 훔친 적이 있다는 사실이 밝혀졌지."

"첫 번째 피해 여성은 경찰에 신고하지 않았던 거야?"

요시자와가 묻자 나츠메가 고개를 끄덕였다.

"어째서?"

"경찰 조사에 따르면, 가족들을 걱정시키고 싶지 않았기 때문이라고 대답한 모양이야."

"아무리 그래도 보통은 집에 강도가 들면 경찰에 신고하지 않나?"

"피해 여성은 청테이프로 손발을 묶인 상태였어. 범인이 도망간 후에 자기 손으로 풀기는 했지만 주위에 성폭행을 당했다는 오해를 살까 봐 신고하지 못했을 가능성도 있어. 실제로 범인은 바로 그 점을 노리고 일반적인 날치기가 아닌 자택 침입 쪽을 선택했다고 자기 입으로 밝히기도 했고. 그 피해자가 바로 쿠보타의 약혼녀야."

요시자와는 그 말을 듣고 심장이 튀어나오는 줄 알았다.

"그럼 설마 그때 그 범인이라는 게?"

나츠메가 고개를 끄덕였다.

"범인이 체포된 후 2주쯤 지났을 때, 쿠보타에게서 전화가 걸려왔어. 도쿄에서 발생한 소년사건의 경우, 범인은 당시 내가 근무하던 소년분류심사원으로 보내진다는 사실을 알게 되었다면서."

"나루미야를 담당한 게 나츠메 너였어?"

"응. 쿠보타에게는 말하지 않았지만. 쿠보타는 범인의 이름과 주소, 사건 당시의 자세한 정황을 알려달라며 내게 매달렸어. 당시 소년법상으로는 피해자 가족이라 할지라도 범인의 개인정보나 자세한 사건 내용은 알려줄 수 없도록 정해져 있었거든."

"그래서?"

"알려줄 수 없다고 했지."

"피해자는, 쿠보타의 약혼녀는 정말 성폭행을 당하진 않았던 거야?"

"피해자도 범인도 그 부분에 대해선 부인했어. 하지만 피해자는 경찰 조사를 받고 2주 후에 연탄가스로 자살을 시도했지."

요시자와는 말문이 막혔다.

"가까스로 목숨은 건졌지만 심한 뇌 손상을 입어서 아마 지금도 혼수상태일 거야."

쿠보타는 나루미야에게 복수할 계획인 걸까.

하지만 오늘 동창회를 준비한 간사는 쿠보타가 아니라 토모미였다. 동창회 행사장과 나루미야의 결혼식장이 바로 옆방인 것을 단순한 우연의 일치라고 볼 수 있을까.

"쿠보타도 피해자 가족들도 범인이 누군지는 모른다는 거지?" 요시자와는 나쁜 예감을 조금이라도 떨쳐버리기 위해 나츠메에게 물었다.

"이듬해에 소년법이 개정되어 피해자 가족에게는 사건 관련 정보를 일부 공개할 수 있게 되었어."

"그렇다면 약혼녀의 부모가 쿠보타에게 범인 이름을 가

르쳐줬을 수도 있겠네."

"그렇지는 않을 거야." 나츠메가 단정적으로 말했다.

"왜 그렇게 확신하는데?"

"쿠보타 전화를 받고 나서 약혼녀 아버지와 통화했거든. 그분은 쿠보타가 아무것도 알지 못하기를 바라셨어. 그 후로 다시 연락해본 적은 없지만 쿠보타를 범죄자로 만들지도 모르는 정보를 그분이 일부러 알려줬을 것 같지는 않아."

"딸의 약혼자를 그렇게까지 배려했다는 거야?"

"오오야부 선생님이셔."

"뭐?" 순간, 이야기의 앞뒤가 잘 연결되지 않았다.

"피해자는 고등학교 때 축구부 고문이셨던 오오야부 선생님의 외동딸이야."

무슨 말을 하면 좋을지 알 수가 없었다.

"길게 설명하고 있을 시간이 없어. 흩어져서 쿠보타를 찾아보자." 나츠메가 호텔 입구로 향했다.

호텔에 들어서자 나츠메가 "나는 피로연이 열릴 예정인 연회장 주변을 살펴볼게."라고 하며 계단을 뛰어 올라갔다. 요시자와는 호텔 지하에 있는 레스토랑을 살펴보기 위해 계단을 내려갔다.

딱 한 번 오오야부 선생님의 딸을 본 적이 있었다. 고등학교 동창들이 모여 쿠보타가 출전하는 축구시합을 보러 갔을 때, 딸도 오오야부 선생님과 함께 왔었다. 나이는 요시자와보다 세 살 아래였다.

그 시합에서 쿠보타는 결승골을 넣었고, 오오야부 선생님과 딸이 서로 부둥켜안고 환호성을 지르며 자기 일처럼 기뻐하던 모습을 요시자와는 지금도 기억하고 있었다.

시합이 끝나고 마련된 식사 자리에서 쿠보타는 지금의 자신을 있게 해준 사람은 오오야부 선생님이라며 연신 고개를 숙였다.

쿠보타는 어려서 부모를 잃고 고등학교에 들어가기 전까지 친척 집에서 자랐다고 했다. 쿠보타의 작은아버지는 쿠보타에게 집안 사정이 여의치 않으니 중학교를 졸업하면 일을 해서 돈을 벌어 오라고 요구했지만, 쿠보타가 축구에 재능이 있다는 사실을 알아본 오오야부 선생님이 쿠보타의 고등학교 학비와 생활비를 전액 지원하겠다고 나선 것이었다.

쿠보타는 고등학교 3년간 오오야부 선생님 집에서 함께 지내다가 졸업 후 선생님의 소개로 축구 실업팀을 둔 회사에 들어갔고, 얼마 지나지 않아 일본 프로축구 리그인 J리그가 출범하면서 프로로 전향했다.

요시자와는 식사 자리에서 정답게 이야기를 나누는 오오야부 선생님과 딸, 그리고 쿠보타를 보면서 세 사람 사이에 가족보다 끈끈한 유대감이 존재한다고 느꼈었다.

쿠보타에게 범인은 단순히 약혼녀를 상처입힌 나쁜 놈 이상의 의미를 가질지도 모르겠다는 생각이 들었다. 쿠보타가 품고 있을 원한과 분노가 얼마나 크고 깊을지 짐작조차 할 수 없었다.

호텔 지하에 있는 레스토랑 주변을 돌아다니다가 고등학교 때 축구부였던 츠루미의 모습을 발견했다.

"여어, 츠루미." 요시자와가 손을 흔들며 츠루미에게 다가갔다.

"어, 요시자와잖아. 오랜만이다."

"혹시 너랑 같은 축구부였던 쿠보타 못 봤어?" 요시자와가 물었다.

"쿠보타는 오늘 동창회 못 온다던데?"

요시자와가 고개를 갸웃거렸다.

"그럴 리가. 내가 아까 여기 호텔 화장실에서 봤는데?"

"일 때문에 와 있는 거 아냐? 어제 통화했을 때는 오늘 일 때문에 못 온다고 했으니까."

"쿠보타 요즘 무슨 일 하는데?"

"결혼식 영상 촬영 업체에서 일한다던데."

그 말을 듣고 아까 화장실에서 만난 쿠보타의 모습을 떠올려 보았다.

쿠보타는 화이트 계열 넥타이를 매고 있었다. 설마 고객 프로필을 보고 오늘 결혼식의 신랑이 과거 자기 약혼녀를 덮친 범인이라는 사실을 알아차린 것일까.

"결혼은?" 점점 더 커져만 가는 불길한 상상을 멈추기 위해 요시자와는 다음 질문으로 넘어갔다.

쿠보타가 약혼녀와의 과거는 잊고 다른 여성과 행복한 가정을 꾸렸기를 바랐지만, 츠루미는 이내 표정이 어두워지더니 고개를 가로저었다.

"아직 혼자야. 결혼을 약속한 상대가 있었는데 그 상대가 큰 사고를 당했대. 아직도 그 여자를 잊지 못하는 것 같더라고."

"그게 오오야부 선생님 딸 맞지?"

가능하면 쓸데없는 말은 하고 싶지 않았지만 쿠보타에 관한 정보를 조금이라도 더 알아내고 싶은 욕심이 앞섰다.

"너도 알고 있었어? 13년 전 사고로 의식을 잃고 계속 병원에 입원해 있다던데. 오오야부 선생님은 그것 때문에 조기 퇴직해서 집도 처분하고 밤낮으로 딸 간병에만 매달리고 계신대. 쿠보타도 매년 약혼녀 생일이랑 두 사람이 결혼할 예정이었던 날이면 반드시 병원을 찾는다고 하더라."

"그랬구나."

"하지만 병원을 찾아가도 오오야부 선생님이 변해버린

딸의 모습을 보여주고 싶지 않다며 매번 면회를 거절하신 대."

요시자와는 쿠보타의 심정을 생각하니 가슴 한편이 찢어지듯 아려 왔다.

"매일같이 남들이 행복해하는 모습을 지켜본다는 게 쉽지는 않지만, 약혼녀인 마리코와의 추억을 생각하면 그만둘 수가 없다고 하더라고."

"둘이 같은 직장에서 일했던 거야?"

"응. 쿠보타는 무릎 부상으로 선수 생활을 접어야 했는데 어려서부터 축구만 해온 터라 다른 일을 구하기가 어려웠거든. 당시 마리코가 일하던 회사 사장한테 부탁해서 겨우 자리를 얻어 들어간 거지. 어쨌거나 두 사람의 추억이 깃든 직장이니 떠나기 어려운 마음도 이해는 가지만 내가 보기에는 이제 그만 과거와 작별하고 새 인생을 살아야 할 때가 아닌가 싶다."

"그만큼 깊이 사랑하는 사이였다는 건가."

"뭐 그것도 있겠지만 오오야부 선생님은 쿠보타에게 친부모 같은, 아니 그 이상의 존재였으니 저런 상태에 놓인 마리코를 잊고 자기만 행복해지려고 한다는 데 죄책감을 느끼는 건지도 모르지. 책임감이 강한 녀석이니까."

주머니에 넣어둔 핸드폰이 울려 요시자와는 대화를 멈

추고 통화 버튼을 눌렀다.

"찾았어?"

나츠메의 목소리가 들렸다.

"아니, 아직."

"음, 그럼 일단 동창회 장소로 와줄래?"

요시자와는 전화를 끊고 츠루미에게 이따 보자는 말을 남기고는 2층으로 향했다.

동창회 행사장 앞에는 이미 열 명 정도가 모여 있었다. 나츠메와 토모미가 함께 이야기를 나누고 있었다. 나츠메가 요시자와를 보고 가까이 다가왔다.

"쿠보타는 결혼식 영상 촬영 업체에서 일한대. 어쩌면 나루미야의 결혼식 촬영을 쿠보타가 담당하는지도 모르겠다."

요시자와가 작은 목소리로 속삭이자 나츠메의 표정이 심각해졌다.

"간사인 토모미에게 물어보니 연락은 자기가 돌렸지만 실제로 오늘 동창회를 계획하고 준비한 건 쿠보타래. 호텔에 아는 사람이 있어서 할인을 받을 수 있다며 날짜, 시간, 장소 전부 쿠보타가 정했다고 하더라."

그 말을 듣고 요시자와는 절망적인 기분이 들었다. 이제 더 이상 모든 것이 우연이라고 볼 수 없었다.

"쿠보타는 여기서 뭘 하려는 거지?" 요시자와가 한숨을 내쉬며 혼잣말처럼 중얼거렸다.

"나도 모르겠어."

"역시 나루미야에게 복수를 하려는 걸까?"

"만약 그렇다면 일부러 같은 시간, 같은 장소에서 동창회를 연다는 게 말이 안 되잖아. 누군가에게 복수를 할 생각이라면 되도록 사람이 적은 곳을 고르지 않겠어?"

"그럼 대체 뭔데? 나츠메 넌 오늘 동창회랑 피로연이 같은 장소에서 열리는 게 모두 우연의 일치라고 본다는 거야?"

"나도 그렇게 생각하진 않아. 다만 뭔가가 걸린달까…." 나츠메가 팔짱을 낀 채로 미간을 찌푸렸다.

"어쩌면…."

요시자와가 문득 머릿속을 스치고 지나간 생각에 무심코 입을 열자, 나츠메가 고개를 들어 요시자와를 쳐다보았다.

"일부러 너한테 보여주려고 하는 게 아닐까?"

무슨 뜻인지 모르겠다는 듯 나츠메가 고개를 갸웃거렸다.

"너 쿠보타한테 약혼녀 집에 침입한 범인에 대해 아무것도 안 알려줬다면서. 그래서 너한테 앙심을 품고 네 눈앞에서 나루미야에게 복수하겠다는 거 아냐?" 요시자와는 나츠메에게 자신이 추측한 바를 설명했다.

"아까 토모미도 내가 오늘 동창회에 오는지 안 오는지 쿠보타가 궁금해했다고는 하더라. 하지만 난 오늘 올 수 있을지 어떨지 확실하지 않다고만 말했고, 토모미도 쿠보타에게 그대로 전했다고 했어."

"만약 네가 오지 않더라도 우리 중 누군가가 오늘 일어날 일을 본다면 나중에라도 너한테 이야기가 전해질 거라고 생각했는지도 모르지. 성격 좋고 속이 깊은 녀석이 그렇게 변했다고는 나도 생각하고 싶지 않지만…."

어느샌가 주위는 동창회와 피로연에 참석하는 사람들로 북적이고 있었다. 사람들 너머로 쿠보타가 촬영용 카메라를 든 남자와 함께 걸어오는 것이 보였다.

"쿠보타!"

손을 흔들며 쿠보타를 불렀지만 쿠보타는 이쪽을 힐끗 보더니 그대로 피로연이 열리는 옆방으로 들어가 버렸다.

"잠깐 갔다 올게."

요시자와는 나츠메를 그 자리에 남겨두고 쿠보타 뒤를 쫓았다. 피로연장에 들어서 사진작가에게 지시를 내리고 있는 쿠보타에게 다가갔다.

"쿠보타, 잠깐 얘기 좀 할 수 있을까?"

어깨를 두드리자 쿠보타가 이쪽으로 고개를 돌렸다. 처음 보는 쿠보타의 심각한 분위기에 요시자와는 놀라서 잠시 할 말을 잊었다.

"뭔데." 표정에서 짜증이 묻어났다.

"잠깐 나가서 얘기 좀 하자."

"보면 모르겠어? 일하는 중이잖아. 결혼식 손님도 아니면서 멋대로 들어오다니 대체 뭐 하는 짓이야?" 쿠보타가 신경질적인 말투로 요시자와를 힐난했다.

"그러니까 나가서 얘기하자고."

연회장 밖을 가리키며 말하자, 쿠보타가 요시자와의 손목을 움켜쥐고 그대로 끌고 나갔다.

"너 뭔가 이상한 일을 꾸미고 있는 건 아니지?" 요시자와는 쿠보타의 눈을 똑바로 쳐다보며 물었다.

"갑자기 그게 무슨 소리야?"

그 와중에도 피로연 참석자들이 계속해서 두 사람 옆을 지나갔기 때문에 여기서 더 자세한 이야기를 하기는 어려웠다.

요시자와의 시선을 피하듯 고개를 돌린 쿠보타의 표정이 갑자기 한층 더 사나워졌다. 쿠보타가 바라보는 쪽에는 나츠메가 서 있었다.

"일하는데 방해하지 마." 쿠보타는 내뱉듯 말하고는 연회장으로 들어가버렸다.

요시자와는 어쩔 수 없이 다시 나츠메가 있는 곳으로 돌아갔다.

"소용없었어."

요시자와가 어깨를 축 늘어뜨린 채 의기소침하게 말하자 나츠메는 아무 말도 하지 않았다.

"그래도 이거 하나는 알겠더라."

"그게 뭔데?" 나츠메가 물었다.

"쿠보타가 무언가를 꾸미고 있는 건 확실해. 그 녀석 눈을 보고 확신했지. 내가 형사는 아니지만 친구의 감이라는 게 있잖아."

"음."

"이제 어떡하지?"

요시자와는 든든한 형사 친구에게 의견을 구했지만, 나츠메도 딱히 좋은 방법이 생각나지 않는 듯했다.

"신랑에게 사실대로 얘기해서 피로연을 중단하거나 쿠보타를 연회장 밖으로 끌어낼 수 없을까?" 요시자와가 제안했다.

"우리가 괜히 넘겨짚은 거라면 쿠보타 얼굴에 먹칠을 하는 셈이잖아."

"넘겨짚은 게 아니라 제대로 짚은 거라면 쿠보타가 범죄를 저지르지 않도록 돕는 거지."

"음."

나츠메는 이윽고 마음을 정한 듯 호텔 직원에게 다가갔

다.

"피로연이 시작되기 전에 신랑분과 얘기 좀 할 수 있을까요?"

나츠메가 그렇게 말하며 경찰 신분증을 꺼내 보이자 직원이 놀란 듯 눈을 크게 떴다.

"별일 아니니 위에는 보고하지 않으셔도 됩니다. 신랑분께만 좀 전해주시죠."

직원은 핸드폰을 꺼내 어딘가로 전화를 걸더니 "제가 안내해드리겠습니다. 이쪽으로 오시지요."라고 하며 나츠메를 엘리베이터 쪽으로 안내했다.

20분 정도 지나 나츠메가 돌아왔다.

"어떻게 됐어?"

요시자와가 묻자 나츠메가 묵묵히 고개를 저었다.

"신랑에게 사정을 설명했지만, 식을 중단하지도 쿠보타를 끌어내지도 않겠다고 하더라고."

"어째서?"

자기 목숨이 위험할지도 모르는데 수수방관하고 있겠다는 건가.

"자기 나름대로 생각이 있다는 거겠지. 신랑 의견이 그렇다면야…" 나츠메가 크게 한숨을 내쉬었다.

요시자와가 나츠메 쪽을 바라보자, 오랜만에 만난 동창들과 잔을 기울이며 잡담을 나누고 있었다.

상황이 이런데 잘도 술이 넘어가는군.

요시자와는 아무래도 신경이 쓰여서 문 쪽으로 이동해 살짝 문을 열고 밖을 내다보았다.

피로연이 열리고 있는 옆방도 문이 닫혀 있어서 내부 상황을 알 수는 없었지만, 아직은 별일 없는 듯했다.

그때 갑자기 연회장 문이 열리더니 쿠보타가 밖으로 나왔다. 쿠보타가 동창회 행사장 옆에 있는 화장실로 달려가는 것을 확인한 요시자와는 서둘러 뒤를 쫓았다.

요시자와가 화장실에 들어서는 것과 거의 동시에 쿠보타가 안쪽 칸에서 나왔다. 쿠보타는 요시자와를 보고 놀란 듯 주머니에 넣고 있던 손을 꺼냈다.

"뭐야?" 쿠보타가 이쪽을 노려보며 말했다.

"너랑 얘기 좀 하고 싶어서."

"아까도 말했지만 난 일하는 중이라고."

그대로 옆을 지나쳐 화장실을 나가려고 하는 쿠보타의 어깨를 붙잡았다.

"성급하게 굴지 마."

"뭐? 아까부터 대체 무슨 소리를 하는 거야?"

"약혼녀 얘기 들었어. 많이 힘들었을 네 심정도 충분히 이해해."

요시자와의 말이 끝나기도 전에 쿠보타가 어깨에 놓인 손을 매섭게 쳐냈다.

"웃기는 소리 하지 마."

"그래, 내가 쿠보타 네 심정을 이해한다고 하기는 어려울 수도 있겠다. 하지만 나츠메라면 다 이해할 거야."

"나츠메라면?" 쿠보타가 그게 무슨 소리냐는 듯한 표정을 지었다.

"나츠메 딸이 묻지마 범죄의 피해자라는 건 알지?"

"그래서 뭐."

"그 아이도 10년 넘게 식물인간 상태로 병원에 입원해 있어."

쿠보타가 놀란 듯 눈을 크게 떴다.

"범인은 밝혀졌지만 이미 공소시효가 만료되어 처벌은 불가능하대. 나츠메도 와이프도 많이 힘들었을 테고 지금도 여전히 많이 괴롭겠지. 나로서는 상상도 하기 어려울 정도로 말이야. 하지만 나츠메는 복수 따위는 생각하지 않고 있어. 범인을 향한 증오와 분노를 그런 식으로 표출하면 더 큰 불행을 불러온다는 걸 알기 때문이지. 나츠메는 자기 안의 추악한 감정들과 맞서 싸우며 언젠가 반드시 딸의 의식이 돌아올 거라는 희망을 잃지 않고 앞을 향해 나아가고 있는 거라고."

"그래서 뭐 어쩌라고!" 쿠보타가 소리를 질렀다.

"네가 범죄를 저지르면 슬퍼할 사람들이 있잖아."

"내게 그런 가족 따윈 없어."

오오야부 선생님이 있지 않냐고 말하려는데 화장실 문
이 열리더니 사람이 들어왔다.

요시자와가 말을 멈춘 틈을 타 쿠보타가 화장실을 빠져
나갔다. 서둘러 뒤를 쫓았지만 쿠보타는 요시자와가 다시
말을 붙일 새도 없이 연회장 안으로 들어가버렸다.

어쩔 수 없이 동창회 행사장으로 돌아가자 나츠메는 여
전히 동창들과 화기애애한 분위기 속에서 이야기를 나누
고 있었다.

요시자와와 눈이 마주치자 나츠메가 이쪽으로 다가왔
다.

"지금 이 상황에서 술이 넘어가냐?" 요시자와가 어이가
없다는 투로 말했다.

"술이 아니라 우롱차야. 언제 근무태세로 전환하게 될지
모르니까."

"명색이 형사인데 사건이 일어날 때까지 팔짱 끼고 바라
만 보고 있을 생각이야? 호텔 책임자한테 말해서 식을 중
단시켜야 하는 거 아냐?"

"억지로 한다고 될 일이 아니야. 상대의 의도를 제대로 읽어서 스스로 그 생각을 접게 만들지 않으면 결국 언젠가는 일이 터지게 되어 있어."

나츠메의 말이 옳았다. 꼭 오늘 이 장소가 아니더라도 나루미야에게 복수하는 일은 얼마든지 가능했다.

"동창회와 피로연은 모두 6시에 끝날 예정이야. 동창회 장소를 일부러 여기로 정한 이유가 있다면 일단 동창회가 끝날 때까지는 아무 일도 없지 않을까?"

"그렇기는 한데…."

요시자와는 손목시계를 확인했다. 시곗바늘이 5시를 지나고 있었다.

"쿠보타는 왜 우리를 이리로 모이게 한 걸까? 내가 보기엔 아무래도 바로 거기에 녀석의 진짜 의도가 숨어있는 것 같거든. 그래서 가능한 한 많은 사람과 이야기를 나누면서 쿠보타에 대한 정보를 모으는 중이야."

"그래서 뭣 좀 알아냈어?" 요시자와가 물었다.

"아니."

"카오루랑은 얘기해봤어?"

"아니? 복싱부 매니저였던 토미나가 카오루 말하는 거야?"

"응. 쿠보타랑 카오루랑 고등학교 때 둘이 사귀는 사이였으니까."

"뭐?!" 나츠메의 눈이 휘둥그레졌다.

"너 복싱부였잖아. 몰랐어?"

나츠메는 전혀 눈치도 못 챘다는 듯 고개를 휘휘 저었다.

"그러고 보니 나츠메 넌 통찰력은 뛰어난 주제에 그런 쪽으로는 영 젬병이었지."

요시자와는 씩 웃으며 나츠메와 함께 행사장 안을 한번 둘러보고는 친구들과 이야기를 나누고 있는 카오루 쪽으로 다가갔다.

"안녕, 나츠메. 오랜만이네. 요시자와도 잘 지냈어?"

카오루가 두 사람을 보고 반갑게 인사했다.

"그럭저럭. 카오루 넌 어때?" 요시자와가 물었다.

"결혼해서 성이 바뀌었지. 남편 성은 사토야."

"뭐 하는 사람인데?"

"평범한 회사원."

"나랑 같네. 그건 그렇고 사실 전부터 한번 물어보고 싶었는데 너 고등학교 때 쿠보타랑 사귀었잖아. 두 사람 엄청 사이좋았던 걸로 기억하는데 대체 왜 헤어진 거야?"

요시자와가 농담처럼 묻자 카오루도 웃으며 대답했다.

"어, 요시자와 너 알고 있었어?"

"그 정도로 사이가 좋은데 모를 수가 없지. 웬만큼 둔하지 않고서야." 요시자와가 바로 옆에 서 있는 나츠메의 옆구리를 쿡 찔렀다.

"쿠보타가 상경한 후에도 계속 사귀긴 했는데 난 아오모리에서 대학을 다니다 보니 원거리 연애 기간이 길어져서 결국 자연스레 헤어지게 되었어."

"그랬구나. 헤어지고 나서는 한 번도 만난 적 없어?"

"내가 도쿄에 있는 회사에 취직하고 3, 4년쯤 지났을 땐가 길거리에서 한 번 우연히 마주친 적은 있어. 쿠보타도 축구는 그만두고 일반 회사 다니고 있다고 하던데. 마치 운명처럼 옛 애인과 재회했으니 전혀 설레지 않았다고 하면 거짓말이겠지만 뭐 결국은 인연이 아니었나 보지. 지금은 애가 셋이다 야."

"오, 그렇구나."

쿠보타가 회사에 들어간 것은 오오야부 선생님의 딸과 사귀기 시작한 후의 일이니 타이밍이 어긋난 셈이었다.

카오루와 헤어져 다시 둘이서 행사장 안을 돌아다니다가, 나츠메가 문득 걸음을 멈췄다. 나츠메의 시선을 따라가자 옛 제자들에게 둘러싸여 앉아 있는 메구로 선생님의 모습이 보였다.

"왜?"

"그러고 보니 요시자와 너 아까 낮에 메구로 선생님을

호텔 프론트에서 봤다고 했지."

"응."

"왜 거기 계셨을까?"

"짐을 맡기고 계시던데."

"짐 맡기는 곳은 여기 행사장 쪽에도 따로 있잖아."

"그렇기는 하지."

그렇다고 해서 호텔 프론트에 맡기면 안 된다는 법은 없지 않은가.

요시자와가 그렇게 말하려는데 나츠메가 메구로 선생님쪽으로 향했다.

"메구로 선생님, 안녕하세요." 나츠메가 고개를 숙이며인사했다.

"어머, 그래. 미안하지만 내가 요새 기억력이 안 좋아져서 이름이 생각나지 않는구나."

"2학년 때 B반이었던 나츠메입니다."

그래도 여전히 기억하지 못하는 듯했다.

"선생님은 오늘 여기 호텔에 묵으시나요?"

나츠메의 질문에 메구로 선생님이 웃으며 고개를 끄덕였다.

"댁은 어디세요?"

"나는 계속 아오모리에 살고 있단다. 교통비랑 숙박비

모두 동창회비에서 지원할 예정이니 오늘 꼭 와주셨으면 좋겠다고 하길래 염치도 없이 와버렸구나. 내가 담임도 아니었는데 이렇게 와도 되는 건지 모르겠다만."

나츠메가 메구로 선생님 옆에 있던 토모미를 돌아보았다.

"난 모르는 얘긴데. 쿠보타가 준비한 거 아닐까?"

토모미의 말에 메구로 선생님이 반응을 보였다.

"쿠보타라면 축구부였던 쿠보타 다이스케 말하는 거니?" 메구로 선생님이 물었다.

"쿠보타를 기억하세요?"

이 자리에 모인 학생들 대부분을 이름도 기억하지 못하면서 쿠보타에 대해서는 축구부였다는 사실까지 기억하고 있다는 것이 의외였다.

"기억하고 말고. 원래대로라면 한집안 식구가 될 예정이었으니까."

"네? 그게 무슨 말씀이세요?"

다급하게 묻는 나츠메의 긴박한 말투에 메구로 선생님이 살짝 놀란 듯 자세를 고쳐 앉았다.

"쿠보타는 오오야부 선생님 딸인 마리코와 결혼할 예정이었잖니. 나랑 오오야부 선생님은 친척이거든."

5

쿠보타는 손목에 찬 시계를 바라보았다.

파티가 막을 내리고 스스로가 범죄자로 전락할 시간이 다가오고 있었다.

나츠메는 복수 따위는 생각하지 않고 있어—

아까 요시자와가 한 말이 머릿속을 스치고 지나갔다.

나츠메는 자기 안의 그런 추악한 감정들과 맞서 싸우며 언젠가 반드시 딸의 의식이 돌아올 거라는 희망을 잃지 않고 앞을 향해 나아가고 있는 거라고—

웃기는 소리!

13년간 내가 얼마나 괴롭고 고통스러웠는데. 앞으로도 이 고통과 괴로움을 계속 끌어안은 채 살아가란 말인가. 나루미야에게 복수하고 하루라도 빨리 절망에서 벗어나고 싶었다.

쿠보타는 사회자석에 서 있는 아야카를 바라보았다.

"마지막으로 신랑의 인사가 있겠습니다."

사회자 멘트에 따라 나루미야가 중앙에 설치된 마이크 앞으로 걸어나왔다.

"오늘 바쁘신 가운데 저희 두 사람의 결혼을 축하하기

위해 귀한 걸음을 해주셔서 진심으로 감사드립니다."

나루미야가 긴장된 목소리로 천천히 말을 이어 나갔다.

"이 자리에 참석해주신 여러분께 정말 무어라 감사의 말씀을 드려야 할지 모르겠습니다. 저희 나름대로 최선을 다해 오늘 결혼식을 준비했습니다만… 사실 저는 여기서 여러분께 우선 용서를 구하고자 합니다."

여기까지 말하고 나루미야가 고개를 숙였다.

고개를 숙인 채 침묵하는 시간이 길어지자 연회장 안이 술렁이기 시작했다.

이윽고 나루미야가 크게 숨을 들이쉬더니 얼굴을 들었다. 똑바로 앞을 바라보는 눈빛에서 굳은 각오가 느껴졌다.

"앞으로 부부로서 함께 살아갈 제 신부와, 신부 부모님께는 이미 말씀드렸습니다만, 저는 오늘 여러분께 한 가지 큰 거짓말을 했습니다. 아까 보여드린 식전영상에서 저는 고등학교를 중퇴하고 미국 유학을 갔었다고 소개해드렸습니다만, 실은 그렇지 않습니다. 당시 저는 죄를 짓고 소년원에 들어가 있었습니다."

나루미야의 폭탄 발언에 연회장 안이 크게 술렁였다.

"어려서 뭘 몰랐다, 소년원에서 죗값을 치르고 나왔으니된 거다, 그런 식으로 자신을 합리화한 적도 있습니다. 하지만 이제 무엇과도 바꿀 수 없는 소중한 사람과 앞으로의 인생을 함께 살아갈 결심을 하고 나니 제가 저지른 죄의 무게를 새삼 실감하게 되었습니다. 저는 피해자에게만 죄를 지은 것이 아니라 제가 모르는 사이에 훨씬 많은 사람들에게 평생 지워지지 않는 큰 상처를… 입혔다는 사실을 깨닫게 된 것입니다."

나루미야가 흐느끼는 소리에 잠시 말이 끊겼다.

"지금은 진심으로 제 잘못을 뉘우치고 있지만… 그렇다고 해서 제가 저지른 죄가 사라지는 것은 아닙니다. 그 사실을 평생 잊지 않고 가슴에 새기며… 이런 저를 받아준 신부와 함께… 죽는 날까지 최선을 다해… 조금이라도… 피해자와… 제가 상처 입힌 사람들에게…."

쿠보타는 마이크 앞에서 흐느껴 우는 나루미야를 차갑게 노려보았다.

신부가 걱정스러운 표정으로 나루미야에게 다가가 귓가에 대고 무언가를 속삭였다.

"부디… 부디 앞으로 제가 어떻게 살아가는지 냉엄한 시선으로 지켜봐주시기 바랍니다."

신부의 말에 용기를 얻었는지 나루미야가 가까스로 말을 맺고는 깊이 고개를 숙였다. 다시금 연회장 안에 나루미야의 울음소리가 울려 퍼졌다.

참석자 대부분이 영문을 몰라 당혹스러워하는 가운데

누군가가 박수를 쳤다. 박수를 치는 사람이 점점 늘어나 이내 나루미야의 울음소리가 들리지 않을 정도로 커졌다. 나루미야를 격려하는 박수 소리가 쿠보타를 몰아붙이는 듯했다.

쿠보타는 더 이상 참지 못하고 연회장을 뛰쳐나갔다.

바로 그때, 옆방 문이 열렸다. 동창회가 끝나고 행사장을 빠져나오는 사람들 가운데 메구로 선생님의 모습이 보였다.

쿠보타는 주머니에 손을 찔러 넣었다. 휴대용 칼을 단단히 움켜쥐고 방금 뛰쳐나온 연회장 문이 다시 열리기만을 기다렸다.

손님들을 배웅하기 위해 나루미야가 연회장을 나서는 순간을 노릴 생각이었다.

이윽고 신랑 신부가 연회장 밖으로 나왔다. 쿠보타는 문득 고개를 든 나루미야와 시선이 마주쳤다. 나루미야의 눈이 새빨갛게 충혈되어 있었다.

마리코를 살려내—!

그렇게 외치며 달려들려고 하는 순간, 누군가가 쿠보타의 오른손을 꽉 잡았다.

고개를 돌리니 바로 옆에 나츠메가 서 있었다.

"그만둬."

나츠메가 쿠보타의 손목을 잡은 채 낮은 목소리로 말했다.

결혼식 손님들이 문 앞에 선 신랑 신부에게 한마디씩 건네며 연회장을 빠져나갔다. 나루미야는 손님들과 인사를 나누면서도 쿠보타가 신경이 쓰이는지 한 번씩 이쪽을 힐끔거렸다.

쿠보타는 칼을 움켜쥔 손에 다시 힘을 주었지만 나츠메는 꿈쩍도 하지 않았다.

"손에 쥔 걸 놓고 그대로 주머니에서 손을 빼. 아니면 널 체포해야 해." 나츠메가 쿠보타에게만 들릴 정도로 작게 속삭였다.

차라리 체포당하는 편이 낫겠다고 생각했지만, 그때 연회장에서 나오는 아야카와 눈이 마주치는 바람에 저도 모르게 칼을 쥐고 있던 손을 풀어 주머니 밖으로 꺼냈다.

"얘기 좀 하자."

쿠보타는 그대로 오른손을 잡힌 채 짐 보관소 옆에 있는 방으로 끌려갔다. 나츠메가 방문을 열고 쿠보타와 함께 안으로 들어갔다. 연회장의 10분의 1 정도 크기인 방 안에는 아무도 없었다.

나츠메가 문을 닫고 쿠보타의 손을 놓아주었다.

"화장실에 숨어서 날 지켜보고 있었던 거냐?" 쿠보타가 몇 발자국 뒤로 물러나 나츠메와의 거리를 벌리며 거칠게 내뱉었다.

나츠메는 아무 말도 하지 않았다. 그저 조용히 이쪽을 바라보고 있을 뿐이었다.

쿠보타는 주머니에 다시 손을 넣어 휴대용 칼을 꺼내 보였다.

여전히 나츠메는 아무런 표정의 변화를 보이지 않았다.

쿠보타는 코웃음을 치며 칼을 바닥에 던졌다.

"지금은 형사라며? 어서 체포하시지요, 형사 나리." 나츠메를 향해 양손을 내밀었다.

"나더러 지금 친구를 체포하라는 거냐."

슬퍼 보이는 눈빛이었다.

"지금 체포하지 않으면 언젠가 내가 반드시 저 녀석을 죽이고 말 거다."

일부러 도발하는 말투로 나츠메를 자극했다. 체포라도 당하지 않는 이상 평생 이 감정에서 풀려나지 못할 것 같았다.

"네게 저 두 사람의 미래를 파괴할 권리는 없어."

나츠메의 담담한 말투에 쿠보타는 머리에 피가 확 쏠렸다.

"명색이 형사라는 놈이 범죄자 편을 드는 거냐? 네 딸도 지나가던 나쁜 놈한테 맞아서 식물인간 상태라며. 아주 성인군자 나셨네. 난 그렇게는 못하겠다. 죄를 지은 놈한테는 제대로 대가를 치르게…."

"그런 일을 한다고 해서 행복해지는 사람은 아무도 없어." 나츠메가 쿠보타의 말을 끊었다.

"행복해지려고 그런 일을 하겠다는 게 아니야!"

"네가 하려는 건 그저 자기만족일 뿐이야."

"자기만족? 나루미야는 내게서 소중한 걸 빼앗았어. 그러니 나도 놈에게서 빼앗아주겠다는 건데 그게 뭐가 잘못되었다는 거야!" 쿠보타가 미친 듯이 소리를 질렀다.

"나루미야가 죄를 지은 건 맞아. 그 일로 너와 네 약혼녀의 인생을 망가뜨린 것도 사실이고. 하지만 나루미야는 현재 그 일을 깊이 후회하며 자신의 잘못을 뉘우치고 있어. 내가 현장에 있었던 건 아니라서 잘은 모르겠지만 아까 피로연에서 나루미야가 어떤 형태로든 그런 자신의 심정과 각오를 모두에게 전하지 않았어?"

쿠보타는 나츠메의 말을 듣고 아까 나루미야가 울먹이며 한 인사를 떠올렸다.

"네가 나루미야에게 내 얘길 한 거냐."

나츠메가 고개를 끄덕였다.

"쿠보타 널 범죄자로 만들고 싶지 않았으니까. 나루미야가 과거에 저지른 강도사건의 피해자가 그 사건 이후 자살을 기도했고, 그 사람의 약혼자가 너라는 사실을 알려줬어. 이런 상황이니까 식을 중단하든지 경비원을 불러서 너를 끌어내는 게 좋을 거라고 충고해줬지. 하지만 나루미야는 어느 쪽도 하지 않겠다고 했어."

"그냥 자기 결혼식을 망치고 싶지 않아서 어디서 가져다 붙인 듯한 사죄의 말을 늘어놓아 나를 회유하려고 한 거잖아." 쿠보타는 같잖다는 듯 피식 웃었다.

"나루미야가 무슨 말을 했는지는 모르겠지만 그건 다 진심에서 우러나와 한 말일 거야. 자기가 죽을지도 모르는 위험을 무릅쓰고 결정한 일이니까. 식을 중단하거나 너를 쫓아버리면 두 번 다시 자기의 본심을 너에게 전할 기회가 없을 테니 그렇게는 하고 싶지 않다고 했어. 다만 자기는 어떻게 되어도 상관없지만, 신부만은 무슨 일이 있어도 꼭 지키겠다더군."

마지막 말을 듣고 가슴을 찌르는 듯한 통증이 느껴졌다.

"여기서 그만 끝내자. 쿠보타 네가 두 번 다시 이런 바보 같은 짓을 하지 않겠다고 약속하면 나도 오늘 일은 다 없었던 걸로 해줄게."

"내가 그런 약속을 할 리가 없잖아."

나루미야에게 복수하려던 계획이 틀어진 이상, 이제 쿠

보타에게 남겨진 방법은 나츠메에게 체포당하는 것뿐이었다.

"오늘은 실패했지만 내가 살아 있는 한 몇 번이고 다시 시도할 거야. 내 소중한 사람을 상처 입히고, 우리 두 사람의 행복을 빼앗아간 녀석에게 반드시 복수해주겠어. 딸이 식물인간이 되어 누워 있는데도 얌전히 팔짱만 끼고 있는 너랑은 다르다고!"

"소중한 사람이라는 건 약혼녀였던 마리코 씨를 말하는 거냐?"

"당연하지!"

"네 진짜 목적은 마리코 씨의 복수가 아니야."

나츠메의 단정적인 말투에 쿠보타가 흠칫했다.

나츠메가 슬픔과 안타까움이 복잡하게 얽힌 눈빛으로 모든 것을 꿰뚫어 보고 있는 듯한 기분이 들었다.

"뭐라는 거야." 쿠보타는 당황한 기색을 숨기고 다시 나츠메를 노려보았다.

"나루미야에게 복수하는 것만이 목적이었다면 장소가 꼭 여기일 필요는 없었겠지. 식장 바로 옆에서 우리 동창회를 열 필요도 없었을 테고. 게다가 가까이 살고 계신 담임 선생님한테는 연락도 안 드렸으면서 군이 아오야마에 계신 메구로 선생님을 초대한 이유는 뭐지?"

쿠보타는 아무 대답도 할 수 없었다.

"계속해 볼까? 애초에 넌 나루미야를 죽일 생각은 없었을 거야. 일단 달려들어서 가벼운 상처만 입히는 정도, 아니 아예 누군가가 막아서는 바람에 나루미야에게 손끝 하나 못 대더라도 상관없었을지도 모르지. 나루미야에게 공격을 시도했다는 사실만으로도 네 목적은 충분히 달성한 셈이니까."

"대체 무슨 말을 하는 건지 모르겠군."

"네가 바란 건 복수가 아니라 네 마음을 옭아매고 있는 사슬로부터 벗어나는 것이었으니까. 오오야부 선생님이 너한테 이렇게 말해주길 원했던 거 아냐? 이제 그만 마리코는 잊고 새로운 인생을 살라고, 마리코 때문에 네가 범죄자가 되는 건 바라지 않는다고. 네가 나루미야를 덮치려고 했던 진짜 이유는 바로 선생님께 이 말을 듣기 위해서였던 거지."

쿠보타는 나츠메의 눈을 피하고 싶지 않았지만 그를 똑바로 바라볼 수가 없었다.

"단순히 상해사건을 일으키는 것만으로는 충분하지 않았겠지. 뉴스 기사가 나가더라도 오오야부 선생님은 네가 공격한 상대가 과거 마리코 집을 턴 강도라는 사실까지는 못 알아차릴 수도 있으니까. 지금껏 쿠보타 네가 아무리 범인에 대해 알려달라고 애원해도 선생님은 자기도 아무것도 모른다고만 하셨으니 말이야."

나츠메가 거기까지 알고 있다는 사실이 의외였다.

"게다가 오오야부 선생님은 학교도 그만두고 딸 간병에만 매달리고 계신 상황이다 보니 너로서는 네가 나루미야를 덮쳤다는 소식을 선생님께 전해줄 누군가가 필요했을 테고. 그래서 메구로 선생님을 초대한 거지? 눈앞에서 네가 마리코를 살려내라고 외치며 나루미야를 공격하면, 메구로 선생님이 그 사실을 친척인 오오야부 선생님에게 전할 거라고 생각했겠지. 그래서 넌 토모미 이름으로 메구로 선생님에게 동창회 초대장을 보내고, 토모미에게는 메구로 선생님도 오신다고 말한 거야."

"나루미야에게 복수하겠다는 내 말과 행동이 모두 거짓이라는 거야?"

"그래. 그렇게라도 하지 않으면 10년 넘게 식물인간 상태로 누워 있는 약혼녀와, 너를 친아들처럼 아껴주신 오오야부 선생님으로부터 벗어날 수 없을 테니까. 물론 세상에는 이런 상황에서 쉽사리 결혼을 없던 일로 하는 사람들도 많이 있지만, 쿠보타 넌 네 쪽에서 먼저 그런 말을 꺼내는 건 선생님에 대한 배신이라고 생각했겠지. 넌 속이 깊은 녀석이니까. 그런 네가 생각해낼 수 있었던 유일한 방법이 바로 이거였고."

"난 진심으로 나루미야를 죽일 생각이었어. 마리코를 덮쳐서 자살로 몰고 간 주제에 자기는 아무 일도 없었다는 듯 뻔뻔하게 행복한 가정을 꾸리겠다는 걸 용서할 수 없었으니까."

"경찰 조사에서 스스로 진술했듯이 마리코 씨는 성폭행을 당하지 않았어."

"그럼 왜 자살을 하려고 했다는 건데!"

"그 이유는 쿠보타 네가 제일 잘 알고 있을 것 같은데."

나츠메의 말이 쿠보타의 가슴을 에는 듯했다.

"알면서도 그걸 인정하기 싫어서 마리코 씨가 자살하려고 한 원인은 어디까지나 성폭행을 당했기 때문이라고, 모두 다 나루미야 때문이라고 생각하고 싶었겠지."

"헛소리 집어치워! 대체 무슨 근거로 그런 말을 하는 건데!"

그것만은 무슨 일이 있어도 인정할 수 없었다.

"너한테는 계속 아무것도 모른다고 하셨지만, 사실 오오야부 선생님은 강도사건이 일어난 이듬해에 가정법원에 가서 관련 자료를 모두 열람하셨어. 범인의 이름은 물론 경찰 조사에서 마리코 씨와 나루미야가 진술한 내용을 전부 알고 계셨던 거지. 선생님이 그걸 왜 이제껏 네게 말해주지 않았는지 알겠어?"

"알려주면 내가 나루미야에게 복수를 해서 범죄자가 될 거라고 생각하셨을 테니까."

"맞아. 네가 스스로의 양심의 가책에서 벗어나기 위해 남을 공격하길 바라지 않으셨던 거야."

스스로의 양심의 가책에서 벗어나기 위해—

"오오야부 선생님이 그렇게 말씀하셨다고?"

쿠보타가 믿기지 않는다는 투로 되묻자 나츠메가 고개를 끄덕였다.

심장 박동이 빨라지고 숨이 가빠왔다.

"아까 오오야부 선생님하고 통화했어. 지금 상황을 있는 그대로 설명드린 후에 실례를 무릅쓰고 내 추측도 말씀드렸지. 오오야부 선생님으로서는 아마 계속 숨기고 싶은 비밀이었을 거야. 하지만 너를 범죄자로 만들 수는 없다며 내게 사실을 말씀해주셨어. 나 역시 굳이 너에게 가혹한 현실을 알려주고 싶지는 않아. 두 번 다시 이런 바보 같은 짓은 하지 않겠다고 약속하면 나도 더 이상은 말하지 않을게."

쿠보타는 조용히 자신을 응시하는 나츠메의 시선을 똑바로 마주 보았다.

"다 말해줘."

애초에 이런 삼류 연극을 할 필요도 없었던 게 아닐까. 지금까지 쿠보타 자신을 옭아매 왔던 신뢰라는 이름의 사슬은 처음부터 존재하지 않았을지도 모르겠다는 생각이 들었다.

"마리코 씨는 유서를 남겼어."

나츠메의 이야기를 들으며 쿠보타는 천천히 눈을 감았다.

"유서에는 네가 더 이상 자신을 사랑하지 않는 것 같다고 불안해하는 마음이 적혀 있었다고 하더군. 그런 상황에서 범인에게 성폭행을 당했다고 네게 오해받을 것이 두려워 강도가 들었을 때도 신고하지 못했다고 말이야. 결국에는 범인이 다른 사건으로 체포되어 여죄를 털어놓는 바람에 다 드러나버렸지만."

쿠보타는 오오야부 선생님 댁에서 함께 생활하면서 마리코가 자신을 좋아한다는 사실을 눈치채고 있었다.

마리코는 고등학교를 졸업하자마자 쿠보타를 따라 상경했다. 당시 쿠보타는 여자친구였던 카오루와의 원거리 연애가 흐지부지 끝난 상태였고, 그 상황에서 마리코의 적극적인 대시를 받아 두 사람은 사귀게 되었다. 하지만 사실 쿠보타는 한 번도 마리코에게 여동생 이상의 감정을 느껴본 적이 없었다.

오오야부 선생님은 두 사람이 사귄다는 소식을 듣고 뛸 듯이 기뻐했다. 마리코가 쿠보타와 결혼하겠다고 말하자 오오야부 선생님은 이제 쿠보타와 진짜 가족이 된다며 눈물로 반겼다.

차마 그 앞에서 선생님의 기대를 저버리는 말을 꺼낼 수가 없어 자신의 마음을 숨긴 채 마리코와의 관계를 질질 끌어왔다.

쿠보타가 축구를 하는 동안은 아직 괜찮았다. 생활이 안정적이지 않다는 핑계를 들어 결혼을 미룰 수 있었기 때문이다. 하지만 은퇴 후 마리코의 소개로 회사에 들어가면서 더 이상 결혼을 미룰 수가 없게 되었다.

결혼식이 코앞으로 다가온 어느 날, 첫사랑이었던 카오루를 길에서 우연히 다시 만났다.

카오루는 헤어지기 전보다 더 예뻐져 있었다. 카오루도 아직 쿠보타를 좋아한다는 것이 느껴져 마음이 흔들렸다.

그러던 와중에 강도사건이 발생했다.

마리코는 성폭행은 당하지 않았다고 주장했지만, 쿠보타는 그 말을 믿지 않고 지금은 널 보고 있기가 힘드니 잠시 떨어져 있는 게 좋겠다고 말했다.

오오야부 선생님께는 마리코가 사건의 충격에서 벗어날 때까지 결혼을 미루고 싶다고 말씀드렸다. 그 사이에 마리코의 마음이 자신에게서 자연스럽게 멀어지기를 기대했다.

그런 식으로 번거롭게 먼 길을 돌아가지 말고 진작에 솔직하게 털어놓았더라면 마리코가 자살 기도를 할 일도 없지 않았을까.

몇 번이고 후회하며 마리코에게 사과하고 싶었지만 아마도 그 소원은 평생 이루어지지 않을 것 같았다.

"유서 내용을 알면 네가 죄책감에 짓눌려 폐인이 될지도 모른다는 생각에 오오야부 선생님은 네게 유서의 존재를 알리지 않기로 하셨다더군. 선생님이 널 친아들처럼 아낀 건 사실이지만 그렇다고 마리코를 자살로 몰고 간 너를 완전히 용서할 수도 없었다고, 그래서 마리코를 잊고 새 인생을 살라고는 말할 수 없었다고 하셨어."

지금까지 13년간 오오야부 선생님의 기대를 저버릴 수 없다는 일념 하나로 마리코를 사랑하는 척해왔다.

하지만 그것도 이제 한계였다.

"마리코 씨가 자살하려고 한 것은 어디까지나 스스로의 선택이었어. 그것 때문에 13년 동안 힘들게 해서 미안하다고 오오야부 선생님께서 너에게 전해달라고 하셨어. 마리코는 진짜 가족들이 챙길 테니까 이제 그만 잊어달라고도 하셨고."

진짜 가족들이 챙길 테니까—

오오야부 선생님의 작별 인사에 쿠보타는 눈물이 차올랐다.

"난 이제 어떻게 해야 하는 거지…."

저도 모르게 탄식이 흘러나왔다.

"나도 모르겠다. 하지만 앞으로 네가 어떤 선택을 하든, 어떤 삶을 살아가든 널 비난하는 사람은 없을 거야."

"13년 동안 한시도 마음 편할 날이 없었어. 불혹이 되면 더 이상 헤매지 않을 거라 생각했는데…. 이제야 나를 묶어온 사슬에서 풀려났건만, 정말 이걸로 된 건지 나도 내 마음을 모르겠다."

오오야부 선생님과 마리코와 함께 지낸 즐거웠던 날들의 기억이 꼬리에 꼬리를 물고 쿠보타의 머릿속에 떠올랐다. 아무리 지워내려고 해도 지워지지가 않았다.

"나츠메, 난 이제 어떡하면 좋지?" 쿠보타는 애원하듯 나츠메에게 매달렸다.

"지금 당장 답을 찾을 필요는 없지 않을까? 정말로 내게 소중한 것이 무엇인지 알게 될 때까지 충분히 헤매고 고민하는 것도 나쁘지 않다고 보는데. 불혹은, 쓸데없는 세상의 가치관에 미혹되지 않고 내가 내 인생의 주체가 되어 끊임없이 헤매고 고민해가는 거라고 생각해. 나는 앞으로 그렇게 살아가기로 했어."

눈물에 젖어 흐릿해진 쿠보타의 시야 속에 천천히 방을 나가는 나츠메의 뒷모습이 보였다.

정말로 내게 소중한 것이 무엇인지 알게 될 때까지 충분히 헤매고 고민하는 것도 나쁘지 않다고 보는데—

나에게 정말로 소중한 것은 무엇인가.

어쩌면 인간은 누구나가 존재하는지조차 알 수 없는 답을 찾아 외롭게 헤매고 있는 건지도 모르겠다는 생각이 들었다.

피의자
사망

1

"거의 다 온 것 같습니다."

내비게이션을 확인한 츠츠이 켄고가 옆자리를 보며 말했다. 조수석에 앉은 오오츠 팀장이 늘어지게 하품을 하며 고개를 끄덕이고는 창밖으로 시선을 돌렸다.

"저기 있네."

오오츠가 가리키는 쪽에 검은색 승용차 한 대가 서 있는 것이 눈에 들어왔다.

"좀 떨어져서 적당한 데 세워."

오오츠의 지시대로 승용차를 그대로 지나쳐 100m 정도 떨어진 곳에 차를 세웠다. 엔진을 끄자 뒤따라오던 차도 츠츠이가 탄 차를 지나쳐 100m 정도 앞에 멈췄다. 츠츠이는 차에서 내려 오오츠와 함께 검은색 승용차 쪽으로 걸어갔다.

경찰서를 나올 때는 어두컴컴했던 하늘이 희미하게 밝아오고 있었다.

검은색 승용차에서는 수사1과 소속인 나카무라와 관할서 형사 한 명이 내렸다.

"용의자 집은?" 오오츠가 물었다.

"이 골목 끝에 있습니다."

나카무라가 좁은 골목 안쪽을 가리켰다. 20m 정도 전방의 막다른 곳에 2층짜리 빌라가 보였다.

"빌라가 이웃한 단독주택들에 둘러싸인 구조라서 도로와 이어지는 면은 이쪽뿐입니다. 빌라 반대편에 위치한 주택 주민들에게 양해를 구해 우에노와 다른 한 명이 단독주택 정원에서 빌라를 감시하고 있습니다."

나카무라가 지도를 보며 설명했다.

"코지가 귀가한 후 아직은 아무런 움직임이 없습니다."

새벽 1시 반경, 빌라 근처에 잠복해 있던 나카무라로부터 피의자인 코지가 귀가했다는 연락이 왔다.

체포영장은 나온 상태였지만 바로 덮치면 어둠을 틈타 도주할 우려가 있기 때문에 일단 해가 밝을 때까지 기다렸다가 피의자의 신병을 확보하기로 했다.

뒤차에 타고 있던 형사 두 명도 오오츠 앞에 집합했다.

문득 발소리가 들려 빌라 쪽으로 이어지는 골목을 쳐다보니 이리로 걸어오는 사람 그림자가 보였다. 츠츠이는 저도 모르게 몸이 긴장하는 것을 느꼈다.

개를 데리고 산책 중인 여자였다. 여자는 이른 아침부터 양복 차림에 험상궂게 생긴 남자들이 모여 있는 것을 보고 살짝 경계하는 듯한 표정을 지으며 지나갔다.

"이제 곧 사람들이 출근할 시간이니 서둘러 처리하자고."

오오츠는 그렇게 말하고는 지도를 가리키며 각자 담당할 구역을 배정했다. 츠츠이가 담당하게 된 곳은 빌라 반대편에 있는 주택 앞 도로였다.

배치된 인원수는 주택 정원에서 대기 중인 두 명을 포함해 총 여덟 명. 따라서 빌라 반대편을 맡은 츠츠이가 코지를 체포하게 될 일은 거의 없을 것 같았다.

"차 안에 타고 있는 사람은 집주인인가?" 오오츠가 검은색 승용차 쪽을 보며 물었다.

차 뒷좌석에는 긴장한 기색이 역력한 노인 하나가 앉아 있었다.

"네. 저희가 저분께 집 열쇠를 가지고 와달라고 했습니다."

"좋아. 각자 맡은 구역으로 흩어져. 무전기 꼭 챙기고."

츠츠이는 무전기 상태를 확인한 후, 이어폰을 귀에 꽂고 담당 구역으로 향했다. 그리고 빌라 반대편에 있는 주택 앞에 도착해 눈에 띄지 않도록 전봇대 뒤로 몸을 숨겼다.

"코지 집 앞에 도착했다. 이제 벨을 누르겠다."

이어폰 너머로 오오츠가 모두에게 말했다.

현장에서 가장 멀리 떨어진 위치이기는 하지만 츠츠이의 긴장감도 최고조에 달했다.

곧이어 벨을 누르는 소리와 함께 코지를 부르는 오오츠

의 목소리가 들렸다.

코지는 순순히 나올 생각이 없는 듯했다.

"대답이 없다. 지금부터 열쇠로 문을 열고 들어가—"

갑자기 오오츠의 말이 끊기고, 이번에는 이어폰이 아니라 공기를 타고 누군가가 멀리서 고함치는 소리가 들려왔다. 츠츠이는 반사적으로 빌라 쪽으로 고개를 돌렸지만 주택에 가로막혀 빌라 쪽 상황을 파악할 수가 없었다.

"코지가 도망쳤다!"

"어디야! 어느 쪽으로 갔어!"

이어폰 너머로 무언가가 와장창 깨지는 소리가 들려 츠츠이는 몸이 움찔했다.

"이 자식이 날 화분으로 내리쳤어! 제길, 피 때문에 앞이 안 보여! 코지는 회색 점퍼에 파란색 백팩을 메고 있다!"

"괜찮으십니까!"

"놈은 아직 멀리 못 갔을 거다. 절대로 놓쳐선 안 돼!"

무전기 너머로 여러 사람의 목소리가 혼란스럽게 오갔다.

바로 그때, 한 남자가 주택 담을 넘어 츠츠이가 있는 도로 위로 뛰어내렸다. 남자는 회색 점퍼 차림에 파란색 백팩을 메고 있었다.

"코지를 발견했습니다!"

츠츠이는 무전기에 대고 소리치는 동시에 코지를 쫓아

달리기 시작했다.

"어느 쪽이야!"

오오츠의 고함이 들렸지만 어떻게 설명하면 좋을지 알 수가 없었다. 무전기를 붙잡고 설명할 시간에 직접 뒤쫓아 가서 잡는 편이 더 빠를 것 같았다.

"코지! 거기 서!"

츠츠이가 소리치자 20m 정도 앞서 도망가던 코지가 이쪽을 돌아보았다.

다음 순간, 코지의 모습이 시야에서 사라졌다. 이어서 귀를 찢는 듯한 굉음과 급브레이크 소리가 들렸다.

츠츠이는 눈앞에 펼쳐진 광경을 믿을 수가 없어 한동안 멍하니 그 자리에 서 있었다.

"지금 그 소리는 뭐야!"

오오츠가 다그치는 소리에 정신이 번쩍 들었다.

츠츠이는 미칠 듯이 뛰는 가슴을 애써 진정시키며 큰길로 걸어 나갔다. 사거리 오른쪽을 바라보니 저 앞에 정차한 트럭 뒷모습이 보였다.

트럭 앞쪽에서는 연기가 피어오르고 있었다. 가까이 달려가 보니 트럭이 전봇대를 들이받아 앞 유리가 산산조각난 상태였다. 다행히 운전수는 무사한 것 같았다.

트럭에서 조금 떨어진 곳에 코지가 쓰러져 있었다.

츠츠이는 코지 쪽으로 달려갔다. 도로 위로 퍼져 나가는 피 웅덩이를 보고 숨이 멎는 듯했다.

"코지!"

그 자리에 무릎을 꿇고 힘껏 외쳐 불렀지만 코지는 대답할 수 있는 상황이 아니었다. 코지가 전신에 경련을 일으키며 피투성이가 된 얼굴을 간신히 돌려 이쪽을 쳐다보았다.

"그 사람이 갑자기 뛰어들었어요…"

떨리는 목소리에 뒤를 돌아보니 트럭에서 내린 운전수가 비틀거리며 다가왔다.

"구급차부터 부르세요!" 츠츠이는 동요하는 운전수에게 소리를 지르고 다시 코지에게 시선을 돌렸다.

코지는 마지막 남은 힘을 쥐어짜듯 필사적으로 입을 뻐끔거렸다. 무언가 하고 싶은 말이 있는 듯했지만 말 대신 피만 토하고 있었다.

"뭐라고?" 츠츠이는 코지의 입에 귀를 가까이 가져갔다.

그대로 귀를 기울인 채 잠시 기다리자 거친 숨소리에 섞여 가느다란 한마디가 들렸다.

부탁해….

그 소리를 들었다고 생각한 순간, 귓가에 더 이상 숨결이 느껴지지 않았다.

코지의 얼굴을 쳐다보니 눈에서 생기가 사라져 있었다.

2

"오늘 저녁은 카레?"

동료인 이케다가 상품을 바코드 리더기에 가져다 대며 물었다.

"응. 더 제대로 된 요리를 만들어주고 싶기는 한데 요스케가 카레가 좋다더라고."

미우라 나오코가 웃으며 말했다.

"나오코 씨 이거 끝나고 또 다른 일 하지 않아? 그럼 어쩔 수 없지. 마트에서 파는 반찬을 사다 먹이지 않고 직접 만든다는 것만으로도 대단한걸."

이케다는 나오코와 같은 아파트 단지에 살고 있다. 이케다의 아들인 카즈키는 요스케와 같은 반이고 둘이 사이도 좋다고 했다. 나오코가 직접 이케다에게 다른 일도 한다는 이야기를 한 적은 없지만 나오코의 생활 패턴 정도는 아들을 통해 자연스럽게 파악한 듯했다.

"새벽까지 일할 때도 있다면서. 그렇게 일해서 몸이 남아나겠어?"

"24시간 패밀리 레스토랑에서 일주일에 며칠만 야간조로 일하는 거라 많이 힘들진 않아. 무엇보다 시급이 높거든." 나오코는 거짓말을 했다.

"여자 혼자 아들 키우기가 쉽지 않을 텐데 고생이네. 힘든 일 있으면 언제든지 말해."

"그럴게. 고마워."

그럴 일은 없으리라고 생각하며 나오코는 지갑을 꺼냈다.

나쁜 사람은 아니지만 이케다는 수다쟁이였다. 휴식 시간에는 늘 동료나 아들 친구네 집 이야기를 떠들고 다녔다. 자칫 잘못해서 이케다가 요스케 아빠에 대해 알게 되기라도 하면 큰일이었다.

나오코는 계산을 마치고 마트에서 나와 자전거를 타고 집으로 향했다.

도중에 부슬비가 내리기 시작해서 조금 더 속도를 높였다.

다행히 폭우는 아니었지만 집에 도착했을 때는 비에 젖은 몸이 으슬으슬 떨렸다.

우선 따뜻한 물로 샤워를 하고 저녁 준비를 시작할까 싶었지만 바로 생각을 접었다. 손님들이 눈치챌 리는 없겠지만 가정주부의 흔적이 남아 있는 상태로 출근하고 싶지는 않았다. 역시 저녁 준비를 먼저 끝낸 후에 샤워를 해야겠다고 결정한 나오코는 부엌으로 향했다.

가정과 밤일은 완전히 분리시키고 싶었다. 나오코는 술집에서 일을 마친 후에도 반드시 밖에서 화장을 다 지우고 집에 돌아왔다.

카레를 만들어 놓고 출근 준비를 하고 있는데 요스케가 돌아왔다.

"이제 오니? 카즈키네 집에서 놀았어?"

"응. 같이 닌텐도 DS 하고 놀았어. 카즈키가 새 게임팩을 샀는데…." 요스케가 말끝을 흐리며 시선을 떨구었다.

자기도 그 게임팩을 사지 않으면 같이 못 논다는 거겠지.

"엄마가 생일 때 사줄게."

요스케의 생일은 세 달 후다. 새 게임팩 정도는 바로바로 사주고 싶었지만 현재의 경제 상황을 고려하면 예상 외의 지출은 가능한 한 줄여야 했다.

요스케도 사정을 아는지 더 조르지는 않았다.

유치원 때까지는 괜찮았는데, 올봄 요스케가 초등학교에 입학하면서부터 우리 집이 다른 집들과 다르다는 사실을 강하게 의식하게 된 듯했다. 가끔 요스케가 아빠에 대해 물을 때마다 나오코는 요스케가 어릴 때 돌아가셨다고만 말해주었다.

"오늘도 늦게 와?" 요스케의 눈빛에서 외로움이 묻어났다.

"응. 되도록 빨리 오도록 해볼게."

굳이 술집에서 일하지 않아도 최대한 아끼면서 살면 생활이 불가능하지는 않았다. 하지만 앞으로를 생각하면 지금부터 조금씩이라도 돈을 모아 둘 필요가 있었다. 친구들이 다니는 학원도 보내고, 요스케가 배우고 싶은 건 뭐든 다 배우게 해주고 싶었다. 아빠가 없다고 주눅 드는 일만큼은 절대로 없어야 했다.

전화벨 소리에 나오코는 식탁 위에 놓아두었던 핸드폰을 확인했다. 모르는 번호였다.

"여보세요." 나오코는 살짝 경계하며 전화를 받았다.

"갑자기 이렇게 연락드려 죄송합니다. 미우라 나오코 씨 되시나요?"

정중한 톤의 남자 목소리가 들렸다.

"네, 그런데요."

"저는 히가시이케부쿠로 경찰서의 나츠메 형사라고 합니다."

"형사요?"

저도 모르게 소리를 높였다가 아차 싶어 요스케를 쳐다보았다. 요스케는 어리둥절한 표정으로 나오코를 바라보고 있었다.

"무슨 일이시죠?"

나오코는 요스케에게 동요한 기색을 들키지 않도록 주의하며 부엌을 빠져나왔다.

"사가라 코지 씨 일로 연락드렸습니다."

코지라는 이름을 듣는 순간, 나쁜 예감이 들었다.

"저하고는 이제 관계없는 사람인데요. 제 번호는 어떻게 아셨죠?"

"사가라 코지 씨 형인 아키히로 씨께 연락을 드리니 해외출장 중이어서 내일 귀국한다고 하시더군요. 코지 씨 육친은 아키히로 씨밖에 없다고 알고 있습니다만, 저희가 지금 가능한 한 빨리 가족분께 확인해야 할 일이 있어서요."

반년쯤 전에 나오코가 일하는 술집 근처에서 출장 중인 아키히로와 우연히 마주친 적이 있었다. 나고야에 사는 아키히로는 나오코가 잘 살고 있는지 걱정하며 근황을 물었다. 그때 코지에게는 비밀로 한다는 조건하에 아키히로에게 연락처를 알려줬었다.

"그 정도로 긴급한 상황인 건가요?"

"네. 아키히로 씨는 나오코 씨에게 연락이 가는 것을 진심으로 미안해하셨습니다. 죄송하지만 경찰서로 좀 와주실 수 있을까요?"

"알겠습니다. 지금 바로 갈게요."

아키히로의 부탁이라면 딱 잘라 거절하기도 어려웠다.

다행히 오늘은 출근하는 것 외에 다른 일정이 없었다. 집에서 이케부쿠로까지는 거리가 있는 편이지만 경찰서에 갔다가 바로 출근하면 될 것 같았다.

"누구야?"

전화를 끊고 부엌으로 돌아가니 요스케가 물었다.

"엄마가 전에 잃어버렸던 물건을 찾았다고 경찰 아저씨가 연락을 주셨네. 그럼 엄마 갔다 올게."

나오코는 가방을 손에 들고 현관으로 향했다.

"문단속 잘하고."

현관까지 따라 나온 요스케에게 웃으며 인사하고 집을 나섰다.

제복을 입은 경찰들이 오가는 경찰서 안내데스크 앞에서 기다리고 있자니 5년 전 일이 떠올랐다.

하지만 이제 더 이상 가족이 아니라는 생각 덕분인지 당시에 비하면 동요는 훨씬 덜했다. 지금 느끼는 감정은 사실 동요보다 짜증이 더 컸다.

사람은 안 바뀐다더니.

문득 시선을 돌리니 양복을 입은 남자가 계단을 내려와 이쪽으로 다가오고 있었다. 남자는 나오코와 눈이 마주치자 가볍게 고개를 숙여 인사했다. 아까 통화한 형사인 듯했다.

"미우라 나오코 씨?"

나오코는 고개를 끄덕였다.

"갑자기 오시라고 해서 죄송합니다. 제가 전화 드린 히가 시이케부쿠로 경찰서 나츠메 형사입니다."

"그 사람이 이번엔 대체 무슨 짓을 한 거죠?"

거두절미하고 본론으로 들어가자 나츠메가 선뜻 대답하지 못하고 눈을 피했다.

5년 전에 일으킨 상해치사사건보다 더 큰일을 저지른 걸까.

나츠메가 무언가를 결심한 듯 다시 고개를 들어 나오코를 똑바로 마주 보았다.

"사가라 코지 씨는 오늘 아침 사망하셨습니다."

무슨 말인지 순간 이해가 가지 않았다. 나오코는 아무 말도 하지 못하고 나츠메의 눈만 쳐다보았다.

"코지 씨는 어떤 사건을 일으킨 혐의를 받고 있는 상태였습니다. 체포영장이 나와서 오늘 아침에 경찰이 코지 씨의 신병을 확보하기 위해 오오모리에 있는 빌라를 찾아갔습니다만, 코지 씨는 경찰을 따돌리고 도주를 시도했습니다. 그러다 달리던 차에 치어…"

"체포영장이 발부되었다니요? 대체 무슨 일로…" 나오코는 가까스로 입을 열었다.

"살인 혐의입니다."

나츠메의 대답에 나오코는 할 말을 잃었다.

"살인이라고요?"

"네. 우선 사체의 신원을 확인해주셨으면 합니다. 그러고 나서 코지 씨에 대해 몇 가지 확인할 것도 있고요."

나오코는 몸이 딱딱하게 굳어 고개를 끄덕이는 것조차 불가능했다.

"시체 안치실은 밖에 있습니다. 저를 따라오시면 됩니다." 나츠메가 나오코의 어깨에 가볍게 손을 올리고 부축하듯 건물 밖으로 안내했다.

경찰서 뒤쪽으로 돌아가자 2층짜리 조립식 건물이 나왔다. 문 하나에 '시체 안치실'이라는 팻말이 붙어 있었다. 나츠메는 가볍게 노크를 하더니 문을 열고 안으로 들어갔다.

흰 가운을 입은 남자가 서 있었다. 방 한가운데에는 긴 책상이 있고, 그 위에 얼굴을 흰 천으로 덮은 사람이 누워 있었다.

나오코가 무거운 발걸음을 억지로 떼어 책상 쪽으로 다가가자 나츠메가 천천히 흰 천을 걷었다.

차에 치었다는 남자의 얼굴은 상처투성이인 데다가 여기저기 멍이 들어 있었다. 보기만 해도 눈썹이 절로 찌푸려질 정도로 엉망인 상태였지만, 나오코는 저도 모르게 안도의 한숨을 내쉬었다.

"사가라 코지 씨가 맞나요?"

머리를 갈색으로 염색하고 눈썹을 가느다랗게 다듬은 남자를 내려다보며 다른 사람이라고 대답하려 했다. 그 순간, 시신의 왼쪽 코 옆에 있는 커다란 점이 시야에 들어왔다. 나오코는 숨이 멈추는 줄 알았다.

나오코가 알고 있는 코지와는 인상이 많이 달랐지만, 자세히 살펴보니 코지가 맞았다.

"맞습니다." 나오코가 대답했다.

"정말로 사카라 코지 씨가 틀림없나요?"

대답할 때까지 시간이 걸려서인지 나츠메가 재차 확인했다.

"네. 예전에는 이런 머리나 눈썹을 싫어했기 때문에 바로 알아보지 못했지만 그 사람이 맞아요."

코지를 보며 어째서 이렇게 가슴이 찢어지듯 아픈지 알 수가 없었다. 피 한 방울 이어지지 않은 생판 남인 데다가 눈앞에 누워 있는 이 남자에 대한 애정은 이제 조금도 남아 있지 않다고 생각했건만.

이번이 마지막 대면이 되리라는 생각은 했지만 나오코는 그 자리에 더 있고 싶지 않아 주저없이 고개를 돌리고 문

쪽으로 향했다.

다시 경찰서 건물로 돌아가 조사실이라고 적힌 방으로 들어갔다.

"이런 살풍경한 방으로 모셔서 죄송합니다." 나츠메가 나오코에게 차를 내주며 말했다.

잠시 후, 문이 열리고 쉰 정도 되어 보이는 건장한 체격의 남자가 들어왔다. 남자는 나오코를 힐끗 보더니 나츠메 쪽으로 시선을 돌렸다.

"조서 작성을 담당할 예정이었던 녀석이 갑자기 쓰러졌다는군. 대신 좀 해줘야겠는데."

남자의 말에 나츠메가 "알겠습니다."라고 대답하고 문 옆에 있는 의자에 앉았다.

"코지 씨 부인 되시죠?" 남자가 나오코 맞은편에 앉으며 물었다.

"5년 전에 이혼했습니다."

"아, 그렇죠. 저는 경시청에서 나온 오오츠라고 합니다. 지금부터 코지 씨에 대해 몇 가지 여쭙겠습니다."

"저, 그 전에…."

나오코가 주저하며 말을 꺼내자, 오오츠가 하고 싶은 말이 있으면 하라는 듯 잠자코 기다려줬다.

"여기 계신 형사님 말로는 그 사람이 살인 혐의로 쫓기고 있었다고 하던데, 구체적으로 어떤 사건인가요?"

나오코가 묻자 오오츠가 사진 한 장을 책상 위에 올려 놓았다. 코지와 동년배로 보이는 남자의 사진이었다.

"코지 씨 친구인 키타하라 테츠야라는 사람인데 혹시 아시나요?"

"친구라고요?"

"네. 같은 고등학교를 나왔습니다."

"모르겠는데요." 나오코는 고개를 가로저었다.

"사흘 전 26일 오후에 경찰에 신고가 들어왔습니다. 신고자는 키타하라 씨의 친구로, 집에 가보니 피해자가 피를 흘리며 쓰러져 있었다고 합니다. 신고를 받고 바로 구급차가 출동했지만 피해자는 이미 현장에서 사망한 상태였습니다. 사인은 복부 자상에 의한 출혈과다입니다."

"키타하라라는 사람을 죽인 범인이 코지라는 건가요?"

나오코가 묻자 오오츠가 고개를 끄덕였다.

"그이가 왜 키타하라 씨를 죽였다는 거죠?"

"구체적인 살인 동기는 피해자와 피의자가 둘 다 사망한 상태이기 때문에 정확히는 알 수 없습니다만, 아마도 빚 때문인 것 같습니다. 두 사람이 갔던 유흥업소에서 일하는 여성에게 확인한 결과, 코지 씨는 키타하라 씨에게 거액의 빚을 지고 있었던 것으로 보입니다. 증언에 따르면 여성은 키타하라 씨가 코지 씨에게 돈을 갚으라고 독촉하는 장면을 수차례 목격했다고 합니다. 키타하라 씨는 코지 씨에게 약속한 날짜까지 한 푼도 빠짐없이 빚을 전부 갚지 않으면 자신도 생각이 있다고 했다는군요. 여기서 말하는 약속한 날짜가 바로 사건 전날인 25일이었습니다. 키타하라 씨가 코지 씨 앞으로 보낸 문자 메시지에도 '돈을 갚지 못하면 각오해'라고 적혀 있습니다."

"대체 왜 그런 빚을…" 나오코는 고개를 숙였다.

"키타하라 씨는 유흥업소 호객 일을 하면서 뒤에서는 지인이나 유흥업소 고객, 업소 종업원 등을 자택으로 초대해 도박판을 벌였다고 합니다. 코지 씨는 5년 전에 도박에서 지고 상해치사사건을 일으킨 적이 있습니다만, 아마 이번에도 빚을 지게 된 원인은 도박 때문이 아닌가 싶습니다."

5년 전, 술집에서 코지와 시비가 붙어 싸우던 남자가 벽에 머리를 부딪쳐 사망하는 사건이 발생했다.

경찰 조사와 재판에서 코지는 당시 도박을 하다가 돈을 크게 잃어서 신경이 예민해져 있었다고 진술했다.

"또 키타하라 씨는 4개월 전 사귀던 여성이 급성 약물 중독으로 사망해 경찰 조사를 받은 경위가 있습니다. 코지 씨가 키타하라 씨에게 불법 약물을 구입했을 가능성도 있기 때문에 부검을 실시할 예정입니다."

오오츠의 설명을 들으며 나오코는 깊은 실망감을 느꼈다.

역시 사람은 변하지 않는구나—

"코지 씨와 마지막으로 만난 것은 언제였습니까?" 오오츠가 물었다.

"5년 전 그 사건으로 수감되었을 때, 구치소에 면회를 갔던 게 마지막이었습니다."

나오코가 굳은 결심을 하고 면회를 갔을 때, 코지는 이번에 교도소에서 나가면 술도 도박도 다 끊고 새사람이 될 테니 제발 요스케와 함께 기다려달라고 울면서 애원했다.

하지만 나오코는 코지의 애원을 뿌리치고 이혼에 합의하게 만들었다. 요스케에게 평생 살인범의 아들이라는 낙인이 따라다니도록 내버려 둘 수는 없었다. 그것이 아니더라도 요스케는 언젠가 잔인한 현실과 마주해야 했다.

나오코의 결심이 코지로서는 받아들이기 어려운 것이었을 수도 있다. 이혼 요구는 지금까지 아버지나 남편이라는 자각 없이 마음 내키는 대로 살아온 코지에게 보내는 신랄한 메시지였다.

그렇지만 마음 한구석에서는 코지가 마음을 고쳐먹고 언젠가 든든한 아버지로서 요스케를 뒤에서 지켜봐주는 존재가 되기를 바라고 있었다. 그랬건만….

"그 이후로는 만나거나 연락을 주고받은 적이 없으신가요?"

"네, 그때가 마지막이었습니다. 연락한 적도 없고요. 그 사람은 저희가 어디 사는지도 모르는걸요."

"그렇군요. 아드님이 있으시죠? 아드님과도 이야기를 좀 할 수 있을까요?"

"그건 안 되겠는데요. 아이한테는 아빠가 죽었다고 했거든요. 아들에게도 제게도 그 사람은 이미 죽은 사람이었어요." 나오코는 단호하게 거절했다.

3

"몸은 좀 어때?"

누군가가 어깨를 쳐서 츠츠이는 반사적으로 고개를 들었다. 눈앞에 오오츠가 서 있었다.

"조서 작성을 갑자기 못 하게 돼서 죄송합니다." 츠츠이는 고개 숙여 사과했다.

"바로 눈앞에서 그런 광경을 목격했으니 동요할 만하지."

코지가 트럭에 치이던 순간이 츠츠이의 망막에 새겨져 지워지지가 않았다.

사고를 미연에 방지할 방법은 없었던 것인지, 경찰서로 돌아와서도 계속 그 생각만 하고 있었다.

"조서는 저기 있는 관할서 형사가 대신 작성해줬어." 오오츠가 문 쪽을 가리키며 말했다.

키 큰 남자가 들어오는 것을 보고 츠츠이는 자리에서 일어났다.

"경시청 수사1과 츠츠이라고 합니다. 대신 조서를 작성해주셔서 감사합니다." 츠츠이는 남자에게 다가가 인사했다.

"아닙니다. 몸은 좀 괜찮아지셨나요?"

"네, 이제 멀쩡합니다." 츠츠이는 남자에게 다시 한번 고개를 숙이고 자리로 돌아왔다.

수사본부에 속한 형사들이 하나둘씩 강당에 들어와 앉기 시작했다. 이윽고 간부진이 들어오고 수사회의가 시작되었다.

가장 먼저 형사과장이 피의자인 코지가 교통사고로 사망했다는 사실을 전했다. 이어서 오늘 수사한 내용에 대한 팀별 보고가 이루어졌다.

코지가 살던 집에서는 혈흔이 묻은 칼과 셔츠, 그리고 키타하라의 핸드폰과 지갑이 발견되었다. 키타하라의 지갑에는 아무것도 들어 있지 않았지만, 코지의 지갑에는 키타하라의 면허증과 키타하라의 이름이 새겨진 IC 교통카드가 들어 있었다. 현재, 칼과 셔츠에 묻은 혈흔 및 지갑에서 검출된 지문이 키타하라의 것이 맞는지 확인하는 작업이 이루어지고 있었다.

코지의 지갑에 들어 있던 가게 쿠폰을 통해 어제 날짜인 28일에 미용실에 갔었다는 사실이 확인되었다. 핸드폰 통화 내역을 확인한 결과, 같은 날 신주쿠에 있는 성형외과도 방문한 것으로 나왔다. 코지는 내일 오전 10시에 얼굴 성형수술을 예약한 상태로, 담당 형사는 코지가 도주하기 전 겉모습을 바꿀 의도였던 것으로 보인다고 말했다.

팀별 보고가 끝나자 수사1과 과장이 자리에서 일어났다.

"현재까지 보고된 내용으로 미루어 봤을 때, 키타하라 테츠야를 죽인 범인은 사가라 코지임이 확실해 보인다. 본인의 자백을 받아내지 못한 점, 그리고 범인의 죄를 물을 수 없게 되었다는 점은 유감이지만, 보완수사에 필요한 몇 명만 남기고 오늘부로 이 수사본부는 해산하도록 한다. 모두 수고 많았다. 집에 가서 좀 쉬라고 말하고 싶지만 조금 전 시모메구로에서 여대생이 칼에 찔리는 사건이 발생했다고 한다. 현재 여유 인력이 전혀 없기 때문에 이 자리에 있는 수사4계 형사들은 즉시 메구로 경찰서로 가주기 바란다. 이상."

마지막 수사회의가 끝나자마자 바로 다음 사건에 착수하라는 건가.

"가자고."

옆에 있던 오오츠의 재촉에 츠츠이는 한숨을 내쉴 틈도 없이 자리에서 일어났다.

오오츠와 함께 강당 문을 나서려고 하는데 야부사와 계장이 두 사람을 불러 세웠다.

"두 사람은 여기 남아서 할 일이 있어."

"검찰송치 준비 말인가요?"

오오츠가 묻자 야부사와가 고개를 끄덕였다.

피의자가 사망하더라도 바로 수사가 종결되는 것은 아니다. 사건 관련 서류나 증거를 모아서 검찰에 보내야 했다.

"내일 코지의 형이 방문할 예정이니 관계자 진술 받고 시신 운구 절차를 진행하도록 해. 증거는 다 모아 놨으니 하루 이틀이면 검찰송치는 마무리될 거야. 그게 끝나면 시모메구로 쪽 수사본부에 합류하도록 하고. 물론 이쪽이 끝나기 전에 메구로 쪽 사건이 먼저 해결되면 가장 좋겠지만 말이야."

"알겠습니다."

"일단 오늘은 집에 가서 푹 쉬라고." 야부사와는 츠츠이에게 그렇게 말하고는 서둘러 강당을 나갔다.

야부사와가 떠난 후, 츠츠이는 오오츠를 돌아보았다.

"정말 집에 가도 될까요?"

다른 형사들이 숨 돌릴 틈도 없이 다음 사건 현장으로 이동하고 있는데 혼자만 쉬자니 마음이 영 찜찜했다.

"그러라는데 그래야지. 우리가 여기 남아 있으면 관할서 사람들도 못 쉬잖아."

츠츠이는 그 말을 듣고 정말 그렇겠다는 생각이 들어 오오츠와 함께 강당을 빠져나갔다.

다음 날 아침, 츠츠이가 히가시이케부쿠로 경찰서 강당

에 들어서자 어제와는 전혀 다른 풍경이 눈에 들어왔다. 강당 안을 가득 채우고 있던 접이식 책상과 의자가 다 사라지고 텅 빈 공간만이 남아 있었다. 벽 쪽에 남겨둔 접이식 책상 두 개 위에 수사자료가 쌓여 있었다.

인기척이 나서 뒤를 돌아보자 오오츠가 강당 안으로 들어왔다.

"잘 쉬었나?" 오오츠가 물었다.

"네."

사실 츠츠이는 거의 뜬눈으로 밤을 새웠다. 잠자리에 누워도 잠이 오지 않았다.

피를 토하며 거친 숨을 몰아쉬던 코지의 얼굴이 머릿속에서 지워지지 않았다. 코지가 마지막으로 남긴 말이 무슨 뜻인지 신경이 쓰여서 동틀 무렵까지 잠을 이루지 못했다.

부탁해….

죽기 직전, 코지는 대체 누구에게 무엇을 부탁한 것일까.

"아침에 야부사와 계장님이랑 통화했는데 상당히 고전하고 있는 것 같더라고."

오오츠의 말에 정신이 들었다.

"시모메구로 사건 말인가요?"

"응. 피해자인 여대생이 다행히 목숨은 건졌지만 뒤에서 갑자기 찔린 터라 범인의 특징 같은 건 하나도 모른다더군."

"저희도 빨리 합류해야겠네요."

"그래, 빨리 해치우자." 오오츠가 책상 위에 놓인 서류들을 내려다보았다.

"안녕하세요."

갑자기 들려온 목소리에 츠츠이와 오오츠는 동시에 뒤를 돌아보았다.

관할서 형사가 이쪽으로 걸어오고 있었다.

어제 츠츠이 대신 조서를 작성해준 형사였다. 흰 장갑을 낀 양손에는 비닐에 담긴 증거품들이 들려 있었다. 그중 하나는 사고 당시 코지가 메고 있던 백팩이었다.

"자네는 어제 그…"

오오츠도 형사의 이름은 모르는 듯했다.

"나츠메라고 합니다. 계장님께 두 분을 도와드리라고 지시를 받았습니다."

나츠메라고 자신을 소개한 형사는 손에 들고 있던 증거품들을 책상 위에 내려놓았다.

"그것 참 고맙군. 그럼 바로 시작해 볼까?"

오오츠가 자리에 앉는 것을 보고 츠츠이도 옆에 있는 의자를 당겨 앉았다.

"구체적으로 뭘 하면 되나요?" 츠츠이가 물었다.

"여기 있는 증거품과 관계자 증언 등을 대조해 봤을 때 모순되는 부분이 없는지 확인해서 보고서를 쓰는 거야. 어제까지 확인한 바로는 아무 문제 없었으니 크게 달라질 점은 없겠지만." 오오츠가 눈앞에 놓인 서류를 집어 들었다.

"이건 코지의 소지품인가요?"

츠츠이가 책상 위에 놓인 증거품을 가리키며 묻자 나츠메가 고개를 끄덕였다.

"어제 두 분이 가신 후에 감식반에서 돌려줬습니다. 그리고 이건 코지의 집에서 압수한 물건들에 대한 감정 결과입니다." 나츠메가 함께 가져온 서류를 오오츠에게 건넸다.

"칼과 옷에 묻은 혈흔은 역시 피해자인 키타하라의 것이었군. 지갑에서 피해자 지문이 검출되었으니 지갑도 피해자 것이라는 말이고."

"네. 코지의 지갑에 들어 있던 지폐에서도 키타하라의 지문이 검출되었습니다." 나츠메가 대답했다.

"백팩에는 뭐가 들어 있었나요?" 츠츠이가 물었다.

"대부분 옷이었습니다. 그 외에는…."

나츠메가 일단 말을 멈추고 백팩을 열더니 안에서 액자를 꺼내 츠츠이 앞에 내려놓았다.

"아내… 전처와 자식인가 보군."

오오츠의 말에 츠츠이는 사진을 바라보았다.

여자가 아기를 안고 있는 사진이었다. 갓난아기를 안고 있는 사람치고는 카메라를 향한 눈빛이 어두워 보였다.

"아들이 초등학교 1학년이라고 했던가? 그럼 아들이 태어나고 얼마 지나지 않아 상해치사사건을 일으켰다는 말이잖아. 아내와 아들을 두고 그런 짓을 벌이다니 멍청한 자식."

오오츠가 한숨을 내쉬자 함께 사진을 보고 있던 나츠메도 고개를 끄덕였다.

"지금 이렇게 감상에 젖어 있을 때가 아니지. 어서 끝내고 시모메구로 수사본부에 합류하러 가자고. 자네도 어서 앉게."

나츠메는 액자를 백팩에 다시 넣고 츠츠이 옆에 놓인 의자에 앉았다.

츠츠이는 눈앞에 놓인 서류를 찬찬히 살펴보며 사건의 개요를 머릿속으로 정리해 보았다.

키타하라의 사망 추정 시각은 26일 새벽 1시에서 4시 사이였다.

키타하라의 양복 윗주머니에 들어 있던 가게 명함을 토대로 조사한 결과, 전날인 25일 밤 10시경부터 록폰기에 있는 바에서 여자와 술을 마셨다는 사실이 확인되었다. 바 종업원은 키타하라를 그날 처음 봤고 함께 온 여자도 누군지 모른다고 했지만, 수사를 통해 해당 여성은 키타하라가 자주 가는 유흥업소에서 일하는 것으로 밝혀졌다. 바에서 술을 마신 키타하라는 택시를 불러 여자를 요요기에 내려준 후, 자신은 미나미이케부쿠로에 있는 집으로 돌아갔다. 택시기사 말에 따르면 키타하라가 집에 도착한 시각은 새벽 1시경이었다.

아파트 입구에 설치된 CCTV 영상을 확인하니 같은 날 새벽 1시 반경에 모자를 눌러쓴 남자가 아파트로 들어가는 모습이 포착되었다. 키타하라가 사는 아파트는 입구에서 비밀번호를 눌러야 문이 열리는 구조였고, 남자는 호출 버튼으로 누군가에게 연락해 문을 열어달라고 하는 듯했다. 키타하라를 제외한 해당 아파트 주민 중 이 시간대에 문을 열어준 사람은 없는 것으로 확인되었다. 모자 쓴 남자가 아파트에 들어간 후 다시 나오는 모습은 CCTV에 찍히지 않았기 때문에 남자는 안쪽에서 열 수 있는 비상계단 쪽 문을 통해 밖으로 빠져 나간 것으로 추정되었고, 따라서 이 남자가 유력한 용의자로 떠올랐다.

키타하라의 인간관계를 조사하는 과정에서 경찰은 고등학교 동창인 코지에게 주목하게 되었다.

두 사람은 종종 키타하라의 단골 유흥업소에 함께 가서 술을 마셨는데, 해당 업소 종업원 중 몇 명이 키타하라가 코지에게 빨리 빚을 갚으라고 독촉하는 장면을 목격했다고 진술했다. 경찰은 유흥업소에서 일하는 여성에게 아파트 CCTV 영상을 보여주었지만 모자 때문에 얼굴이 잘 보이지 않아 코지가 맞는지는 확인할 수 없었다.

다만, 키타하라가 그날 밤 택시를 탄 장소 근처에서 동시간대에 다른 택시를 잡아탄 손님이 키타하라가 탄 택시를 뒤쫓아 가달라고 한 사실이 밝혀졌다. 차내 CCTV 영상에 기록된 남자의 모자와 겉옷이 아파트 CCTV 영상에 찍힌 남자와 일치한다는 점, 차내 CCTV 영상을 본 유흥업소 여성이 코지가 틀림없다고 증언한 점 등이 결정타가 되어 코지 앞으로 체포영장이 발부되었다.

꿍 하는 소리에 츠츠이는 나츠메 쪽을 돌아보았다.

나츠메가 서류를 보며 고개를 갸웃거리고 있었다.

"무슨 일이시죠?"

츠츠이가 묻자 나츠메가 이쪽을 보았다.

"몇 가지 이해가 안 되는 부분이 있어서요."

"뭐가?" 오오츠가 물었다.

"왜 코지는 키타하라의 지갑을 훔쳤을까요?"

"돈이 필요했겠지. 또 지갑이 그대로 남아 있으면 경찰이 이 사건을 단순 강도가 아니라 원한에 의한 살인이라고 볼 가능성이 높고, 그렇게 되면 제일 먼저 자기가 의심받을 테니까." 오오츠가 나츠메의 질문에 대답했다.

"돈이 목적이었다면 현금만 빼가지 않았을까요? 키타하라의 지갑을 가지고 있으면 나중에 증거가 될 수도 있는데. 또 키타하라의 면허증과 교통카드는 왜 가지고 있었을까요?"

"급한 마음에 지갑째 훔쳤나 보지. 안에 들어있던 면허증이랑 교통카드는 나중에 버려야겠다고 생각하면서 일단 현금이랑 같이 자기 지갑에 넣어둔 걸 테고."

"그런 것치고는 사건이 발생한 지 사흘이 지나도록 계속 갖고 있었다는 게 이상한데요."

면허증을 보고 있던 츠츠이의 머릿속에 갑자기 어떤 가설이 떠올랐다.

"어쩌면 코지는 키타하라처럼 보이기 위해서 헤어스타일을 바꾸고 성형수술을 받으려고 했던 게 아닐까요?"

츠츠이가 생각나는 대로 자기 의견을 말하자 오오츠가 무슨 말인지 모르겠다는 듯 고개를 갸웃거렸다.

"머리를 이런 식으로 바꾸고 점을 뺀 다음 눈에 쌍꺼풀을 만들면 키타하라랑 분위기가 비슷해지지 않을까요? 완전히 똑같지는 않더라도 이렇게 작은 사진상으로는 구분이 안 갈 정도로 비슷하게 만드는 건 가능할 것 같은데요."

"체격이 전혀 다르잖아."

"얼굴 사진이니까 체격은 상관없죠. 사진을 보고 다른 사람이라는 걸 들키지만 않으면 되니까."

"뭣 때문에 그런 짓을 한다는 거야?" 오오츠가 물었다.

"코지는 자기가 조만간 지명수배를 당할 거라고 예상했던 거죠. 그렇게 되면 자기 면허증은 못 쓰게 될 텐데 요즘은 PC방에서도 신분증 제시가 필요하니까, 자기 신분증 대신 키타하라의 면허증을 쓸 생각이었겠죠. 오래가진 못하겠지만 당장은 도주하는 데 도움이 될 테니까요."

"제가 보기에도 츠츠이 형사님 말씀처럼 성형수술을 하면 두 사람이 비슷해질 것 같기는 합니다. 어제 코지의 전처에게 피의자 신원 확인을 요청했을 때도 머리랑 눈썹이 원래 코지가 싫어하던 스타일이라서 처음엔 못 알아봤다고 했거든요." 나츠메가 동조하듯 말했다.

"그렇죠?"

"그렇다고 할 경우, 다른 의문이 들긴 합니다만."

"뭐가요?" 츠츠이가 나츠메에게 물었다.

"어째서 코지는 사건이 발생하고 이틀이나 지나서 헤어스타일과 얼굴을 바꾸려고 한 걸까요?"

"그것도 그렇네요."

츠츠이는 고개를 끄덕이며 코지가 근무하던 회사 관계

자의 진술 내용이 기록된 자료를 뒤적였다.

"코지는 사건 당일 아침에 회사에 전화해서 갑자기 일을 그만두겠다고 일방적으로 통보하고 그날부터 출근하지 않았다고 합니다. 그렇다면 미용실이나 성형외과에 갈 시간이 없지는 않았을 것 같은데요."

"당분간은 괜찮으리라고 생각했는데 시간이 지나면서 갑자기 불안해진 걸 수도 있지."

오오츠의 말에 나츠메는 충분히 납득하지 못한 듯했다.

"코지가 방문했던 미용실과 성형외과에 한 번 더 가 보는 게 어떨까요?"

나츠메의 갑작스런 제안에 오오츠가 눈살을 찌푸렸다.

"필요한 내용은 어제 형사들이 가서 다 알아 왔어."

"뭔가 새로운 발견이 있을 수도 있으니까요. 운전은 제가 하겠습니다."

"그런 데에 시간을 할애할 정도로 한가하지 않다고. 오후 3시에는 코지의 형도 올 거고."

"그때까지는 돌아올 겁니다." 나츠메가 웃으며 말했다.

조수석에 앉아 백미러를 확인하자 뒷자리에 앉은 오오츠의 벌레 씹은 표정이 눈에 들어왔다.

오오츠가 짜증을 내는 것도 이해는 갔다. 수사1과의 한 사람으로서 서둘러 사건 서류를 검찰에 넘기고 가능한 한 빨리 시모메구로 쪽 수사에 합류해야 하는 상황이었기 때문이다. 하지만 결국은 나츠메의 고집에 오오츠가 진 셈이었다.

츠츠이는 운전대를 잡은 나츠메를 쳐다보았다.

자기보다 훨씬 나이가 많은 수사1과 형사에게 자기 의견을 내세우는 관할서 형사는 처음이었다.

"도착했습니다."

나츠메가 미용실 앞에 차를 세웠다. 츠츠이와 오오츠는 차에서 내려 나츠메를 따라 가게 안으로 들어갔다.

"히로세 씨와 이야기 좀 할 수 있을까요?"

나츠메가 다른 손님들에게는 보이지 않도록 주의하며 접수대에 있는 직원에게 경찰 신분증을 제시했다.

"아, 혹시 어제랑 같은 건인가요?"

나츠메가 고개를 끄덕이자 "잠시만 기다리세요." 하고 직원이 안쪽으로 사라졌다. 얼마 지나지 않아 머리가 긴 남자가 나왔다.

"어제 온 경찰한테 다 얘기했는데요."

"바쁘신데 죄송합니다. 잠깐이면 됩니다."

나츠메가 히로세를 가게 밖으로 데리고 나갔다. 츠츠이와 오오츠도 따라 나갔다.

"코지는 그저께 처음 왔다고 하셨지요?" 나츠메가 입을 열었다.

"네. 인상적인 손님이라 똑똑히 기억하고 있습니다."

"얼굴 상처 때문인가요?"

나츠메가 묻자 히로세가 고개를 끄덕였다.

어제 수사회의에서 보고된 내용 중에는 코지가 차에 치이기 전에 이미 얼굴을 다친 상태였다는 언급도 있었다. 성형외과 의사 말로는 코뼈와 이빨 몇 개가 부러진 상태였다고 했다. 25일에 출근했을 때는 멀쩡했으니 키타하라를 죽일 때 몸싸움을 벌이는 과정에서 입은 상처일 가능성이 높았다.

"지인 소개로 왔다고 하던가요?" 나츠메가 물었다.

"그런 건 아닌 것 같던데요."

"뭐라고 하던가요?"

"평소에는 싼 데서 커트만 하는데 이번에는 파마랑 염색을 하고 싶어서 왔다고 했습니다."

"왔을 때 머리는 어떤 느낌이었나요?"

"단정하고 깔끔해 보이는 스타일이었습니다. 분위기를 바꿔 보고 싶다고 했어요."

"알아서 해달라고 맡기던가요?"

"아니요."

"그럼 사진을 보여주며 이렇게 해달라고 주문하던가요?"

"사진은 없었고 그냥 이런 이런 느낌으로 해달라고 말하는데 주문이 상당히 구체적이었습니다. 저로서는 가능한 한 그대로 맞춰주려고 노력했는데 다 끝나고 거울을 볼 때 표정이 별로 안 좋더라고요. 마음에 안 드시냐고 물으니까 완벽하다고는 하던데. 아, 그러고 보니…."

"뭔가 걸리는 부분이 있었나요?"

"다음에 또 찾아달라고 하니까 작은 소리로 미안합니다, 하면서 나가더라고요. 그때는 그냥 역시 마음에 안 들었나 보다 했는데 설마 그 손님이 며칠 전에 사람을 죽였을 줄이야…."

"시간 내주셔서 감사합니다."

히로세가 가게 안으로 들어가자 세 사람은 다시 차에 올라탔다.

"새로운 발견은 없었군."

오오츠가 빈정대듯 말했지만 수사자료에는 없던 내용을 한 가지 확인할 수 있었다.

코지가 가게를 나설 때 히로세에게 했다는 "미안합니다."라는 말.

이제 도망을 치든 경찰한테 잡히든 아무튼 여기 다시 올 일은 없을 거라는 사실을 염두에 두고 한 말이었을까.

"코지는 코 옆에 있는 점을 빼고 쌍꺼풀 수술을 받을 예정이었다는 말씀이시죠?"

나츠메가 묻자 맞은편에 앉아 있던 남자 의사가 고개를 끄덕였다.

"얼굴의 상처가 나은 후에 다시 오는 게 좋지 않겠냐고는 했습니다만…."

"상관없으니 빨리 수술을 해달라던가요?"

"그 시점에서 가능한 한 제일 빠른 날짜로 수술을 잡아달라고 예약한 게 오늘이었습니다. 치료비는 선금으로 미리 다 납부했고요."

"그 외에는 무슨 말을 했나요?"

"얼굴 붓기가 빠지려면 얼마나 걸리는지 물었습니다."

"그리고요?"

"그 외에는 딱히 없었습니다. 아무튼 최대한 빨리 수술을 받고 싶어 한다는 느낌이었습니다. 형사님들 이야기를 들으니 왜 그랬는지 알겠더군요. 저도 좀 생각이 짧았나 싶기도 하고. 하지만 당시에는 그 사람이 지명수배범도 아니었고 저희도 사건에 대해 전혀 몰랐기 때문에 경찰에 신고할 이유가 없었거든요. 범죄자가 아니더라도 보통 성형수술을 받으려는 환자들은 저마다 말 못 할 사정이 있는 경우가 많아서…."

마지막은 거의 변명투였다.

"아무튼 병원이 살인범의 도주를 돕는 역할을 하기 전에 사건이 마무리되어서 다행이네요. 다음 환자가 기다리고 있어서 이만 실례해도 될까요?"

"네, 감사합니다."

나츠메가 인사하는 동안 뒤에 서 있던 츠츠이와 오오츠는 문을 열고 진찰실을 나왔다.

"시간만 낭비했네. 어서 돌아가자고." 오오츠가 진찰실에서 나오는 나츠메에게 퉁명스럽게 말했다.

4

미용실 소파에 앉아 순서를 기다리고 있는데 핸드백 안에서 진동이 느껴졌다.

나오코가 핸드폰을 꺼내서 화면을 확인하자, 사가라 아키히로라는 이름이 떠 있었다. 코지의 형이었다.

"여보세요." 나오코는 전화를 받았다.

"갑자기 전화해서 놀라셨죠?"

"아니요, 괜찮습니다."

조만간 아키히로가 연락해 오리라는 예상은 하고 있었다.

"지금 경찰 조사를 마치고 나오는 길인데 잠깐 만날 수 있을까요?"

기운 없는 목소리였다.

하나뿐인 형제가 살인 용의자인 상태로 죽어버렸다.

어제 형사에게 들은 바에 따르면 최근 시아버지도 돌아가신 듯했다. 아키히로는 결혼을 하지 않았으니 혼자서 동생의 죽음을 받아들여야 하는 상황이었다. 아무리 지금은 남이라고 해도 한때 가족이었던 나오코를 만나 이야기하고 싶어 하는 마음은 충분히 이해가 되었다. 나오코도 이번 일로 받은 충격이 너무 커서 어제는 결국 일을 쉬었다. 이틀 연속 쉴 수는 없는 노릇이었다.

"장례식 문제도 있고 해서 오늘 안에 나고야로 돌아가야 하거든요. 장례식 전에 나오코 씨와 한번 만나서 얘기하고 싶어서요."

"지금 어디세요?" 나오코가 물었다.

"이케부쿠로입니다."

"저녁에 일을 나가야 해서 시간이 많지는 않은데요."

"잠깐이면 됩니다. 제가 그쪽으로 가겠습니다."

"네, 그럼."

나오코는 반년 전 아키히로와 만났던 장소 근처에 있는 바에서 보기로 하고 전화를 끊었다.

카운터에서 떨어진 안쪽 자리에서 기다리고 있으니 아키히로가 문을 열고 들어오는 것이 보였다. 나오코를 봤는지 바로 이쪽으로 걸어왔다.

"갑자기 연락해서 죄송합니다."

힘든 상황 속에서도 아키히로는 침착함을 잃지 않았다. 형제라고는 해도 열두 살이나 나이 차가 나다 보니 코지와 아키히로는 성격이 판이하게 달랐다.

"저야말로 여기까지 오시라고 해서 죄송해요."

아키히로가 나오코의 맞은편에 앉자 바텐더가 다가왔다. 맥주 두 잔을 시키고 한동안 아무 말 없이 서로를 바라만 보았다. 바텐더가 맥주를 가져다주고 카운터로 돌아가자 아키히로가 갑자기 고개를 숙이며 사과했다.

"나오코 씨에게 신원 확인을 부탁해서 정말 죄송했습니다."

"아니에요, 이러지 마세요."

당황한 나오코가 아무리 말려도 아키히로는 좀처럼 고개를 들려고 하지 않았다.

"다른 사람들이 이상하게 생각할 거예요."

그렇게 말하자 아키히로가 겨우 고개를 들었다. 얼굴에서 지친 기색이 묻어났다.

"일 때문에 한국에 갔다가 오늘 오후에 돌아왔습니다. 귀국하자마자 바로 경찰서에 가서 코지 일로 이런저런 조사를 받은 다음 시신을 나고야로 옮기는 절차에 대해 확인하고 오는 참입니다. 어제는 갑자기 경찰한테 전화가 와서 가족이 와서 빨리 확인해줘야 할 일이 있다길래 나오코 씨 연락처를 알려줄 수밖에 없었습니다."

"경찰 말로는 아버님이 돌아가셨다고…"

"네, 두 달 전에 위암으로 돌아가셨습니다."

"장례식에도 참석하지 못해 죄송합니다." 나오코는 고개를 숙였다.

"아닙니다. 연락도 안 드렸으니 당연하지요. 다만, 아버지는 마지막까지 나오코 씨와 요스케를 걱정하다 가셨습니다. 바보 같은 아들 때문에 며느리와 손자가 고생한다고요. 저도 반년 전에 나오코 씨를 만났을 때 술집에 나가시는 것 같길래 신경이 쓰였거든요. 아버지한테 그 얘기를 했더니 두 사람을 돕고 싶으시다고…."

"아니요, 호의는 감사하지만 저희 나름대로 잘 살고 있으니 괜찮습니다."

코지의 부모 형제에게 신세를 지고 싶지는 않았다. 나오코 혼자서 요스케를 잘 키우는 것이 코지에게 보내는 일종의 메시지라고 생각했기 때문이다.

"반년 전에 만났을 때, 요스케는 아빠가 죽은 줄 알고 있다는 말을 듣고 저도 나오코 씨에게 연락을 못 하고 있었습니다. 이제 저희 집안과는 완전히 인연을 끊고 싶어 하시는 것 같아서요."

나오코는 아무 대답도 하지 않았다.

"아버지는 돌아가시기 직전까지 후회를 하셨습니다. 엄마 없이 자란 코지가 안쓰러운 나머지 너무 오냐 오냐 하며 키웠다고요."

코지 말에 의하면 코지의 어머니는 집에 있던 돈을 다

들고 남자와 도망쳤다고 했다. 나오코도 부모가 없었다. 다만, 코지네와는 달리 아버지도 어머니도 병으로 돌아가셨다. 아버지는 나오코가 어릴 적에 돌아가셨고, 어머니 혼자 일하면서 나오코를 키우다가 과로로 쓰러져 돌아가셨다. 나오코가 고등학생 때였다.

"아버지도 그렇지만 저 역시 많이 후회했습니다. 형으로서 동생을 바른길로 인도했어야 하는데…. 코지가 고향에서 상해사건을 일으켰을 때도 그저 어디 멀리 사라져주기만을 바랐으니까요. 도쿄에서 나오코 씨를 만나 요스케가 태어났다는 말을 듣고 아버지도 저도 한시름 놓았다고 생각했지만, 사실은 아무것도 달라진 게 없었던 거죠. 오히려 며느리와 손자 때문에 아버지와 제 태도가 누그러진 걸 보고 그 녀석도 마음이 풀어져서 또 그런 사건을 일으킨 게 아닌가 싶기도 하더군요. 경찰에서 조사를 받으면서 그 점이 계속 후회가 되었습니다."

"제가 아내로서 많이 부족했던 탓이죠." 나오코는 저도 모르게 말했다.

술과 여자, 도박에 빠져 사는 코지를 막지 못했다. 5년 전 상해치사사건을 일으킬 때까지는 나오코 역시 별다른 해결책을 찾지 못하고 언젠가 코지가 마음을 고쳐먹기만을 기다리고 있었다.

"코지 씨와 마지막으로 만나신 건 언제였나요?" 나오코
가 물었다.

"아버지가 돌아가시기 보름쯤 전이었습니다. 아버지가
입원해 있다는 사실을 어떻게 알았는지 갑자기 문병을 왔
더라고요. 아버지는 만나기를 거부하셨지만 코지는 아버지
에게 잘못을 빌고 싶다면서 아버지가 돌아가시기 전에 다
시 가족으로 받아달라고 애원했습니다."

"다시 가족으로 받아달라고요?"

"네. 5년 전 사건 이후 아버지는 코지와 가족의 연을 끊
으셨거든요. 저런 쓰레기 같은 놈한테 대대로 이어져 내려
오는 사가라 집안의 재산을 나눠줄 수는 없다고 하시면서
요."

코지네 본가는 고향에서 알아주는 땅부자로, 대형 건설
회사를 경영하고 있었다.

"아버지는 코지가 문병을 온 것도 결국은 유산 때문일
거라고 노여워하셨습니다. 유서에도 코지에게는 한 푼도
넘겨주지 않겠다고 적으셨고, 자기가 죽더라도 코지는 장
례식장에 발도 들여놓지 못하게 하라고 신신당부를 하셨
지요."

"이 얘기도 경찰에서 하셨나요?"

"하나도 빠짐없이 다 얘기했습니다. 경찰에서 들은 얘기

로는 이번 일도 코지가 범인인 것 같더군요. 경찰서에서 이번 사건에 대한 설명을 듣는데 정말이지 마지막 남은 희망까지 다 사라지는 듯한 기분이 들었습니다."

나오코도 마찬가지였다.

"코지가 병원에 찾아왔을 때는 아버지에게 욕을 먹으며 병실을 나가는 그 녀석의 축 처진 어깨를 보고 그냥 내버려 둘 수가 없어서 저도 따라 나갔습니다. 코지가 죄를 지은 건 사실이지만 그렇다고 유산을 노리며 막살고 있지는 않다고 믿었거든요."

"왜요?"

"코지는 2년 전 교도소를 나와서 헤이와지마에 있는 물류창고에서 일하고 있었습니다. 아버지께는 말씀드리지 않았지만 사실은 제 친구가 임원으로 있는 회사입니다. 사정을 설명하고 채용해줄 수 없겠냐고 부탁했죠. 제가 코지와 직접 연락하는 일은 없었지만 친구를 통해 코지가 어떻게 살고 있는지, 근무 태도는 어떤지 가끔 전해 들을 수 있었습니다. 제 쪽에서 아버지가 암에 걸리셨다는 소식을 전할 수도 있었지만 아무래도 망설여지더군요. 코지가 교도소에 들어간 후 아버지는 부쩍 늙으셨거든요."

자업자득이기는 했지만 절연당한 상태에서 아버지가 돌아가셨다는 소식을 접했을 코지의 원통함을 생각하면 가습이 아팠다.

"그렇게 코지를 따라 나가서 병원 앞에 있는 카페에 잠깐 앉아 요즘 어떻게 살고 있는지 들었습니다. 입사 후 얼마 동안은 회사 기숙사에서 살았지만 혼자 힘으로 생활할 수 있어야겠다는 생각이 들어서 방을 얻어 나왔다더군요. 술도 도박도 끊고 절약하며 살면서 저축도 하고 있다고 했습니다. 자기가 죽인 피해자의 가족에게 보내고 싶다면서요."

"그랬군요."

"그리고 아마 평생 용서받지 못하겠지만 나오코 씨와 요스케에게도…." 아키히로가 말을 잇지 못했다.

"저랑 요스케한테요?"

"언젠가 어떤 방식으로든 나오코 씨와 요스케에게 힘이 되어줄 수 있도록 열심히 살 거라고 했습니다. 인제 와서 자기가 두 사람 앞에 나타날 수는 없지만 멀리서나마 두 사람이 잘 살고 있는 모습을 보고 싶으니 어디 사는지만이라도 알려달라고 애원하더군요. 물론 저는 모른다고 했습니다만. 그랬던 녀석이 대체 왜…."

또다시 죄를 저질렀단 말인가—

분하다는 듯 입술을 깨무는 아키히로를 보며 나오코도 같은 심정이었다.

"나오코 씨에게 이런 부탁을 하는 건 저도 말이 안 된다고 생각합니다만, 그럼에도 불구하고 한 가지 부탁드리고 싶은 것이 있습니다." 아키히로가 등을 펴고 자세를 고쳐 앉았다.

"말씀하세요."

"코지 장례식에 요스케와 함께 와주시면 안 될까요? 장례는 소규모 가족장으로 진행할 예정입니다. 물론 요스케에게는 아버지가 아니라 친척 아저씨라고 하셔도 됩니다. 두 사람이 오지 않으면 정말로 저 혼자 코지를 보내게 될지도 몰라서요. 코지가 천하에 몹쓸 놈인 건 저도 잘 압니다. 그래도…"

고개를 떨구는 아키히로에게 나오코는 아무 대답도 하지 못했다.

택시 뒷좌석에 앉아 나오코는 깊은 한숨을 내쉬었다.

이제껏 자신을 지탱해온 버팀목이 뚝 하고 부러진 것만 같았다. 뭐라 형용하기 어려운 허탈감에 가슴이 답답하고 온몸에 힘이 들어가지 않았다.

코지와 이혼한 후, 요스케를 잘 키워야 한다는 생각만으로 이를 악물고 살아왔다.

언젠가는 요스케에게 진실을 말해줘야 할 때가 올 것이

다.

요스케는 나오코에게 무엇과도 바꿀 수 없는 소중한 아들이었지만, 진실을 알게 된 요스케가 코지와 함께 살겠다고 하면 그 또한 받아들일 각오가 되어 있었다. 한편으로는 요스케가 코지와 살고 싶다고 생각할 정도로 코지가 좋은 아버지가 된다면 그것도 나쁘지 않을 것 같았다. 내심 그렇게 되기를 바라며 요스케와 둘이서 열심히 살아왔다.

하지만 코지는 더 이상 이 세상에 없다.

어제 시체 안치실에서 확인한 코지의 모습이 뇌리에 떠올라 그때는 흘리지 않았던 눈물이 터져 나왔다.

이 눈물은 코지를 사랑하기 때문에 흘리는 눈물이 아니다. 요스케가 불쌍해서 흘리는 눈물이라고 스스로를 타일렀다.

왜 하필 그런 사람을 좋아하게 된 걸까.

코지와 처음 만났을 때 나오코는 스무 살이었다.

고등학교 2학년 때 어머니를 여의고 친척 집에 맡겨졌지만, 고등학교 졸업과 동시에 독립해 나왔다. 이후 공무원시험에 합격한 나오코가 처음으로 들어간 직장은 학교였다.

어느 날 밤, 일을 마치고 귀가하던 중에 뒤에서 오던 차가 나오코가 탄 자전거를 들이받았다. 승합차 운전석에서 내린 남자가 나오코에게 많이 다쳤을 수도 있으니 병원에 데려다주겠다며 차에 타라고 했다. 괜찮다고 하자 차에서 남자 둘이 더 내리더니 나오코를 강제로 차에 태우려고 했다. 비명을 지르며 저항했지만 남자들은 나오코의 입을 막고 억센 손으로 끌어당겼다.

그때 우연히 지나가다가 현장을 목격하고 나오코를 구해준 사람이 코지였다. 코지는 남자들에게 달려들어 나오코를 떼어냈다. 나오코는 풀려났지만 대신 코지가 남자들에게 흠씬 두들겨 맞았다.

핸드폰이 없었던 나오코는 공중전화를 찾아 일단 그 자리를 떠났다.

경찰에 신고하고 경찰차 소리가 들리는 것을 확인한 후 현장에 돌아와 보니 승합차에 타고 있던 남자들도 코지도 보이지 않았다. 길바닥에는 코지가 입고 있던 셔츠가 찢어진 채 버려져 있었다. 셔츠에 핏자국이 묻어 있는 것을 보고 나오코는 걱정이 되어 견딜 수가 없었다.

자신을 구해준 남자가 어떻게 되었는지 신경이 쓰여 며칠 동안 일이 손에 잡히지 않았다. 그러던 어느 날, 동네에서 코지를 발견했다. 얼굴은 멍투성이고, 다리를 다쳤는지 절뚝거리며 걷고 있었다.

나오코가 코지에게 다가가 그때 구해줘서 고맙다는 인

사를 하자, 코지는 엉망이 된 얼굴을 살짝 찡그리며 미소를 지어 보였다.

그렇게 두 사람의 교제가 시작되었다. 나오코가 살던 아파트에 코지가 눌러앉는 형태로 두 사람이 동거하게 되기까지 그리 오랜 시간이 걸리지 않았다.

함께 살기 시작한 지 얼마 지나지 않아 나오코는 코지가 스스로에게 지나치게 관대하고 의지가 약한 사람이라는 사실을 깨달았다.

코지가 고향인 나고야에서 상해사건을 일으키고 도망치듯 상경했다는 사실도 알게 되었다.

코지는 유혹에 약하고 씀씀이가 헤픈 데다가 허영심이 많고 여자를 좋아했다.

도저히 평생을 함께할 사람이라고는 생각하기 어려웠지만 나오코는 코지를 밀어내지 못했다. 코지가 자신을 구해준 그날 밤 이후 한 번도 코지에게서 마음이 떠난 적이 없었다.

요스케 일을 계기로 코지에게 청혼을 받았다.

나오코로서는 선뜻 받아들이기 힘든 일이었지만 외로웠던 과거를 생각하면 어서 평범한 가정을 꾸리고 싶기도 했고, 또 부모가 되면 코지도 바뀌지 않을까 하는 생각에 결혼을 결심했다.

하지만 코지의 방탕한 성격은 변하지 않았다. 오히려 결혼 후에 도박과 낭비벽이 더 심해졌다.

코지가 청혼한 이유는 아이나 나오코를 위해서가 아니었다. 아이가 생겨 결혼했다고 하면 고향에서 돈을 부쳐줄 것이라고 생각했기 때문이었다. 실제로 코지의 본가에서는 때때로 돈을 보내왔지만, 그 돈은 요스케의 양육비가 아니라 코지의 유흥비로 다 사라졌다. 그러다 결국 술자리에서 상해치사사건을 일으켜 감옥에 간 것이었다. 그래 놓고 잘못을 뉘우치기는커녕 이번에는 살인사건이라니.

교도소에서 나가면 술도 도박도 다 끊고 새사람이 될 테니 제발 요스케와 함께 기다려줘—

구치소에 면회 갔을 때 코지가 울면서 애원하던 모습이 떠올랐다.

역시 사람은 바뀌지 않는다—

나오코는 현관에 들어서서 신발을 벗고 비틀거리며 침실로 향했다. 방문을 열자 어둠 속에서 쌔근쌔근 자고 있는 요스케의 숨소리가 들렸다.

나오코는 요스케가 누워 있는 침대로 다가갔다. 걷어찬 이불을 다시 덮어주며 요스케의 머리를 가만가만 쓰다듬었다.

나중에 커서 아빠가 사람을 둘이나 죽였다는 사실을 알게 되면 얼마나 충격이 클까. 게다가….

앞으로의 일을 생각하면 눈앞이 캄캄했지만 요스케에게는 이제 나오코밖에 없었다.

무슨 일이 있어도 이 아이는 내가 지킬 거야—

요스케의 잠든 얼굴을 내려다보며 나오코는 굳게 다짐했다.

5

강당 문을 열자 벽 쪽 책상에 앉아 서류를 읽고 있는 오오츠의 뒷모습이 보였다.

"안녕하세요."

츠츠이가 인사하자 오오츠가 이쪽을 돌아보았다.

"어, 왔냐." 오오츠가 대답하며 크게 하품했다.

"일찍 오셨네요."

아직 7시도 안 된 시간이었다.

"첫차 타고 나왔지. 그 형사 때문에 어제는 거의 일을 못했으니까. 넌 왜 이렇게 일찍 왔냐?"

"저도 그래서 일찍 나왔죠 뭐." 츠츠이는 쓴웃음을 지어 보이며 오오츠 옆자리에 앉았다.

서류를 집어 드는데 뒤에서 "안녕하십니까." 하는 소리가 들렸다.

컵이 놓인 쟁반을 손에 든 나츠메가 이쪽으로 걸어오고 있었다.

"커피 좀 드시고 하시죠."

"숙직이셨나요?" 츠츠이가 컵을 내려놓는 나츠메에게 물었다.

"아니요, 저도 두 분하고 같은 생각에서 일찍 나왔습니다."

조금 전 대화를 들었는지 나츠메가 싱긋 웃으며 대답했다.

"자네는 달라." 오오츠가 짐짓 못마땅하다는 듯 커피를 들이켰다.

"부검 결과입니다."

나츠메가 커피와 함께 가져온 서류를 오오츠 앞에 내려놓았다.

"코지의 체내에서 불법 약물은 검출되지 않았다고 합니다."

"그렇다면 역시 코지가 진 빚은 키타하라가 자택에서 열었다는 도박판에서 생긴 걸까요?" 츠츠이가 의견을 말했다.

"부검 결과만 가지고 코지가 평소에도 마약을 하지 않았다고 단정할 수는 없지만, 빚을 지게 된 원인이 마약보다는 도박일 가능성이 더 높기는 합니다. 다만 살인 동기가 빚 때문이라면 한 가지 확인해보고 싶은 것이 있는데요, 지금 좀 나갔다 오지 않으시겠습니까?" 나츠메가 오오츠의 허락을 구했다.

"안 돼."

오오츠가 단칼에 거절하며 시선을 돌렸다.

"이유만이라도 한번 들어 보시죠. 맛있는 커피도 끓여주셨으니."

츠츠이가 나츠메를 거들고 나서자 오오츠가 날카롭게 째려보았다.

"듣는 거야 얼마든지 들어주지. 뭘 확인하고 싶다는 건데?" 오오츠의 시선이 츠츠이에게서 나츠메로 옮겨갔다.

"코지와 키타하라가 대화할 때 옆에 있었다는 유흥업소 여성에게 한 번 더 이야기를 들어 보려고요."

"대체 왜? 업소 여성이 진술한 내용은 여기 다 들어있잖아! 어제에 이어서 오늘도 시간 낭비만 할 게 뻔하다고!" 오오츠가 눈앞에 쌓인 서류 더미를 탕 하고 내리쳤다.

"같은 말이라도 듣는 사람에 따라 다르게 받아들일 가능성이 있으니까요. 아무래도 좀 걸리는 부분이 있습니다."

오오츠의 호통에도 나츠메는 눈썹 하나 까딱하지 않았다.

"뭐가 걸린다는 건가!"

"코지는 왜 키타하라에게 돈을 갚아야 했는가 하는 점입니다." 나츠메가 대답했다.

"도박에서 졌겠지."

"정말 그런 거라면 좀 이상하다는 느낌이 들어서요."

"아까부터 걸린다느니 이상하다느니 대체 뭘 말하고 싶은 건지 모르겠군! 자네는 우리를 돕는 게 아니라 방해하러 온 건가?" 오오츠가 지긋지긋하다는 듯 거칠게 내뱉었다.

"코지는 어째서 키타하라의 집 앞에서 기다리지 않았을까요?"

"언제 집에 돌아올지 모르니 가게로 가는 게 낫겠다고 생각했겠지."

"키타하라는 코지를 데려간 술집 외에도 자주 드나드는 가게가 몇 군데 있었습니다. 키타하라의 단골 가게를 모르는 코지로서는 키타하라가 어디에서 술을 마시고 있는지 알아내기가 쉽지 않았을 겁니다."

"무슨 말을 하고 싶은 건가." 오오츠의 눈빛이 변했다.

"어디까지나 제 추측입니다만, 코지는 키타하라가 어디 사는지 몰랐던 게 아닐까요?"

"몰랐다고?" 오오츠가 되물었다.

"코지는 키타하라로부터 빨리 돈을 내놓으라고 독촉을 받고 있었습니다. 하지만 키타하라가 제시한 기일까지 돈을 마련할 수 없었던 코지는 키타하라와 직접 만나서 이야기를 하려고 했을 겁니다. 조금만 더 기다려달라고 부탁할 생각이었는지 아니면 처음부터 키타하라를 죽일 생각이었는지는 알 수 없지만요. 아무튼 키타하라의 집이 어딘지 모르는 상태에서는 키타하라와 함께 갔던 유흥업소 앞에서 무작정 기다리는 수밖에 없었을 테고, 그러다 우연히 가게에 나타난 키타하라를 발견하고 집까지 미행한 건지도 모릅니다."

"만약 정말 그렇다면 도박으로 빚을 진 건 아니라는 말이네요." 츠츠이가 거들었다.

유흥업소 여자의 진술에 따르면 도박판은 키타하라의 집에서 열렸다고 했다.

오오츠가 날카로운 눈빛으로 나츠메를 쏘아보았지만, 나츠메는 잠자코 서 있을 뿐이었다.

츠츠이도 숨을 죽인 채 오오츠를 쳐다보았다.

"유흥업소는 밤에 열잖아. 일단은 여기서 서류 작업을 하다가 저녁이 되면 움직이도록 하지." 오오츠가 썩 내키지는 않는다는 투로 말했다.

"지금 서류 작업을 해 놓아도 사실 관계가 달라지면 어차피 처음부터 다 다시 해야 합니다. 지금 바로 여자 집으로 찾아가죠. 주소는 제가 알고 있습니다."

"와, 좋은 데 사네요."

요요기에 위치한 아파트 입구에 도착했을 때, 츠츠이는

저도 모르게 감탄했다.

나츠메가 아파트 공용 현관 앞 패널에 다가가 마츠시마 카나에가 사는 집 호수를 눌렀다.

아무리 눌러도 대답이 없었다.

"헛걸음만 한 건가." 오오츠가 과장된 한숨을 내쉬었다.

나츠메가 포기하지 않고 계속해서 벨을 누르자 이윽고 스피커에서 "누구세요?" 하고 자다 깬 듯한 여자 목소리가 들렸다.

"갑자기 방문드려 죄송합니다. 히가시이케부쿠로 경찰서에서 나왔습니다. 키타하라 씨 사건과 관련해서 여쭤보고 싶은 것이 있습니다만." 나츠메가 인터폰에 대고 말했다.

"지금은 맨얼굴이라 곤란한데요."

여자가 퉁명스럽게 대꾸했다.

"준비하시는 데 얼마나 걸릴까요?" 나츠메도 순순히 물러서지 않았다.

"꼭 지금 봐야만 하나요? 아이 참, 졸린데."

"대단히 죄송합니다만 협조 좀 부탁드립니다."

옆에서 듣고 있던 오오츠는 불편한 기색을 숨기지 않았지만, 나츠메는 시종일관 공손한 말투로 양해를 구했다.

"음, 그럼 한 시간 후에 다시 오세요."

"알겠습니다."

인터폰이 끊기자 나츠메가 오오츠와 츠츠이를 돌아보며 난처하다는 듯 웃었다.

"차에서 대기할까요?"

한 시간 후에 아파트로 돌아가 카나에를 호출하자 공용 현관문이 열렸다.

세 사람은 엘리베이터를 타고 504호로 향했다. 인터폰을 누르자 완벽하게 풀메이크업을 한 여자가 문을 열어주었다.

"시간 내주셔서 감사합니다." 나츠메가 고개를 숙였다.

"물어보고 싶다는 게 뭔데요? 그 사람에 대해서라면 이미 경찰에서 몇 번이나 얘기했는데요." 카나에가 귀찮다는 듯 투덜거렸다.

"몇 가지 확인할 게 있어서요. 키타하라는 자택에서 도박판을 벌였다고 하셨죠?"

"그렇다던데요."

"키타하라 본인이 그렇게 말했나요?"

카나에가 고개를 끄덕였다.

"키타하라 씨가 우리 가게에 오기 시작한 지는 일 년쯤 됐어요. 돈이 많아 보여서 무슨 일을 하냐고 물어봤죠. 유흥업소 삐끼라길래 제가 삐끼 월급이 그렇게 좋냐고 신기해하니까 그걸로 돈 버는 건 아니라고 하더라고요."

"그러면서 자기 집에서 도박판을 벌인다는 얘기를 한 거군요."

"네."

"코지는 그 도박판에서 지는 바람에 키타하라에게 빚을 지게 된 건가요?"

"글쎄요, 왜 빚을 졌는지는 모르겠는데요."

"모른다니 그게 무슨 말입니까. 일전에 왔던 형사한테는 분명히…" 오오츠가 어이가 없다는 듯 말을 잇지 못했다.

"경찰한테 키타하라 씨가 자택에서 도박판을 벌인다는 얘기는 했죠. 살아 있으면 안 했겠지만 어차피 죽었으니 숨길 필요도 없겠다 싶어서. 코지 씨가 키타하라 씨한테 갚을 돈이 있는 것 같다는 얘기도 했고요. 하지만 코지 씨가 도박 때문에 빚을 졌다고는 안 했어요."

"정확히 뭐라고 하셨는데요?" 츠츠이가 물었다.

"코지 씨가 과거에 도박 때문에 뭔가 사건을 일으킨 적이 있다면서요? 그래서인지 형사들이 자꾸 코지 씨가 빚을 진 원인은 도박 때문이냐고 묻길래 그럴지도 모르겠다고 대답했죠."

"코지가 키타하라에게 갚을 돈이 있다고 생각하신 이유

는 무엇인가요?" 나츠메가 물었다.

"네?"

"두 사람 사이에서 돈을 빌리거나 빌려줬다는 얘기가 나온 적이 있나요?"

"키타하라 씨가 기한까지 자기 계좌에 돈을 넣지 않으면 담보는 돌려주지 않겠다고 코지 씨한테 말하는 걸 들었거든요. 그렇다는 건 결국 돈을 빌렸다는 얘기 아닌가요?"

"담보?" 오오츠가 반응했다.

"기한까지 입금이 안 되면 각오하라고 했어요. 제대로 입금된 걸 확인하면 담보를 어디에 보관하고 있는지 알려주겠다면서."

"코지가 가지고 있는 물건 중 담보가 될 만한 게 있었을까요?"

"글쎄요, 저야 모르죠. 아무튼 엄청 소중한 물건 같던데요. 돈은 어떻게 해서든지 마련할 테니까 제발 기다려달라고 했어요."

"코지가 키타하라에게 줄 돈은 얼마 정도였을까요?"

"잘은 모르겠지만 코지 씨가 먼저 돌아간 후에 키타하라 씨가 말하길 이번에 신형 페라리를 한 대 뽑을 예정이라고 자랑했으니까 그 정도 아닐까요? 페라리가 한 대에 얼마나 하는지는 모르겠지만."

츠츠이도 수입차 가격을 잘 아는 것은 아니었지만 신형 페라리라고 하면 적어도 1천만 엔은 넘을 것이다.

"키타하라가 가게에 오기 시작한 지 일 년쯤 됐다고 하셨는데, 혹시 코지가 처음 가게에 온 건 언제였는지 기억하시나요?" 나츠메가 대화 주제를 바꾸었다.

"글쎄요, 대충 네 달쯤 된 것 같네요."

"키타하라가 데리고 왔나요?"

"네, 고등학교 동창이라던데요."

"가게에서 코지 씨는 어떤 느낌이었나요?"

"술도 잘 안 마시고 그렇다고 여자랑 노는 것도 아니어서 별로 즐거워 보이지는 않았어요. 키타하라 씨 때문에 어쩔 수 없이 자리에 앉아 있다는 느낌? 처음 왔을 때는 그래도 좀 좋아하는 것 같았는데 얼마 지나지 않아 분위기가 바뀐 이후로는 영…."

"분위기가 바뀌게 된 계기가 있었나요?"

"돈 문제가 불거지면서요. 매번 만날 때마다 키타하라 씨는 돈 내놓으라고 들들 볶고, 코지 씨는 찍소리도 못하고 오늘은 이걸로 참아달라면서 가게 술값을 계산하는 식이었어요." 카나에가 지금 생각났다는 듯 덧붙였다.

나츠메가 더 물어볼 것이 있느냐고 오오츠에게 눈짓을 보냈다. 오오츠는 충분하다는 듯 고개를 끄덕였다.

"협조해주셔서 감사합니다."

나츠메가 현관에서 인사하고 문을 나서려고 하자 카나에가 "잠깐만요."라고 하며 방으로 들어가더니 금방 돌아왔다.

"다음번에는 집이 아니라 가게로 놀러 오세요." 카나에가 세 사람에게 차례대로 가게 명함을 건넸다.

"담보가 대체 뭐였을까요?"

츠츠이가 물었지만 오오츠도 나츠메도 대답하지 못했다.

"코지가 일하던 직장에 가 봐도 될까요?" 잠시 후, 운전석에 앉아 있던 나츠메가 입을 열었다.

뒷자리에 앉은 오오츠는 흔쾌히 승낙하지는 않았지만 그렇다고 안 된다고 하지도 않았다. 심각한 표정으로 팔짱을 낀 채 골똘히 생각에 잠겨 있는 듯했다.

조금 전 카나에와 나눈 대화를 통해 서류상으로는 파악하지 못한 사실이 더 있을지도 모른다고 생각하게 된 것 같았다.

어디선가 핸드폰 진동음이 울렸다. 오오츠가 윗주머니에 들어 있던 핸드폰을 꺼내 전화를 받았다.

"네, 오오츠입니다. 네…, 네…, 실은 예상치 못한 일이 생겨서 조금만 더 시간을…."

상대는 수사1과 야부사와 계장인 듯했다.

"네, 아니요, 그건 괜찮습니다. 네…, 알겠습니다. 지검에
는 내일 바로 가 보겠습니다." 오오츠가 전화를 끊고 한숨
을 내쉬었다.

"계장님이세요?"

츠츠이가 묻자 오오츠가 고개를 끄덕였다.

"응. 어떻게 진행되고 있냐고."

"예상치 못한 일이 생겼다는 부분은 이해해주셨나요?"

나츠메의 말에 오오츠가 흥 하고 코웃음을 쳤다.

"야부사와 계장님도 '어쩔 수 없지.' 이러시던데? 한숨 쉬
시는 걸 보니 반쯤 포기한 것 같기도 하고. 몰랐는데 자네
꽤 유명한가 보군."

"정말이요?" 츠츠이가 오오츠에게서 나츠메 쪽으로 시
선을 돌렸다.

"속을 알 수 없는 놈이라고 하시던걸. 야부사와 계장님
허락은 받았지만 내일 아침 일찍 도쿄지검에 가서 이 사건
을 담당하고 있는 키요마사 검사에게 상황 보고를 하고 오
라시는군."

"키요마사 검사님은 어떤 분이신데요?"

마치 교무실로 호출당한 학생 같은 표정을 하고 있는 오

오츠를 보고 츠츠이가 물었다.

"아직 젊지만 유능한 검사야. 자기에게도 상대방에게도 엄격한 타입이지."

코지가 근무하던 회사에 가서 사정을 설명하자 직원이 응접실로 안내해주었다. 소파에 앉아 기다리고 있으니 곧 문이 열리고 작업복을 입은 남자가 들어왔다.

"나이토라고 합니다. 코지가 일하던 부서 책임자입니다."

오오츠와 비슷한 연배로 보이는 남자가 간단히 자기소개를 하고 세 사람 맞은편에 앉았다.

"바쁘실 텐데 죄송합니다. 코지에 대해 몇 가지 더 확인하고 싶은 것이 있어 찾아왔습니다."

지금까지와는 달리 이번에는 오오츠가 말을 꺼냈다.

"경찰에서는 코지가 도박에서 진 빚 때문에 이번 사건을 일으켰다고 보고 있습니다만, 평소 생활은 어땠나요?"

이미 다른 형사가 확인한 사항이었지만 카나에와의 대화를 통해 같은 내용이더라도 듣는 사람에 따라 다르게 받아들일 수 있다고 생각하게 된 모양이었다.

"전에 오셨던 형사님도 같은 질문을 하셔서 깜짝 놀랐습니다. 같이 사는 게 아니라서 회사 밖에서 어떤지까지는 모르겠지만 적어도 도박에 관심이 있어 보이지는 않았거든요. 여기는 오오이 경마장이랑 가까워서 직원 중에는 휴식 시간에 경마 신문을 펼쳐놓고 와자지껄 떠드는 사람들도 있지만 코지가 그 무리와 어울리는 건 한 번도 못 봤습니다."

"그렇군요. 사건 발생 3개월쯤 전부터 급여를 미리 당겨서 받을 수 없냐고 회사에 물어본 모양이던데 어디 쓰려고 한 걸까요?"

지금까지는 다들 키타하라가 연 도박판에서 쓸 자금이라고 생각했지만, 그렇지 않을 가능성이 높았다.

"글쎄요, 그건 잘 모르겠는데요."

"코지가 피해자인 키타하라에 대해 얘기하거나 한 적은 없나요?" 나츠메가 물었다.

"네 달쯤 전에 옛 친구랑 오랜만에 다시 만났다고 하더군요. 피해자가 그 친구인 것 같던데요."

"아마도 그런 것 같습니다. 정확히 뭐라고 하던가요?" 오오츠가 말했다.

"솔직히 별로 기억나는 게 없는데요."

"사소한 거라도 괜찮습니다." 오오츠가 물고 늘어졌다.

"그러고 보니 코지가 그 친구한테 뭔가 부탁을 했던 것 같기도 하고… 뭔가 독특한 경력을 가진 친구라고 했던 것 같아요."

"어떤 경력이라던가요?" 오오츠가 몸을 앞으로 내밀었다.

자료에는 들어있지 않은 이야기였다.

"거기까지는 모르겠습니다. 그런 말을 했던 것 같다 정도의 애매한 기억이니 너무 심각하게 듣지는 말아주세요. 제 기억이 틀릴 수도 있으니까요."

그래서 전에 왔던 형사에게는 굳이 이야기하지 않은 모양이었다.

"코지가 가지고 있던 물건 중 특별히 비싸다거나 본인이 아끼던 것이 있었나요?" 나츠메가 물었다.

사실 이 부분을 확인하고 싶어서 회사에 찾아온 것이었다.

"같은 기숙사에 살던 직원이 코지 방에서 여자와 아기 사진을 봤다고 한 적은 있습니다. 그것 말고는 잘 모르겠네요."

나이토의 대답에 츠츠이뿐만 아니라 오오츠와 나츠메도 실망한 듯 어깨를 축 늘어뜨렸다.

"옛 친구라는 건 키타하라를 말하는 거겠지요?"

츠츠이가 누구에게랄 것도 없이 묻자 룸 미러에 비친 오오츠가 고개를 끄덕였다.

"키타하라가 유흥업소에 코지를 데려오기 시작했다는 시기와도 일치하니까 아마도 그렇겠지. 문제는 왜 돈이 필요했냐는 거야. 도박에서 잃었을 가능성도 완전히 배제할 수는 없어. 아내도 자식도 없이 외롭게 살다가 우연히 고등학교 동창을 만나서 그 친구가 하는 도박판에 발을 들여놓게 되었을 수 있으니까. 마츠시마 카나에 말에 따르면 코지가 자기 입으로 도박 빚이라고 한 적은 없지만 그렇다고 도박 빚이 아니라고 한 것도 아니잖아. 그리고 코지는 빚 대신 무언가 소중한 것을 담보로 잡혔고."

"네."

"롯폰기로 가주게."

오오츠의 말에 츠츠이가 놀라서 뒤를 돌아보았다.

"롯폰기요? 내일 아침 일찍 지검에 가려면 지금 바로 경찰서로 돌아가서 서류를 정리해도 빠듯할 것 같은데요."

"키타하라가 과거에 어떤 일을 했었고, 코지가 키타하라에게 무엇을 부탁했는지 알아봐야겠어." 오오츠는 그렇게 말하고는 팔짱을 꼈다.

"나이토 씨도 자기 기억이 확실하지는 않다고 하지 않았습니까. 그런 데에 시간을 허비하기에는…."

"계장님하고 검사님께 단단히 깨질 걸 각오해야지." 오오츠가 크게 한숨을 내쉬었다.

오오츠와 함께 복도를 걸어가는 츠츠이는 잔뜩 얼어 있었다.

두 사람 앞을 걸어가던 사무관이 멈춰 서서 문을 노크했다. 안에서 "네." 하는 소리가 들리고 사무관이 문을 열었다.

오오츠를 따라 방에 들어서자 문 쪽을 향해 앉아 있는 남자와 눈이 마주쳤다.

젊은 검사라고는 들었지만 츠츠이가 생각했던 것보다 훨씬 더 젊어 보였다.

"여기까지 오시느라 수고 많으셨습니다. 시도 키요마사 검사입니다. 앉으시죠."

키요마사라고 자신을 소개한 남자가 책상 앞에 높인 접이식 의자를 가리켰다. 정중한 말투였지만 눈빛이 날카롭게 빛났다.

두 사람이 키요마사와 마주 보고 앉자 사무관이 커피를 내왔다.

"저희 사무관이 강력 추천하는 원두입니다. 드시죠."

키요마사의 말에 츠츠이도 오오츠를 따라 컵을 손에 들었다.

"서류는 다 준비되었나요?"

한 모금 마시고 컵을 내려놓자 키요마사가 입을 열었다.

"아, 그게… 조금만 더 기다려주시면 안 될까요?"

오오츠가 주저주저 대답하자 키요마사가 고개를 갸웃거렸다.

"뭔가 문제가 있나요?"

"실은 보완수사를 하는 과정에서 몇 가지 걸리는 부분이 있어서요."

"걸리다니요?" 키요마사가 몸을 약간 앞으로 기울이고 책상 위에서 깍지를 꼈다.

"코지가 키타하라를 살해한 것은 도박 빚 때문이 아닐 수도 있을 것 같습니다."

"무슨 말씀이시죠?"

오오츠는 코지가 키타하라의 집을 몰랐을 가능성이 높다는 점, 코지가 키타하라에게 담보를 잡히고 1천만 엔 정도를 갚아야 하는 상황이었다는 점 등 자신들이 걸렸던 부분을 구체적으로 설명했다.

"코지가 그 정도로 고가의 담보를 가지고 있었을 것 같지는 않습니다. 또 키타하라는 예전에 흥신소에서 일한 적이 있었습니다."

어제 키타하라의 단골 가게들을 돌아다니며 확인한 정보였다.

홍신소에서 일한 경력이 있는 키타하라에게 한 부탁이라면 역시 전처와 아이가 지금 어디 사는지 알아봐달라는 것이었으리라는 데에 세 사람의 의견이 일치했다.

경찰 조사에서 형인 아키히로도 코지가 아내와 아이가 사는 곳을 알고 싶어 했다는 이야기를 했었다.

"코지는 키타하라에게 전처와 아이의 행방을 알아봐달라고 부탁했을지도 모릅니다. 어쩌면 그것 때문에 돈이 필요해진 걸 수도 있을 것 같아서요."

"그러니까 키타하라가 코지의 가족과 관련해서 뭔가 약점을 잡고 돈을 뜯어내려고 했다는 겁니까?"

키요마사의 말에 오오츠와 츠츠이가 고개를 끄덕였다.

코지의 본가는 상당한 자산가 집안이라고 했다. 고등학교 동창인 키타하라라면 당연히 그 사실도 알고 있었을 것이다.

키타하라가 코지의 아버지가 병석에 누워 있다는 사실을 알고, 돌아가시기 전에 어떻게든 부자관계를 다시 되돌리라고 명령한 것이라면 코지가 갑자기 아버지 문병을 온 이유도 설명이 되었다.

"설령 그렇다고 하더라도 문제될 게 있나요? 코지 집에서 키타하라의 혈흔이 묻은 칼과 셔츠, 그리고 지갑이 나오지 않았습니까. 게다가 경찰이 신병을 확보하려고 하자 코지는 도주를 시도했습니다. 코지가 키타하라를 죽였다는 사실을 부정할 만한 요소는 전혀 없는 것 같습니다만."

키요마사의 담담하면서도 논리정연한 반박에 오오츠가 "하지만…." 하고 말을 흐렸다.

"잘 들으세요, 오오츠 형사님. 피의자가 살아 있었다면 지금 말씀하신 내용이 재판에서 정상참작 사유가 될지도 모릅니다. 하지만 그건 저희가 시간을 들여 알아보아야 할 사안은 아닙니다. 저희가 할 일은 범죄를 입증하고, 또 다른 범죄가 발생하는 것을 막는 겁니다. 시모메구로 사건에서는 아직도 범인에 대해 이렇다 할 실마리조차 잡지 못하고 있지 않습니까. 이런 일로 시간을 허비하고 있을 때가 아닌 것 같습니다만."

츠츠이는 오오츠를 곁눈질로 살폈다. 오오츠는 키요마사 검사를 똑바로 쳐다보며 아무런 반박도 하지 못한 채 이를 악 물고 있었다.

"저도 이 사건 관련 증거 및 관계자 증언은 대충 다 확인했습니다. 그걸 문서로 정리하기만 하면 될 것 같은데요."

"조금만 더 시간을 주십시오."

오오츠가 쥐어짜는 듯한 목소리로 부탁하자 키요마사가 한숨을 쉬었다.

"진실이 바로 저 앞에 있는데 여기서 외면할 수는 없습니다."

오오츠가 등을 곧게 펴고 말하자 키요마사가 차가운 미소를 지었다.

"관할서 형사가 한 말을 듣고 그렇게 생각하게 되었다고 하셨지요?"

"네."

"내일 정오까지 기다리도록 하지요."

"감사합니다."

오오츠가 벌떡 일어나 문 쪽으로 걸어갔다. 츠츠이도 서둘러 자리에서 일어나 뒤따랐다.

"오오츠 팀장님."

키요마사 검사가 부르는 소리에 오오츠와 츠츠이는 문 앞에서 걸음을 멈췄다.

"외면할 수 없는 진실이 어떤 것인지 기대하고 있겠습니다."

오오츠는 아무 말도 하지 않고 문을 열고 방을 나섰다. 츠츠이는 키요마사 검사에게 가볍게 고개를 숙여 보이고 오오츠 뒤를 따라갔다.

검찰청을 빠져나오자 부지 밖에서 나츠메가 기다리고 있었다.

"수고 많으셨습니다." 나츠메가 고개를 숙였다.

"뭘 여기까지 왔나. 경찰서에서 기다리고 있으면 될 것을."

"시간이 아까워서요."

"그래, 확실히 시간이 없긴 하지." 오오츠가 툭 던지듯 말했다.

"무슨 뜻이신지?"

"내일 정오를 기해 이 사건에서 손을 떼기로 했거든. 코지가 키타하라를 살해한 증거는 명백하니까 그걸로 충분하다는 거지."

"그런가요."

"차는 어디 주차해 놓았나?"

"근처 주차장에 있습니다. 키타하라가 살던 집 열쇠도 가져왔습니다."

"음, 그럼 가지."

세 사람은 주차장을 향해 걸음을 옮겼다.

"어디로 갈까요?" 차에 탄 나츠메가 물었다.

"일단 전처한테 가서 뭔가 협박당할 만한 이유가 있는지부터 물어보자고."

나츠메가 고개를 끄덕이고 액셀을 밟았다.

6

"엄마, 전화 왔어."

요스케가 부르는 소리에 나오코는 빨래를 개던 손을 멈췄다.

부엌에 들어가자 식탁 위에 놓인 핸드폰 착신음이 울리고 있었다. 모르는 번호였다.

"여보세요." 나오코가 전화를 받았다.

"히가시이케부쿠로 경찰서 오오츠 형사입니다."

상대방 이름을 듣고 말문이 막혔다.

나오코는 TV를 보고 있는 요스케의 뒷모습을 확인하고 침실로 향했다.

"무슨 일이시죠?" 침실로 들어가 문을 닫으며 말했다.

"갑자기 연락드려 죄송합니다. 지금 댁에 계신가요?"

"네, 그런데요."

"코지 씨 관련해서 한 번 더 뵙고 확인하고 싶은 것들이 있어서요. 지금 댁 근처에 와 있습니다."

"아들도 집에 있어서 그건 좀 곤란한데요."

요스케 앞에서 코지 이야기를 할 수는 없었다.

"꼭 댁이 아니어도 됩니다."

대체 무엇을 더 확인하겠다는 걸까.

"차로 오셨나요?" 나오코가 물었다.

"네."

"그럼 차 안에서 얘기해도 될까요?"

이웃들 눈이 있으니 근처 카페에서 이야기하는 것도 망설여졌다.

"알겠습니다. 단지 밖에 차를 세워두겠습니다."

전화를 끊고 침실을 나와 부엌으로 돌아갔다.

"엄마 잠깐 나가서 뭣 좀 사 올게."

TV를 보는 요스케에게 말하고 지갑만 챙겨서 현관문을 나섰다.

단지 밖에 승용차 한 대가 서 있었다. 가까이 가니 안에 남자 셋이 타고 있는 것이 보였다. 나오코가 도착하기 전에 뒷좌석 문이 열리고 오오츠가 내렸다.

"나와주셔서 감사합니다. 타시죠."

나오코는 오오츠와 함께 뒷좌석에 올라탔다.

"일단 여기서 이동해주시겠어요?" 나오코가 차 문을 닫으며 말했다.

"그럼 제가 운전하겠습니다."

조수석에 앉아 있던 남자가 그렇게 말하며 일단 차에서 내렸다가 운전석에 있는 나츠메와 교대했다.

"오늘은 또 무슨 일이시죠?" 나오코가 머뭇거리며 오오츠에게 물었다.

"몇 가지 확인하고 싶은 사항들이 있습니다만, 코지 씨는 무언가 귀중품을 가지고 있었나요?"

"귀중품이요?"

무슨 의미인지 알 수가 없었다.

"네, 코지 씨는 키타하라 씨에게 무언가를 담보로 잡힌 상태였던 것 같습니다."

"담보라고요?"

"정확히 무엇인지는 모르겠지만 그걸 돌려받기 위해 적지 않은 돈이 필요했던 것 같고요."

"무슨 말씀을 하시는 건지 모르겠네요. 그 사람은 도박에서 져서 빚을 진 게 아닌가요? 빚 때문에 그런 짓을 저질렀다고 하셨잖아요."

"실은 이번에 수사 과정에서 그렇지 않을 가능성이 제기되었습니다. 물론 도박 빚이었을 가능성도 여전히 남아 있기는 하지만요."

"직장 상사 말에 따르면 코지 씨는 도박에 전혀 관심을 보이지 않았다고 합니다. 직장 밖에서 어땠는지까지는 모르겠습니다만. 참고로 출소 후에는 술도 끊었다고 합니다. 자신이 저지른 죄를 뉘우치고 회개하려고 했던 건지도 모릅니다." 조수석에 앉은 나츠메가 나오코를 돌아보며 말했다.

"그럼 그 사람은 대체 왜 그런 짓을 한 건가요?"

"모르겠습니다. 다만 코지 씨는 키타하라 씨에게 무언가 약점을 잡혀서 그걸 이유로 협박을 당했을 가능성이 있습니다. 코지 씨는 흥신소에서 일한 적이 있는 키타하라 씨에게 무엇인가를 부탁했다고 합니다. 저희는 아내와 아들이 지금 어디 살고 있는지 알아봐달라고 부탁한 것이 아닌가 보고 있습니다."

나츠메의 설명을 들으면서 아키히로가 했던 말이 생각났다.

"키타하라 씨가 두 사람을 찾는 과정에서 무언가 코지 씨를 협박할 만한 정보를 얻게 된 게 아닌가 싶은데요. 뭔가 짐작 가시는 점이 없나요?"

나오코는 그 말을 듣고 머리에 피가 쏠렸다.

"저희 모자가 키타하라라는 사람에게 협박당할 만한 짓을 했다고 생각하시는 건가요?"

"그건 아닙니다."

"약점이라면 당연히 있지요. 요스케나 다른 사람들에게는 절대로 말할 수 없는 비밀이요. 아이 아빠가 살인범이라는 사실 말이에요. 하지만 그걸로 저를 협박한다면 모를

까 그 사람을 협박한들 아무런 의미가 없지 않나요? 지금 요스케와 함께 살고 있는 건 저니까요. 그리고 설령 저희에게 어떤 약점이 있다고 하더라도 그 사람이 그것 때문에 무언가를 할 리가 없어요."

나오코는 아무리 참으려고 해도 격한 감정이 치밀어올라 입 밖으로 쏟아져나왔다.

"이제 내려도 될까요?"

"실례 많았습니다. 단지 앞까지 바래다 드리겠습니다." 나츠메가 고개를 숙였다.

현관문을 열기 전에 나오코는 필사적으로 평정심을 되찾고자 노력했다.

집에 들어가 신발을 벗고 부엌으로 향하는데 TV를 보고 있는 요스케의 뒷모습이 보였다.

"엄마 왔다."

나오코의 목소리에 요스케가 이쪽을 돌아보았다.

"엄마, 피해자가 뭐야?"

갑자기 무슨 소리인가 싶어 나오코는 고개를 갸웃거렸다.

바로 그때, 요스케가 보고 있던 TV 화면이 눈에 들어와 심장이 멎을 뻔했다.

경찰서에서 본 남자의 사진이 화면을 가득 채우고 있었다. 화면 아래에 '피해자 키타하라 테츠야 씨(32)'라는 자막이 표시되었다. 이어서 화면이 범인인 코지의 사진으로 바뀌었다.

"응? 피해자라는 게 무슨 뜻이야?"

요스케의 질문에 정신이 들었다. 나오코는 황급히 TV 앞으로 가서 채널을 돌렸다.

"사건이나 사고를 당한 사람을 가리키는 말이야." 나오코는 일단 그렇게 답했다.

"나 아까 그 아저씨 본 적 있는데."

무슨 말을 하는 걸까.

"아까 그 아저씨라니?" 나오코가 다시 물었다.

"피해자 아저씨."

예상치 못한 대답에 깜짝 놀랐다.

요스케가 대체 어디서 키타하라를 보았다는 걸까.

"어디서 봤는데?"

"집 앞에서."

"집 앞? 우리 아파트 단지 안에서?"

요스케가 고개를 끄덕였다.

"혼자 축구하고 있을 때 옆에 와서 같이 놀아주셨어. 잘 한다고 머리도 쓰다듬어주셨는데."

코지 씨는 흥신소에서 일한 적이 있는 키타하라 씨에게 무엇인가를 부탁했다고 합니다. 저희는 아내와 아들이 지금 어디 살고 있는지 알아봐달라고 부탁한 것이 아닌가 보고 있습니다—

키타하라는 코지의 부탁으로 나오코와 요스케가 사는 곳을 확인하러 왔던 것일까.

아니면 나츠메가 말한 것처럼 코지의 약점이 될 만한 정보를 찾고 있었던 것일까.

"그 아저씨하고 또 무슨 얘기를 했는데?" 나오코는 그 자리에 쪼그리고 앉아 요스케의 눈을 마주 들여다보았다.

"아빠는 어디 있냐고 하길래 없다고 했어. 그랬더니 외롭지 않냐고 묻길래 엄마가 있어서 괜찮다고 했어."

"그리고 또?"

"엄마가 좋냐고 묻길래 완전 좋다고 했지." 요스케가 활짝

7

"이제 어떻게 할까요?"

츠츠이가 허탈한 심정을 내비치며 물었지만, 조수석의 나츠메와 뒷좌석에 앉은 오오츠는 아무 말도 하지 않았다.

"담보가 협박거리를 말하는 게 아니었던 걸까요?"

대답을 기대하지 않고 중얼거리자 오오츠가 입을 열었다.

"아니, 아마도 키타하라가 코지를 협박해서 돈을 뜯어내려고 한 건 맞을 거야. 키타하라가 코지에게 보낸 독촉 문자에는 돈을 갚지 않으면 각오하라고 적혀 있었으니까. 보통 빚을 갚지 않을 때는 법대로 하자고 말하잖아."

그건 그렇다.

"만약 도박으로 진 빚이 맞다면 불법 도박이니까요."

"야쿠자를 시켜서 제대로 받아내겠다고 협박한 건가."

"잘은 모르겠지만요." 츠츠이는 그렇게 말하며 계속 입을 다물고 있는 나츠메 쪽으로 고개를 돌렸다.

나츠메는 차 앞유리 너머로 펼쳐진 어둠을 조용히 응시하고 있었다.

"경찰서로 돌아갈까요?" 나츠메가 불쑥 말했다.

"어이, 벌써 포기하는 거야? 아직 열네 시간 남았다고."

오오츠가 말하자 줄곧 어두운 표정을 하고 있던 나츠메가 미소를 지었다.

"그렇게 말씀하실 줄 알고 코지의 집 열쇠도 챙겨왔습니다."

"좋아, 그럼 있는지 없는지도 모르는 담보라는 걸 한번 찾으러 가 보자고." 오오츠가 호탕하게 웃으며 츠츠이의 머리를 툭 쳤다.

키타하라의 집을 수색한 후, 코지의 집에 도착한 것은 새벽 5시 조금 전이었다.

집 앞에서 장갑을 끼고 오오츠가 열쇠로 문을 열었다. 집에 들어서자마자 각자 흩어져 협박거리가 될 만한 것이 있는지 찾기 시작했다.

하지만 세 시간 가까이 집 전체를 샅샅이 뒤져도 아무것도 발견할 수 없었다.

"감식반이 다녀갔으니 뭔가 있었다면 그때 이미 찾았겠죠." 츠츠이가 실망한 듯 말했다.

"아니면 코지가 직접 버리거나 처분했을 수도 있고." 오오츠가 방 안을 둘러보며 한숨을 쉬었다.

"키타하라는 돈을 받으면 코지에게 담보를 보관한 장소

를 알려주겠다고 했었다지?"

"네, 마츠시마 카나에의 증언에 따르면 그렇습니다."

"슬슬 끝내야겠는데요."

나츠메의 말에 츠츠이는 방에 있는 시계를 보았다. 이제 곧 8시가 되려고 하고 있었다.

"어쩔 수 없지. 서둘러 보고서를 써야 하니 그만 돌아가 자고." 오오츠가 아쉬운 기색을 내비치며 현관으로 향했다.

츠츠이는 오오츠와 나츠메에 이어 마지막으로 방을 나 섰다. 그리고 계단을 내려가 우편함 앞을 지나는데 발치에 놓여 있던 쓰레기통에 발이 걸려 넘어졌다.

"뭐 하는 거야. 가뜩이나 시간도 없는데."

오오츠의 질책을 받으며 츠츠이는 주위에 쏟아진 전단 지를 주워 다시 쓰레기통에 담았다. 츠츠이를 도와 함께 종이를 줍던 나츠메가 문득 동작을 멈추더니 꾸깃꾸깃하 게 구겨진 종이 쓰레기를 펼쳐서 들여다보았다.

"왜 그러세요?"

츠츠이가 묻자 나츠메가 들고 있던 종이를 보여주었다.

도쿄 프리 티켓이라고 적힌 1일 승차권으로, 승차일은 11월 26일이었다.

"이게 뭐요?"

나츠메는 츠츠이의 질문에는 대답하지 않고 기껏 정리해놓은 쓰레기통을 다시 뒤지기 시작했다.

　"뭐야, 뭔데." 오오츠가 고개를 절레절레 저으며 이쪽으로 다가왔다.

　나츠메는 쓰레기통에서 한 장의 종이를 꺼내 들었다. 아까와 동일한 승차권이었고, 이쪽은 승차일이 11월 27일로 되어 있었다.

　"이게 뭐 어쨌다는 건가." 오오츠가 승차권에서 눈을 떼 나츠메를 쳐다보았다.

　"하루 종일 자유롭게 버스와 지하철을 이용할 수 있는 표잖아. 이걸로 뭘…."

　오오츠가 거기까지 말했을 때, 나츠메가 벌떡 일어나더니 아파트 앞에 세워 놓은 차로 향했다.

　"대체 뭐냐고."

　오오츠에 이어 츠츠이도 나츠메의 뒤를 따랐다.

　"가까운 지하철역에 가봐야 할 것 같습니다. 확인할 게 있어서요."

　나츠메는 운전석에 오르더니 바로 시동을 걸었다.

　근처 지하철역에 도착한 세 사람은 개찰구로 향했다. 하지만 나츠메는 개찰구를 통과하지 않고 물품보관함 쪽으로 걸어갔다.

"담보는 지하철역에 있는 물품보관함에 넣어 두었는지도 모릅니다."

"물품보관함 열쇠는요?"

츠츠이의 질문에 나츠메가 손가락을 들어 보관함을 가리켰다.

동전이나 열쇠가 아니라 IC 교통카드로 이용할 수 있는 최신형 물품보관함이었다.

서류를 다 읽고 책상 위에 내려놓은 키요마사가 크게 한숨을 내쉬었다.

"이게 전부인가요?"

키요마사의 날카로운 시선에 츠츠이는 등줄기가 서늘해졌다. 옆에 앉아 있는 오오츠가 느끼는 부담감은 아마 더 심할 것이다.

"그렇습니다." 오오츠가 대답했다.

"제가 보기에는 수사본부 해산 당시 모여 있던 증거와 증언을 그대로 옮겨 놓았을 뿐인 것 같습니다만."

"맞습니다." 오오츠가 고개를 끄덕였다.

"외면할 수 없는 진실은 결국 찾지 못하신 겁니까?"

오오츠는 아무 말도 하지 않았다.

"경시청 수사1과 팀장씩이나 되시는 분이 일개 관할서

형사 말에 휘둘려서 시간만 낭비했다는 말씀이시군요."

"휘둘린 게 아닙니다. 그 형사의 말이 충분히 일리가 있다고 판단해서 함께 행동했을 뿐입니다."

오오츠는 어디까지나 의연함을 잃지 않았다.

"수고하셨습니다." 키요마사는 차갑게 내뱉고는 손으로 문을 가리켰다.

츠츠이와 오오츠는 자리에서 일어나 문 쪽으로 걸어갔다. 복도로 나와 문을 닫자 무거운 한숨이 흘러나왔다.

"그럼 우리도 슬슬 시모메구로 수사본부에 합류해 볼까?"

오오츠가 미련을 떨쳐내듯 성큼성큼 걷기 시작했다. 츠츠이도 뒤를 따라갔다.

"죄송합니다."

츠츠이가 사과하자 오오츠가 "뭐가?"라며 고개를 돌렸다.

"검사님께 싫은 소리를 들으셨잖아요."

"어쩔 수 없지. 나츠메 형사도 자네도 이번에 새로 알게 된 사실은 밝히지 않는 게 좋겠다고 했으니까. 다수결은 민주주의의 기본이지."

"하지만…."

"게다가 여기서 진실을 말한다 한들 신문에 실리는 기사 내용은 바뀌지 않아. 사실을 알게 됨으로써 조금이나마 위안을 얻을 수 있는 사람들에게만 알리면 충분해."

오오츠의 말이 마음속에 스며들었다.

"아무튼 정말 이상한 형사님이셨죠?" 츠츠이가 쓴웃음을 지었다.

"음. 앞으로 히가시이케부쿠로 경찰서 사건을 우리가 담당하는 일이 없기만을 바라야지. 그 형사랑 한 팀이 되어 수사하는 건 사양하고 싶으니까 말이야."

오오츠는 진저리가 난다는 듯 고개를 저었지만, 어딘지 모르게 후련해 보이는 표정이었다.

8

도쿄 토시마구 미나미이케부쿠로에서 키타하라 테츠야 씨(32)를 살해하고 교통사고로 사망한 사가라 코지(32)에 대해 도쿄지검은 12월 3일, 피의자 사망으로 사건을 불기소 처분한다고 밝혔다.

인터폰 소리에 정신이 든 나오코는 읽고 있던 신문을 내려놓았다. 피곤한 몸을 간신히 일으켜 인터폰 앞으로 다가갔다.

"네."

"히가시이케부쿠로 경찰서 나츠메 형사입니다. 갑자기 찾아와서 죄송합니다."

상대를 확인한 나오코는 저도 모르게 표정이 굳었다.

"오늘은 나오코 씨께 드릴 말씀이 있어 찾아왔습니다."

"잠시만요."

가능하면 만나고 싶지 않았지만 어쩔 수 없이 현관문을 열었다. 문밖에는 나츠메가 혼자 서 있었다.

"얘기가 길어질까요?"

"네, 약간."

"아들은 학교 가서 없으니 들어오세요."

"그럼 실례하겠습니다."

부엌에 들어가 식탁에 앉도록 권하고 나오코는 차를 준비했다.

"감사합니다."

나츠메 앞에 찻잔을 내려놓고 맞은편에 앉았다.

"그 사람 얘기인가요?" 나오코가 물었다.

"네."

"오늘 신문에 기사가 났던데요. 피의자 사망으로 불기소 처분됐다고. 당연한 일이지만 아무튼 죽으면 죄를 묻지 않는다는 거군요."

"재판 자체가 열리지 않으니까요." 나츠메가 이쪽을 보며 말했다.

"형사님이 오늘 찾아오신 용건은 뭔가요?"

"일전에 말씀드린 담보가 무엇인지 알아냈습니다."

나오코는 반사적으로 몸을 앞으로 내밀었다.

"사실 코지 씨 물건이 아니기 때문에 정확히 말해 담보는 아니고 키타하라 씨가 편의상 그렇게 부른 것 같습니다."

"그이는 키타하라 씨에게 협박을 받고 있었나요?"

나오코가 묻자 나츠메가 고개를 끄덕였다.

"당사자인 두 사람 모두 죽었기 때문에 지금부터 하는 이야기의 절반 정도는 사실 여부를 파악할 수가 없습니다. 하지만 진실도 포함되어 있다는 건 분명합니다."

"대체 그이는 무슨 일로 협박을 당하고 키타하라 씨를 죽인 건가요?"

"그 전에 사건과 관련해 알게 된 사실부터 말씀드리겠습니다. 코지 씨는 사건 발생 4개월 전, 고등학교 동창인 키타하라 씨와 재회했습니다. 코지 씨는 우연히 다시 만났다고 생각한 것 같지만 사실은 아닙니다."

"그게 무슨 말이죠?" 나오코는 영문을 알 수 없어 되물었다.

"키타하라 씨는 반년 전부터 코지 씨를 찾고 있었습니다. 코지 씨 형 말로는 키타하라 씨가 자신을 찾아와 코지의 친구인데 출소 후 연락이 되지 않아 걱정하고 있다고, 코지를 돕고 싶다고 하길래 코지 씨가 헤이와지마에 있는 회사에서 일하고 있다는 사실을 알려줬다고 합니다."

"왜 그런?"

"당시 키타하라 씨가 사귀던 여성으로부터 어떤 이야기를 들었기 때문일 겁니다."

안 좋은 예감이 들었다.

"그 여성은 두 사람과 같은 고향 출신으로 셋이 서로 아는 사이였다고 합니다. 키타하라 씨와 사귀었다고는 해도 딱히 애정이 있는 관계는 아니었던 것 같습니다. 카자미 마이라고 하는 그 여성은 4개월 전에 급성 약물중독으로 사망했습니다."

여자의 이름과 그녀가 죽었다는 말을 듣고 나오코는 깜짝 놀랐다.

그러고 보니 경찰서를 찾아갔을 때, 오오츠라는 형사가 피해자인 키타하라가 사귀던 여성이 죽었다는 이야기를 했던 기억이 났다.

"키타하라 씨는 카자미 마이 씨로부터 과거에 코지 씨와 육체관계가 있었고, 두 사람 사이에 낳은 아이를 코지 씨가 키우고 있다는 이야기를 들은 게 아닌가 싶습니다."

당시 기억이 떠올라 나오코는 당장이라도 자리를 박차고 일어나고 싶었다.

6년 전, 카자미 마이는 코지와 나오코가 사는 집에 아기를 데리고 찾아와 코지의 아들이니 데려가라고 했다.

코지는 과거 두 사람이 그런 관계였다는 사실은 인정했다. 거짓말 같으면 유전자 검사든 뭐든 해 보이겠다는 마이를 보면 아기가 코지의 자식이라는 말은 사실인 듯했다.

마이는 코지가 데려가지 않으면 아기를 갖다 버리겠다고 했지만, 코지는 아이를 키울 형편이 못 된다며 마이를 돌려보냈다.

그러고는 다음 날이 되자 함께 아이를 키워줄 수 없겠냐고 나오코를 설득하기 시작했다.

피 한 방울 섞이지 않은 남의 아이를 키우는 일은 그다지 내키지 않았다. 하지만 코지가 거두지 않으면 아이를 갖다 버리겠다는 마이의 말을 생각하면 마음이 복잡했다.

부모가 없는 외로움을 나오코는 누구보다 잘 알고 있었다. 자기 자식을 버리겠다고 하는 여자에게 화도 났다. 그런 사람 손에 아이를 맡겨둘 수는 없었다. 무엇보다 부모가 되면 사랑하는 코지가 조금이라도 더 나은 사람이 되지 않을까 하는 기대에 나오코는 요스케의 엄마가 되어주기로 결심했다.

"키타하라 씨는 코지 씨와 다시 만나 고민을 들어주는 척하면서 정보를 캐냈을 겁니다. 뒷조사를 해서 요스케가 나오코 씨를 진짜 엄마라고 믿고 있다는 점, 아빠는 죽은 줄 알고 있다는 점도 알아냈을 테고요."

나츠메는 잠시 말을 멈추더니 가방 안에서 지퍼백에 담긴 화장품 파우치를 꺼내 식탁 위에 올려놓았다.

"이게 뭔가요?" 나오코가 물었다.

"키타하라 씨가 말한 담보가 이겁니다. 코지 씨가 어떻게든 돈을 마련해 돌려받으려고 했던 물건이지요. 안에는 카자미 마이 씨의 머리카락이 붙어 있는 빗, 마이 씨가 요스케의 엄마라는 사실을 증명하는 유전자 검사 결과서, 그리고 녹음기가 들어있습니다."

"녹음기라니, 대체 무슨 말이 녹음되어 있다는 건가요?"

저도 모르게 파우치 쪽으로 뻗은 손을 나츠메가 가로막았다.

"듣지 않는 편이 좋습니다. 자기 배 아파 낳은 자식을 두고 하는 말이라고는 믿기지 않을 정도로 잔인한 말들을 퍼붓고 있거든요. 요스케의 '진짜 엄마'인 나오코 씨가 들으면 참기 어려우실 겁니다."

"그런…"

"저 역시 친엄마가 진심으로 그런 말을 했다고는 생각하고 싶지 않습니다. 약 살 돈이 필요해서 키타하라 씨와 짜고 코지 씨에게서 돈을 뜯어내기 위해 일부러 한 말이라고 믿을 수밖에요. 어쨌든 키타하라 씨는 이 사실을 요스케에게 알리겠다고 코지 씨를 협박했을 겁니다."

나오코는 파우치를 응시한 채 분노에 몸을 떨었다.

자신을 아기 때 버린 엄마는 약물중독으로 죽고, 아빠는 사람을 죽였다—

게다가 지금까지 엄마인 줄 알았던 나오코는 피 한 방울 섞이지 않은 남이었다.

요스케가 이 사실을 알면 얼마나 절망하게 될지 짐작조차 할 수 없었다.

"키타하라 씨는 코지 씨에게 꽤 큰돈을 요구한 것 같습니다. 당연히 코지 씨로서는 감당하기 어려운 금액이었지만 고등학교 동창인 키타하라 씨는 코지 씨 본가에 돈이 있다는 사실을 알고 있었던 거죠. 코지 씨는 돈을 마련하기 위해 죽음을 앞둔 아버지를 찾아가 다시 가족으로 받아달라고 애원했습니다."

아버지가 입원해 있다는 사실을 어떻게 알았는지 갑자기 문병을 왔더라고요—

아키히로가 했던 말이 떠올랐다.

"하지만 그 바람은 이루어지지 않았고, 돈을 준비할 수 없었던 코지 씨는 이렇게 된 이상 협박의 근거를 없애는 수밖에 없다고 생각한 듯합니다. 그래서 단골 술집에서 나오는 키타하라 씨의 뒤를 밟아 집을 알아내는 데 성공했고요. 두 사람 모두 죽은 현재로서는 이후 상황이 어떻게 전개되었는지 알 도리가 없습니다. 처음부터 키타하라 씨를 죽일 생각이었는지, 아니면 칼로 위협해서 해당 자료만 돌려받을 생각이었는지는 모르겠습니다. 사실 관계만 놓고 보자면 키타하라 씨는 칼에 찔려 사망했고, 코지 씨는 코뼈와 이빨 몇 개가 부러질 정도로 큰 상처를 입었습니다."

진실은 알 수 없지만 처음부터 죽일 생각은 아니었을 거라고 믿고 싶었다.

"어찌 됐든 코지 씨가 키타하라 씨를 죽인 건 사실입니다. 코지 씨는 키타하라 씨를 죽인 후 이걸 찾으려고 집을 샅샅이 뒤졌을 겁니다. 키타하라 씨는 어딘가에 보관하고 있다고 했지만 집 안에서 물품보관함 열쇠 같은 건 발견되지 않았습니다."

나츠메가 식탁 위에 카드 한 장을 내려놓았다.

키타하라 타츠야라는 이름이 새겨진 IC 교통카드였다.

"키타하라 씨 지갑에서 이 카드를 발견한 코지 씨는 키타하라 씨가 카드 사용이 가능한 물품보관함에 물건을 숨겼을지도 모르겠다고 생각한 모양입니다. 카드로 사용하는 물품보관함은 열쇠가 따로 없고 비밀번호도 필요 없으니까요. 물건을 찾을 때는 화면에 카드를 갖다 대기만 하면 되지요. 보통은 물건을 넣고 문을 잠그면 어느 역 몇 번 칸에 보관하고 있다는 영수증이 나오는데 그 영수증은 키타하라 씨가 버린 것 같습니다. 혹시라도 코지 씨나 다른 사람이 볼 경우를 대비해서요. 승차권 발매기에서 카드 이력을 확인해도 물품보관함을 이용했다는 사실은 알 수 없습니다. 기록상으로는 물품판매라고밖에 안 뜨거든요. 코지 씨가 사는 건물 쓰레기통에서 도쿄 시내 버스와 지하철을 하루 종일 이용할 수 있는 도쿄 프리 티켓이라는 표 두 장이 발견되었습니다."

"이 파우치를 찾기 위해 도쿄 시내 지하철역 물품보관함을 뒤지고 다녔다는 건가요?"

나오코가 묻자 나츠메가 고개를 끄덕였다.

"코지 씨는 26일과 27일 표를 사용해서 이틀 동안 역들을 돌아다니며 카드식 물품보관함을 찾았을 겁니다. 다만 이런 종류의 보관함은 최대 48시간까지만 사용이 가능하기 때문에 그 시간이 지나면 물건은 보관함이 아니라 보관소로 넘어갑니다. 코지 씨는 28일 낮에 보관소에 물건을 찾으러 왔었다고 합니다. 자기가 당시 술이 많이 취해서 어느 역이었는지는 기억이 안 나지만 이 카드를 사용해서 맡긴 건 확실하다고 했다더군요. 실제로 보관소에서는 이 카드번호로 맡긴 쇼핑백에 든 화장품 파우치를 보관하고 있었습니다. 하지만 물건을 찾으려면 서류에 필요한 내용을 적고 신분증을 제시해야 합니다. 코지 씨는 지금은 신분증이 없으니 나중에 다시 오겠다면서 응대해준 직원이 무슨 요일에 근무하는지를 확인하고 돌아갔다고 합니다. 다시 설명할 필요가 없도록 같은 사람을 찾아오겠다는 이유였지만 아마도 실제로는 다음에 왔을 때 또 마주치면 의심을 살 테니 그 직원이 없는 날 올 생각이었겠지요."

"의심을 사다니요?"

"코지 씨는 키타하라 씨의 면허증 사진과 똑같아 보이도록 헤어스타일과 눈썹 모양을 바꾸었습니다. 성형외과를 찾아가서 코 옆에 있는 점을 제거하고 쌍꺼풀을 만드는 수술도 예약해 둔 상태였습니다."

요스케의 비밀을 지키기 위해 사람을 죽이고 자기 얼굴을 스스로가 혐오하는 인간의 얼굴로 바꾸려고 했다는 말인가.

그렇게 할 수밖에 없었던 코지의 마음이 아프도록 이해가 되었다.

자신이 경험했던, 엄마에게 버림받고 엄마 없이 자라야 했던 아픈 기억을 요스케에게는 물려주고 싶지 않았던 것이리라.

"정말이지… 바보 같은 사람이네요." 나오코는 고개를 숙였다.

"일전에 저와 같이 왔던 형사가 현장에서 코지 씨가 남긴 마지막 한마디를 들었다고 합니다."

나츠메의 말에 나오코는 고개를 들었다.

"부탁해… 라고, 코지 씨는 마지막으로 그렇게 말했다고 합니다. 누구한테 무엇을 부탁한다는 건지는 모르겠습니다만."

나츠메가 말을 멈추고 잠시 동안 나오코를 가만히 바라보았다.

"코지 씨는 아버지로서도 남편으로서도, 그리고 인간으로서도 좋은 사람은 아니었을지도 모릅니다. 하지만 죽는 순간에는…."

죽는 순간, 코지는 분명 요스케를 뒤에서 지켜봐주는 든든한 아버지였다.

"그럼 저는 이만 실례하겠습니다."

나츠메가 자리에서 일어났다. 따라서 일어나려는 나오코를 나츠메가 말렸다.

"생각이 많으실 텐데 나오지 않으셔도 됩니다."

나츠메는 옅은 미소를 지으며 부엌에서 걸어 나갔다.

잠시 후 현관문 닫는 소리가 들렸다. 그 순간, 지금까지 필사적으로 참아 왔던 감정이 북받쳐 올랐다.

나오코는 눈물로 흐릿해진 시야 속에서 식탁 위에 놓인 핸드폰을 집어 들었다. 뺨을 타고 흐르는 눈물을 닦으며 아키히로에게 전화를 걸었다.

"조만간… 요스케와 함께 나고야에 가려고 하는데요."

아키히로가 전화를 받자 나오코는 그렇게 말문을 열었다.

마지막 거처

1

아다치 료코는 택시에서 내려 나츠메와 함께 아파트 단지로 들어섰다.

"저기인 것 같네요."

근처에 사는 주민들이 모여 있는 것이 보였다. 가까이 다가가 보니 출입금지 테이프를 두른 아파트 계단 입구에 제복을 입은 경찰이 서 있었다.

료코와 나츠메는 경찰 신분증을 제시하고 테이프를 통과해 계단을 올라갔다. 2층과 3층 사이 계단참에서 후쿠모리가 감식반과 무언가 이야기를 나누고 있었다.

"수고하십니다."

료코가 인사하자 후쿠모리가 이쪽으로 고개를 돌렸다.

"상해사건이라고 들었는데요." 료코는 계단참 바닥에 묻은 혈흔을 쳐다보며 말했다.

"응, 저기서 떨어져서 머리를 부딪쳤대."

후쿠모리가 가리키는 3층을 올려다보았다.

"피해자는 히구치 아키라 씨. 41세 남성이고 현재 병원에 실려 간 상태야."

"피의자는요?" 료코가 물었다.

"현장에서 체포했어. 노사카 치즈코. 이 아파트에 사는 88세 할머니야."

"여든여덟 할머니가요?"

후쿠모리가 고개를 끄덕였다.

"201호에 사는 츠무라라는 여성이 신고했으니 신고자와 피해자로부터 이야기를 들어보도록 해. 피해자인 히구치 씨가 실려 간 병원은 히가시이케부쿠로 종합병원이야. 나는 경찰서로 돌아가서 피의자 신문을 해야 하거든."

"알겠습니다."

료코는 나츠메와 함께 201호로 향했다. 초인종을 누르고 잠시 기다리자 40대로 보이는 여자가 문을 열어주었다.

"히가시이케부쿠로 경찰서에서 나왔습니다. 경찰에 신고하신 츠무라 씨 되시나요?"

나츠메가 경찰 신분증을 꺼내 들며 묻자 여자가 고개를 끄덕였다.

"사건을 목격한 당시 정황을 말씀해주시겠습니까?"

"장 보고 돌아오는데 계단 쪽에서 큰 소리가 나더라고요. 계단 위를 올려다보니까 남자가 비명을 지르며 계단에서 굴러떨어지는 게 보였어요. 깜짝 놀라서 서둘러 계단을 올라가 보니 남자가 계단참에 쓰러져 있었어요. 아무리 불러도 대답은 없고, 머리에서는 피가 나고…"

"그래서 경찰에 신고하고 구급차를 부르셨군요."

츠무라가 고개를 끄덕였다.

"그때 노사카 씨는 어떤 상태였나요?"

"3층 계단 앞에 주저앉아 있었어요. 멍한 눈빛으로 이쪽을 바라보면서."

"노사카 씨가 피해자를 밀치는 장면을 목격하셨나요?" 료코가 물었다.

"아니요, 그 장면을 목격한 건 아니지만 계단에서 남자가 굴러떨어지기 전에 나이든 여자가 고함 지르는 소리가 들렸기 때문에 할머니가 밀친 거라고 생각했어요."

"뭐라고 하던가요?"

"'절대 안 돼!'라고 하던데요. 화가 많이 난 것 같았어요."

"절대 안 된다니, 뭐가 안 된다는 거였을까요?"

나츠메의 말에 츠무라가 자기도 모르겠다는 듯 고개를 저었다.

"제가 들은 건 그것뿐이에요."

"계단에서 떨어진 남자를 전에도 본 적이 있으신가요? 이름은 히구치 아키라라고 합니다만." 나츠메가 물었다.

"아니요, 오늘 처음 봤어요."

"피해자와 노사카 씨가 어떤 관계인지는…"

"몰라요. 별로 교류가 없어서."

"노사카 씨는 같이 사는 사람이 있나요?"

"아마 혼자일 거예요. 2년쯤 전에 남편이 죽었다는 것 같던데."

"감사합니다. 또 연락드릴 일이 있을지도 모르겠습니다만 아무쪼록 잘 부탁드립니다."

료코와 나츠메는 츠무라에게 인사하고 발걸음을 돌렸다.

병원 접수데스크 앞 의자에 앉아 기다리고 있으니 흰 가운을 입은 남자 의사가 이쪽으로 걸어오는 것이 보였다.

"히가시이케부쿠로 경찰서에서 나왔습니다. 히구치 씨 상태는 어떤가요?" 나츠메가 물었다.

"뇌에 출혈이 있어 긴급 수술을 했습니다. 현재 중환자실에 있습니다만 의식은 없는 상태입니다."

"의식은 언제쯤 돌아올까요?" 료코가 물었다.

"알 수 없습니다."

어두운 표정으로 고개를 젓는 의사를 보며 료코는 암담한 기분이 들었다.

"가족에게는 연락이 갔나요?" 나츠메가 물었다.

"가족 연락처를 알 수가 없어서 일단 환자 명함에 적혀 있는 직장으로 연락을 했습니다."

"환자 직장이 어디인가요?"

"명함상으로는 지자체가 운영하는 지역포괄지원센터라는 기관에서 사회복지사로 일한다고 되어 있습니다."

"구체적으로 어떤 일을 하는 걸까요?"

지역포괄지원센터나 사회복지사라는 단어만으로는 자세한 내용을 파악하기가 어려워 료코가 다시 물었다.

"그건 저도 잘 모르겠습니다. 곧 직장에서 누군가 올 테니 직접 물어보시죠."

"히구치 씨 의식이 돌아오면 연락주십시오."

나츠메가 명함을 건네자 의사는 알겠다고 하고 떠났다.

나츠메와 료코는 다시 의자에 앉아 기다렸다. 잠시 후, 병원 바닥을 울리는 시끄러운 구두 소리에 료코는 입구 쪽을 쳐다보았다.

안경을 쓴 여자가 길고 검은 머리카락을 휘날리며 이쪽으로 달려오고 있었다.

"이 병원에 히구치 아키라 씨가 실려 왔다고 들었는데요!"

그 말을 듣고 료코는 나츠메와 함께 그 여자에게로 다가갔다.

"히구치 씨 직장 동료신가요?"

나츠메가 말을 걸자 여자가 이쪽을 돌아보았다.

나이는 50대 중반 정도에 선해 보이는 인상이었지만, 눈빛에서 다급함과 조바심이 묻어났다.

"히가시이케부쿠로 경찰서에서 나왔습니다. 잠깐 시간 괜찮으신가요?"

"경찰이요?"

여자는 일순 경계하는 듯한 표정을 지었으나 곧 상황을 이해한 듯 작게 끄덕였다.

"그 전에 히구치는 지금 어떤 상태인지부터 알려주시겠어요?" 여자가 물었다.

"뇌에 출혈이 있어 긴급 수술을 했다고 합니다. 지금은 중환자실에 있는데 의식불명 상태이고요."

"그럴 수가…." 여자는 믿기지 않는다는 듯 중얼거렸다.

"히구치 씨 가족은?" 나츠메가 물었다.

"아버지가 오사카에 사신다고 했어요. 병원에서 연락을 받고 제가 바로 연락드렸습니다."

"그렇군요. 일단 저기 카페테리아에서 잠깐 얘기 좀 할 수 있을까요?" 나츠메가 안내하듯 앞서 걸음을 옮겼다.

카페테리아에 들어가 료코는 여자에게 무엇을 마실 것인지 묻고 카운터에서 음료를 주문했다. 커피 세 잔이 든 트레이를 들고 사람이 없는 안쪽 자리로 향했다. 료코와 나츠메는 여자와 마주 보고 앉았다.

"성함을 여쭤봐도 될까요?"

나츠메의 질문에 여자는 "하세가와입니다."라고 대답하며 가방에서 명함을 꺼냈다.

지자체 이름과 '지역포괄지원센터'라는 기관명 아래에 하세가와 키요미라는 이름이 적혀 있었다. 직책은 소장이었다.

"히구치 씨는 오늘 정오쯤 아파트 계단에서 떠밀려 굴러 떨어졌습니다. 떨어지면서 계단참에 머리를 부딪쳤고요."

"대체 누가 그런 짓을…."

"노사카 치즈코라고 하는 할머니입니다. 조시가야 아파트 단지에 사는 분인데요."

"노사카 씨가요?" 하세가와가 깜짝 놀라 눈을 크게 떴다.

"아는 분이신가요?"

"네. 하지만 대체 왜 노사카 씨가 그런 짓을…?" 하세가와는 이해가 가지 않는다는 듯 고개를 갸웃거렸다.

"업무상 관계가 있으셨나요?"

나츠메가 묻자 하세가와가 고개를 끄덕였다.

"실례지만 지역포괄지원센터는 어떤 일을 하는 곳인가요?" 료코가 물었다.

"고령자를 대상으로 일상생활과 관련된 다양한 업무를

하는 곳입니다. 주로 간병이나 건강, 금전적인 문제 같은 고민 관련 상담을 해드리고 있습니다. 말하자면 고령자 전용 상담소 같은 거죠."

하세가와의 설명에 따르면 2005년 고령자 관련 법이 개정되면서 생긴 공공기관이라고 했다.

"히구치는 저희 센터에서 사회복지사로 일하고 있습니다. 노사카 씨도 히구치 담당이었고요."

"히구치 씨가 노사카 씨에게 뭔가 원한을 살 만한 일이 있었나요?" 하세가와를 똑바로 쳐다보며 나츠메가 물었다.

"그럴 리는 없습니다. 히구치는 고령자 상담에 늘 최선을 다하는 성실한 직원인걸요. 평일이고 주말이고 상관없이 자신이 담당하는 할아버지, 할머니들을 위해 매일같이 발이 닳도록 돌아다니는 사람이에요. 특히 노사카 씨 같은 경우는 돌아가신 어머니와 인상이 닮았다며 신경을 더 많이 썼어요. 원한이라니 당치도 않습니다."

"하지만 노사카 씨는 히구치 씨를 계단에서 밀치면서 '절대 안 돼!'라고 소리를 질렀다던데요. 두 사람 사이에 뭔가 문제가 있었던 것 같은데 짐작 가는 데가 없으신가요?"

"전혀요. 노사카 씨가 정말 그런 말을 했다면 당시 제정신이 아니었던 걸 수도 있어요. 제정신일 때는 히구치를 전적으로 신뢰했으니까요."

"제정신일 때라니요?"

나츠메와 료코가 동시에 고개를 갸웃거렸다.

"노사카 씨는 치매거든요."

"아···." 나츠메가 얕게 한숨을 내쉬었다.

치매라면 형사책임을 물을 수 있을지도 확실하지 않았다.

"히구치 씨는 왜 오늘 노사카 씨 댁을 방문했을까요?" 나츠메가 물었다.

"아침 회의 때 오늘 노사카 씨와 구청에 다녀올 거라고 했어요. 기초생활보장 수급자 신청을 할 거라고요."

"그건 노사카 씨가 원한 건가요?"

나츠메는 그 점이 이번 사건의 동기와 연관이 있다고 생각하는 모양이었다.

"히구치가 먼저 제안했다고 알고 있습니다." 하세가와가 대답했다.

"노사카 씨는 신청하고 싶지 않았던 게 아닐까요?"

"기초생활보장 수급자 신청을 하고 싶어서 하는 사람은 별로 없을 겁니다. 하지만 노사카 씨는 본인이 싫다고 해도 신청을 해야만 하는 상황이었어요."

"경제적으로 힘든 상황이라는 말씀이신가요?"

"그것도 있지만 무엇보다 혼자 생활하는 게 불가능한 상태거든요. 저희 센터가 노사카 씨와 인연을 맺은 지는 반 년쯤 됐습니다. 당시 노사카 씨가 입원 중이던 병원에서 센터로 상담 요청이 들어온 것이 계기였죠. 자택에서 열사 병으로 인한 극도의 탈수 증상과 영양실조로 쓰러져 있는 노사카 씨를 이웃이 발견하고 구급차를 불렀다더군요. 노사카 씨는 병원으로 실려가 치료를 받았지만, 그 병원은 생명과 직결되는 위급한 상황, 그러니까 탈수나 영양실조에 대한 치료가 일단락되면 바로 환자를 퇴원시킨다는 방침을 취하고 있었습니다. 고령자의 장기입원은 보험 수가 측면에서 메리트가 없으니 치료가 끝난 환자는 신속하게 자택으로 돌아가든지 요양시설로 옮기라는 거죠. 하지만 노사카 씨 같은 경우는 집으로 돌아갈 수가 없었습니다."

"치매니까요." 나츠메가 고개를 끄덕였다.

"게다가 입원 중에 누워만 있었기 때문에 체력이 많이 떨어져서 아파트 계단을 오르내리기도 힘든 상태였고요. 그렇다 보니 병원 측에서도 막무가내로 나가라고는 하지 못하는 상태가 두 달 이상 이어지다가 결국 저희 센터로 상담 요청이 들어온 겁니다."

"노사카 씨 남편분은 2년 전에 돌아가셨다던데 자식이나 친척은 없나요?" 료코가 물었다.

"히구치 말로는 아무도 없다던데요. 히구치는 가족이 없는 노사카 씨를 위해 퇴원 후에 몸을 의탁할 만한 시설을 찾아다녔지만 이렇다 할 곳을 찾지 못했습니다. 가장 이상적인 건 정부가 운영하는 노인요양시설에 들어가는 겁니다. 민간 시설에 비해 비용이 훨씬 저렴하고 이용 기간에도 제한이 없어서 돌아가실 때까지 지낼 수 있거든요. 다만 대기자가 워낙 많다 보니 적어도 3, 4년은 기다려야 합니다. 돈이 있다면 민간 시설에 들어가는 방법도 있지만, 노사카 씨는 저축한 돈도 50만 엔 정도밖에 없고, 생활은 매달 나오는 연금으로 근근이 꾸려가고 있는 상태거든요. 히구치가 매번 단 몇 주라도 입소가 가능한 시설을 찾아와서는 거기서 옮길 때가 되면 또 다른 곳을 찾는 식으로 아슬아슬하게 버텨 왔습니다."

"기초생활보장 수급자가 되면 안정적으로 들어가서 지낼 수 있는 시설이 있다는 건가요?"

나츠메의 질문에 하세가와가 고개를 끄덕였다.

"네, 그렇게 되면 아마도 서비스 포함 고령자 주택에 입주할 수 있을 것 같거든요."

"그게 뭔가요?"

"요양 및 의료 인프라가 갖춰진, 고령자가 생활하기 편하도록 설계된 주거시설입니다. 현재 노사카 씨는 일주일 전까지 있던 시설에서 나온 후, 옮길 곳을 못 찾아서 일단 자택으로 돌아온 상태거든요. 히구치는 그때부터 계속 노사카 씨 걱정을 하면서 여기저기 알아보고 다녔어요. 그러다 어제 드디어 기초생활보장 수급자가 되면 입소할 수 있는 시설을 찾았고요. 그랬는데, 그렇게까지 노사카 씨를 위하는 사람을 대체 왜…." 하세가와가 납득이 가지 않는다는 듯 탄식했다.

"하나 더 여쭤봐도 될까요?"

나츠메의 말에 하세가와가 살짝 떨구었던 고개를 다시 들었다.

"히구치 씨의 특징을 알려주실 수 있을까요? 외모, 말투, 버릇 뭐든 상관없습니다."

"설마 기초생활보장 급여를 받기 싫어서 그런 짓을 했을까요?"

함께 형사과로 향하며 료코가 묻자 나츠메가 자기도 모르겠다는 듯 애매한 표정을 지었다.

"수급을 받는 걸 부끄럽다고 여기는 사람도 있긴 하지요. 전혀 부끄러운 일이 아닌데도요. 다만 그게 이유라고는…."

그때 조사실 문이 열리고 후쿠모리가 걸어 나왔다.

"노사카 치즈코에게서 뭔가 좀 알아냈나요?"

료코가 말을 걸자 후쿠모리가 두 손 두 발 다 들었다는 듯 고개를 절레절레 내저었다.

"전혀. 뭘 물어도 자기는 그런 일은 한 적이 없다, 히구치라는 남자는 알지도 못한다, 빨리 집에 보내달라, 이 말밖에 안 해."

"저희가 좀 들어가 봐도 될까요?" 나츠메가 물었다.

"좋을 대로. 하지만 나이도 많고 건강도 안 좋은 것 같으니 30분 안에 끝내도록 해. 두 사람이 나오면 감시를 붙여서 병원으로 옮길 거야."

"알겠습니다."

료코는 나츠메와 함께 조사실로 향했다. 노크를 하고 문을 열자 평소보다 훨씬 낮은 위치에 노부인의 얼굴이 보였다.

휠체어에 앉은 노사카 치즈코는 료코도 나츠메도 아닌 어딘가를 바라보고 있었다.

"노사카 씨, 목마르지 않으세요?"

나츠메가 부드러운 말투로 물었지만 노사카는 반응을 보이지 않았다.

나츠메는 일단 조사실을 나가더니 플라스틱 컵을 들고 돌아왔다. 노사카의 손을 잡고 조심스럽게 컵을 건넸다. 노사카는 나츠메의 부축을 받으며 컵을 입가로 가져갔다.

노사카는 차를 한 모금 마시더니 긴장이 좀 풀어진 듯

했다.

"조금만 더 이야기를 나눠도 될까요? 차는 여기 둘 테니 더 마시고 싶으면 언제든지 얘기하세요."

나츠메는 노사카의 손에 들린 컵을 책상 위에 내려놓았다. 나츠메가 노사카 맞은편에 앉는 것을 보고 료코는 문옆에 있는 의자에 앉아 조서를 쓸 준비를 했다. 준비를 마치고 노사카 쪽을 바라보았다.

"노사카 씨, 히구치라는 사람 아시죠?"

나츠메가 묻자 노사카가 미간을 찌푸렸다.

"몰라. 그게 누구야?"

"잘 아시잖아요, 사투리 쓰는 남자. 평소에는 되도록 표준어를 쓰려고 노력하지만 가끔 '진짜예?' 이러는 사람 모르세요?"

그 말을 듣고 노사카의 표정이 밝아졌다.

"아아, 그 사람이라면 잘 알지. 말하는 게 좀 품위가 없긴 해도 심성은 착한 사람이야. 내가 다리가 약하다고 곧잘 업어주기도 하거든. 애도 아닌데 업혀 다닌다는 게 좀 부끄럽긴 하지만. 지금은 어디서 뭘 하려나? 요즘 통 얼굴을 못 봤네."

"오늘 점심때도 만나지 않으셨어요? 두 분이서 구청에 가기로 했다던데."

"그랬나?" 노사카가 고개를 갸우뚱했다.

"집을 나와서 계단을 내려가려고 하는 히구치 씨를 노사카 씨가 밀지 않으셨어요?"

"그런 적 없어. 내가 왜 그런 짓을 해."

"절대 안 된다고 노발대발하셨다던데요? 히구치 씨가 대체 무슨 말을 했길래 그러신 거예요?"

"그 사람이 무슨 말을 했다고?"

"그것 때문에 노사카 씨가 화가 나셨던 것 같은데요."

"아니야. 내가 그렇게 좋은 사람한테 화를 낼 리가 없잖아. 그보다 나 좀 빨리 집에 보내줘. 시간이 없어."

"시간이 없다니요?"

"이제 살날이 얼마 안 남았다고."

"아니에요. 아직 정정하신데요."

"자네도 나만큼 나이를 먹으면 보일 거야."

"뭐가요?"

"자기 안에 있는 모래시계. 그러니까 조금이라도 더 함께 있어야 해."

"누구랑 함께 있고 싶으신데요?"

나츠메가 물었지만 노사카는 아무 대답도 하지 않았다.

자기도 답을 모르겠다는 듯 계속해서 고개를 갸웃거릴 뿐이었다.

2

료코와 나츠메는 아파트 계단을 걸어 올라갔다. 계단참 바닥을 살펴보았지만 어제 본 혈흔은 깨끗하게 사라져 있었다.

료코는 노사카가 사는 301호 문 앞에 서서 주머니에서 장갑을 꺼내 손에 꼈다.

열쇠로 문을 열고 집에 들어선 순간, 이상한 냄새가 코를 찔렀다.

집 안 여기저기에 쓰레기봉투가 굴러다니고 있었다. 코를 틀어막고 싶은 충동을 억누르며 부엌으로 향했다. 부엌 역시 지저분하게 어질러진 상태로, 음식물이 묻은 식기가 싱크대에 그대로 방치되어 있었다. 나이가 있다 보니 기본적인 집안일을 하는 것도 쉽지 않은 듯했다.

안쪽에 방이 두 개 있었다. 한쪽 방에는 옷 더미와 쓰레기봉투 더미가 한데 섞여 발 디딜 틈도 없었다.

다른 방 문을 열자 정면에 놓인 커다란 오동나무 서랍장이 눈에 들어왔다. 가구라고는 그것뿐이었고, 바닥에 깔린 요 주위에 옷가지가 널려 있었다. 서랍장 맞은편 바닥에 놓인 한 남자의 영정사진과 유골함이 보였다.

노사카의 남편인 듯한 남자가 사진 속에서 선하게 웃고 있었다.

영정사진 옆에는 꽃을 꽂은 컵이 놓여 있었지만, 꽃은 이미 마른 지 오래였고 물도 다 증발해서 물때만 끼어 있었다.

나츠메가 오동나무 서랍장 앞에서 멈춰 섰다.

"서랍장만 유독 튀네요." 료코가 말했다.

"그러게요." 나츠메가 서랍장을 찬찬히 뜯어보며 고개를 끄덕였다.

얼핏 보기에는 새것 같아 보였지만, 손잡이 주변이 반질반질 닳아 있었다.

"이렇게 좋은 서랍장을 두고 왜 영정사진이랑 유골함을 바닥에 내려놨을까요? 이 위에 올려두면 될 텐데."

"사진 앞에 놓을 꽃이나 음식을 올리고 내리고 하는 게 힘들어서 그런 게 아닐까요?"

서랍장은 료코의 키보다 높았다. 그 위에 무언가를 올려놓는 것은 노사카에게 쉽지 않은 일일 터였다.

제일 위 칸 서랍을 열어 안에 무엇이 있는지 살펴보던 나츠메가 천 주머니 하나를 꺼내 들었다. 주머니 안에는 통장과 카드가 들어 있었다. 카드 뒷면에는 매직으로 숫자 네 자리가 적혀 있었다.

"비밀번호일까요?"

"보안상 좋지 않은 방법이지만 어쩔 수 없었겠죠."

나츠메는 통장을 휘리릭 넘겨보고 다시 천 주머니 안에 넣어 서랍 위에 올려놓았다. 이어서 다른 서랍들도 하나하나 살펴보기 시작했다.

료코는 방 안을 둘러보면서 노사카가 어떻게 살았을지 상상해 보았다.

얼마나 외로웠을까. 남편을 먼저 보내고 혼자 살면서 열사병과 영양실조로 쓰러질 때까지 연락하거나 도움을 청할 상대가 아무도 없는 삶이라니.

"노사카 씨는 꼼꼼한 성격이었던 것 같네요."

문득 들려온 소리에 료코는 나츠메를 돌아보았다.

나츠메는 아까와는 다른 통장을 보고 있었다. 한 손에는 현금카드도 들고 있었다.

"왜요?"

"최근 1년 정도 통장 정리를 안 한 것 같은데 그 전까지의 기록을 보면 노사카 씨는 연금이 들어오는 이 계좌에서 집세와 공과금을 낸 다음, 남은 2만 엔을 아까 본 천 주머니에 들어있던 통장 계좌로 이체했던 것 같습니다. 일부러 수수료까지 내가면서요." 나츠메가 통장과 카드를 내밀었다.

이쪽 카드 뒷면에도 숫자 네 자리가 적혀 있었다. 입출금 내역을 확인해 보니 매달 연금이 들어오고 집세와 공과금이 빠져나가고 있었다. 그 외에 매달 꼬박꼬박 2만 엔이 이체되고 있었다. 1년 전 기준으로 잔고는 50만 엔 정도였다.

"2만 엔 가지고 한 달을 살았다는 걸까요?"

"그런 것 같네요."

그 돈으로는 도시락이나 배달 음식을 자주 시켜 먹을 수는 없었을 것이다. 그렇다고 직접 만들어 먹기도 체력적으로 힘에 부쳤을 테니 영양실조에 걸릴 만도 했다.

"하지만 왜 번거롭게 돈을 다른 계좌로 옮겨 놓았을까요?"

"집세가 나가는 계좌와 생활비 계좌가 같으면 자기도 모르는 사이에 돈을 써버려서 다음 달 집세가 부족해질 수도 있다고 생각한 게 아닐까요? 스스로 느끼기에도 무언가를 잊어버리거나 착각하는 일이 늘었다고 판단해서 그런 걸 수도 있고요. 아마도 그래서 연금이 들어오는 이 통장은 서랍 안쪽 깊숙이 숨겨놓았던 것 같네요."

"꼼꼼한 분이셨나 보네요."

그렇게 정직하고 선량한 사람이 남을 해쳤다는 사실이 믿기 어려웠다.

"이건 어디까지나 제 추측인데요."

료코는 아무리 추측이라고 해도 이런 말을 하고 싶지는 않았지만, 형사로서 이야기해야 한다고 생각했다.

"네, 말씀하세요."

"어제 만난 하세가와 소장님도 노사카 씨에게 저축이 50만 엔 정도 있다는 건 알고 있었잖아요? 히구치 씨가 그 돈을 몰래 빼내려고 했던 게 아닐까요? 현금카드에 비밀번호 같은 것도 적혀 있으니까요. 그 사실을 알게 된 노사카 씨가 격분한 나머지 히구치 씨를 밀어버린 거죠."

"어제 하세가와 소장님께 들은 이야기에 따르면 히구치 씨가 그랬을 것 같진 않지만 한번 확인해 볼 필요는 있겠네요."

료코는 서랍장 위에 놓인 천 주머니에 통장과 카드를 넣고 나츠메와 함께 집을 빠져나왔다.

맞은편 302호 초인종을 눌렀다. 문패에 이노우에라고 적혀 있었다.

"네, 누구세요?"

안에서 여자 목소리가 들렸다.

"히가시이케부쿠로 경찰서에서 나왔습니다. 몇 가지 여쭤볼 것이 있습니다만."

나츠메가 대답하자 문이 열리고 통통한 중년 여성이 나

왔다.

"혹시 노사카 씨 일로 오셨나요?"

이쪽에서 이야기를 꺼내기도 전에 여자가 먼저 물었다.

"네, 어제 사건은 알고 계신가요?"

"정말이지 깜짝 놀랐지 뭐예요. 어제는 남편이랑 싸우고 친정에 가 있었거든요. 오늘 아침에 돌아와 보니 주변 사람들이 죄다 그 얘기만 하고 있어서 모르려야 모를 수가 없겠더라고요. 할머니는 지금 어디 계세요? 역시 유치장이나 교도소에 들어가게 되는 건가요? 경찰서에 찾아가면 면회는 가능한가요?"

과장된 몸짓으로 호들갑을 떨며 일방적으로 말을 쏟아 내는 여자였다.

"기본적으로 변호사 외에는 아직 면회가 불가능합니다."

"그래요? 역시 실력 있는 변호사를 찾아봐드리는 게 좋을까요? 하지만 할머니가 수임료를 감당할 수 있을 것 같지도 않고, 저희도 애가 둘이라 여유가 없어서…"

"노사카 씨와는 친하셨나요?" 여자가 숨 돌리는 틈을 기다렸다가 나츠메가 물었다.

"할머니랑 할아버지랑 같이 5년쯤 전에 여기로 이사 왔는데 두 분 다 연세가 많다 보니 아무래도 신경이 쓰이더라고요. 별로 교류는 없었지만요."

"이사 오기 전에는 어디 살았는지 아시나요?"

"미나미오츠카에 사셨다던데요."

"왜 이리로 이사를 오셨을까요?" 료코가 물었다.

"글쎄요, 별로 말수가 많은 분들이 아니라서. 어쩌다 마주쳐도 인사만 하고 바로 집에 들어가버리셨거든요. 이사왔을 때부터 할아버지 건강이 별로 좋아 보이지는 않았으니 그것 때문이었는지도 모르겠지만요."

"노사카 씨는 치매였다고 들었는데 알고 계셨나요?"

"어머, 정말요?" 여자가 화들짝 놀라며 되물었다.

"뭔가 이상하다고 느낀 적은 없으셨나요?"

"별로 얼굴 볼 일이 없어서요. 아, 그러고 보니 1년쯤 전에 문득 할머니가 요새 통 안 보인다 싶어서 한번 집으로 찾아간 적이 있거든요. 현관문 앞에서 아무리 불러도 대답이 없어서 문손잡이를 돌려 봤는데 그냥 열리더라고요. 그래서 집에 들어가 봤더니 서랍장 앞에서 중얼중얼 혼잣말을 하고 계셨어요."

"오동나무로 된 커다란 서랍장 말씀이신가요?"

료코가 묻자 여자가 고개를 끄덕였다.

"제가 온 걸 보고 어색하게 시선을 피하시던데 그때도 제정신이 아니셨던 걸 수도 있겠네요."

"혹시 노사카 씨가 열사병으로 쓰러졌을 때 구급차를

부른 사람이 부인이신가요?" 나츠메가 물었다.

"구급차는 다른 사람이 불렀지만 제가 발견하긴 했어요. 날 더워지고 또 한동안 안 보이시길래 집에 찾아갔는데 역시나 대답이 없어서요. 이번에는 열쇠도 잠겨 있어서 아파트 관리실에 말해서 문을 열어달라고 했죠."

"혹시 이 사람 본 적 없으세요? 히구치 아키라라고 하는 남자인데요."

나츠메가 히구치 사진을 보여주자 여자가 고개를 끄덕였다.

"얼마 전에 할머니 집 앞에서 봤어요."

"그게 언제쯤이었나요?"

"일주일쯤 전이요."

"뭔가 말다툼을 하고 있었나요? 분위기는 험악하던가요?"

나츠메가 묻자 여자가 손을 내저었다.

"전혀요. 항상 고맙다면서 할머니가 연신 고개를 숙이며 그 남자를 배웅하고 있었어요."

"마지막으로 하나만 더 여쭙겠습니다. 노사카 씨와 기초생활보장에 대해 이야기한 적이 있으신가요?"

"기초생활보장이요?"

갑자기 화제가 전환되어 어리둥절한 눈치였지만 여자는

금방 기억이 났다는 듯 고개를 끄덕였다.

"제가 한 번 말씀드린 적은 있어요. 가끔 마트에서 마주칠 때가 있는데 장바구니를 보면 대충 상대방이 뭘 먹고 사는지 감이 오잖아요. 할머니가 너무 변변찮게 드시는 것 같길래 기초생활보장 수급자 신청을 하는 게 어떻겠냐고 했죠. 그랬더니 더 이상 남에게 피해를 줄 수는 없다고 하시더라고요."

"더 이상이라니요?" 나츠메가 물었다.

"글쎄요, 저도 무슨 뜻인지는 잘 모르겠네요. 아무래도 옛날 분이니까 그렇게 생각하시는 게 아닐까요?"

"더 생각나는 게 있으시면 언제든지 연락주시기 바랍니다. 시간 내주셔서 감사합니다."

료코는 나츠메와 함께 여자에게 인사하고 계단으로 향했다.

은행에 가서 노사카의 예금을 확인해 보니 연금이 들어오는 계좌에 50만 엔이 그대로 남아 있었다.

"히구치 씨가 돈을 훔쳐서 밀친 건 아니었나 보네요." 나츠메가 안심한 듯 말했다.

"그렇다면 역시 치매 때문에 그런 짓을 한 걸까요?"

은행에서 나오는데 눈앞을 지나가는 사람을 보고 나츠

메가 깜짝 놀라 걸음을 멈췄다.

"유우마?"

나츠메가 말을 걸자 야구모자를 눌러쓴 고등학생쯤 되어 보이는 소년이 이쪽으로 고개를 돌렸다. 나츠메는 반가워하며 소년에게 다가가 몇 마디 나누더니 "그럼 잘 지내라." 하고 어깨를 두드려주고는 료코가 있는 곳으로 돌아왔다.

"누구예요?" 료코가 물었다.

"친구요."

두 사람이 다시 걸음을 옮기려는데 뒤에서 "나츠메 형사님." 하고 부르는 소리가 들렸다.

뒤를 돌아보자 아까 그 소년이 가만히 서서 이쪽을 바라보고 있었다. 눈빛이 어두웠다.

"그때… 그때 일로 얘기를 좀 하고 싶은데요."

주저하며 말을 꺼내는 소년을 보고 나츠메가 료코에게 양해를 구했다.

"잠깐만 기다려주실래요?"

료코가 고개를 끄덕이자 나츠메가 소년 쪽으로 뛰어갔다.

멀어서 무슨 이야기를 하는지는 들리지 않았지만, 소년이 무언가 계속 이야기를 하고 나츠메는 고개를 끄덕이며 열심히 들어주고 있었다. 이윽고 이야기가 끝났는지 나츠메는 다시 소년의 어깨를 두드려주고 손을 흔들며 소년을 배웅했다. 그리고는 한결 홀가분해진 표정으로 돌아왔다.

"무슨 얘기였나요?"

"비밀입니다. 아까까지 무슨 얘기를 하고 있었죠?"

"노사카 씨가 치매 때문에 그런 짓을 한 걸까 하는 얘기요."

"물론 그럴 가능성도 있다고 봅니다. 노사카 씨 본인도 왜 그랬는지 기억을 못 할 정도니까요. 다만…" 나츠메가 말끝을 흐렸다.

"다만 뭐요?"

"치매라고 하더라도 아무 이유도 없이 남을 해치려고 들지는 않을 것 같아서요. 사람이 어떤 행동을 하는 데는 그럴 만한 이유가 있지 않을까요? 설사 그게 남들은 이해하기 어려운 이유라 하더라도 말이지요."

"그런 이유가 뭐가 있을까요?"

"그건 저도 아직 잘 모르겠습니다." 나츠메가 고개를 천천히 저었다.

"이제 어떻게 할까요?"

"구청에 가서 노사카 씨의 예전 주소를 알아보도록 하지요. 그쪽 동네에서 뭔가 단서가 될 만한 정보를 얻을 수도 있으니까요."

경찰서로 돌아온 료코는 곧바로 컴퓨터 데이터베이스에 접속했다.

5년 전 발생한 사건과 관련된 정보를 나츠메와 함께 살펴보았다.

노사카가 예전에 살던 집을 찾아가 근처 주민들에게 물어본 결과, 노사카의 아들이 5년 전 사람을 죽이고 체포되었다는 사실을 알게 되었다.

아마도 그것 때문에 원래 살던 집을 떠나 이사를 하게 된 것이리라.

사건 당시 쉰셋이었던 아들 마코토는 광고 회사를 경영하고 있었다. 친구에게 미공개 주식 정보를 듣고 거액을 출자했지만, 그 정보가 사기였다는 사실이 밝혀지면서 회사는 도산하고 마코토 본인도 개인파산했다. 아내와 헤어지고 아이들과도 떨어져 살게 된 마코토는 모든 일의 원흉인 친구를 찾아가 흉기로 잔인하게 살해했다. 법원에서는 마코토에게 징역 23년을 선고했다.

노사카 부부는 그때까지 살고 있던 미나미오츠카의 주택을 처분하고 조시가야에 있는 아파트로 이사했다.

"집 판 돈을 아들 변호사 비용으로 쓴 걸까요?" 료코가 나츠메에게 물었다.

집을 처분했다면 상당한 규모의 현금이 들어왔을 터였다.

"변호사 비용이 그렇게까지 들지는 않을 것 같은데요. 그 돈을 어디 썼는지는 모르겠지만 노사카 씨가 기초생활보장 수급자 신청을 꺼리는 이유는 알겠네요."

"더 이상 남에게 피해를 줄 수는 없다는 게 그런 의미였군요."

료코가 말하자 나츠메가 고개를 끄덕였다.

"노사카 씨 부부는 아들이 저지른 살인사건 때문에 많이 힘들었을 겁니다. 친척이나 이혼한 며느리에게 도움을 청하기도 어려웠겠지요."

"게다가 만약 살인범 가족이 기초생활보장 급여를 받는다는 사실이 주위에 알려지면 무슨 험한 말을 들을지 모르고요."

"그럼 다녀오겠습니다, 계장님."

갑자기 들려온 소리에 료코가 문 쪽을 쳐다보았다.

후쿠모리가 문밖에 서 있었다. 바로 옆에 휠체어에 앉은 노사카가 보였다.

"어디로 데려가는 건가요?" 료코가 물었다.

"지검으로 갈 거야. 이 사건은 검찰에 넘기기로 했거든. 우리들 경찰이 할 일은 여기까지라는 거지."

3

"피의자가 범행을 자백했다."

후쿠모리의 말에 료코는 고개를 들었다.

"정말로요?"

"히구치를 계단에서 밀친 사실은 인정했다고 방금 키요마사 검사에게 연락이 왔어."

담당 검사가 키요마사인 건가. 범행 사실을 자백하게 만든 것은 대단한 일이지만 그다지 기억하고 싶은 얼굴은 아니었다.

"범행 동기에 대해서는 뭐라고 설명하던가요?" 옆자리에 앉아 있던 나츠메가 물었다.

"그건 아직 모른다던데. 진술 내용이 엉망진창이긴 한데 가끔 증상이 가벼운 날도 있는 모양이더라고. 구청에 가려고 함께 집을 나선 히구치 씨가 피의자에게 업히라고 쪼그려 앉은 틈을 노려 그대로 뒤에서 밀어버렸대. 검찰에서 오늘 한 번 더 이야기를 들어 보고 앞으로 어떻게 할지 결정할 것 같더라고."

나츠메가 고개를 떨구고 조그맣게 한숨을 내쉬었다.

"신경 쓰여?"

후쿠모리의 말에 나츠메가 고개를 들었다.

"네. 이제 우리 일은 아닐지도 모르겠지만 노사카 씨에 대해 아직 더 알아봐야 할 부분이 남은 것 같아서요."

"뭐 오늘은 딱히 바쁜 일도 없긴 하지. 그렇죠, 계장님?"

후쿠모리가 키쿠치 계장의 동의를 구하자 키쿠치가 못마땅하다는 듯 얼굴을 찌푸렸다.

"이런 날 서류 작업을 안 하면 언제 하겠다는 거야?"

"야근하면 되죠. 안 그래?"

후쿠모리가 나츠메를 쿡 찌르자 나츠메가 슬며시 웃으며 고개를 끄덕였다.

"좋아, 내가 졌다. 단 오늘만이야. 그리고 사건이 발생하면 즉시 튀어오도록 해."

키쿠치의 말이 다 끝나기도 전에 료코와 나츠메는 자리에서 일어나 문을 나섰다.

토야마 에츠코와 같은 아파트에 사는 주민이 알려준 세탁소는 상점가 안쪽에 위치해 있었다.

가게에 들어서자 문 열리는 소리를 듣고 50대 정도 되어 보이는 빼빼 마른 여자가 "어서 오세요." 하며 맞아주었다.

"토야마 에츠코 씨 계신가요?" 나츠메가 물었다.

"전데요?"

여자가 경계하는 듯한 눈빛으로 조심스럽게 답했다. 갑자기 모르는 사람이 들어와서 자기를 찾으니 그럴 만도 했다.

"히가시이케부쿠로 경찰서에서 나왔습니다. 노사카 치즈코 씨 일로 몇 가지 여쭤볼 것이 있는데요."

"경찰이 어머님에 대해서요?" 에츠코가 영문을 모르겠다는 얼굴로 되물었다.

"일 끝나고 잠깐 시간 좀 내주실 수 있을까요?"

"오늘은 저녁 8시에 끝나요. 이 시간대에는 저 혼자 일하고 손님도 없으니 지금 여기서 말씀하셔도 돼요. 대체 무슨 일인가요?"

"실은 나흘 전에 노사카 씨가 상해 혐의로 경찰에 체포되었습니다."

나츠메의 말에 에츠코가 깜짝 놀라 입을 다물지 못했다.

"상해라니요? 어머님 연세가 이제 아흔인데…"

"자신을 담당하던 사회복지사를 계단에서 밀었습니다. 피해자는 현재까지 의식이 돌아오지 않고 있습니다. 노사카 씨는 자기가 밀었다는 사실은 인정했지만 치매다 보니 왜 그랬는지까지는 기억하지 못하는 상황입니다. 에츠코 씨라면 혹시 뭔가 알고 계실까 해서 찾아왔습니다."

"요 몇 년 뵌 적도 없는걸요. 치매에 걸리셨다는 것도 지금 처음 들었어요."

"마지막으로 만난 건 언제였나요?"

나츠메가 물었지만, 에츠코는 대답을 망설이며 좀처럼 입을 열지 않았다.

"마코토 씨 사건 이후에 만난 적이 있으신가요?"

나츠메가 다시 묻자 에츠코가 알고 있었느냐는 듯한 눈빛으로 두 사람을 쳐다보고는 작게 끄덕였다.

"그 사람 재판 때 법원에서 본 게 마지막이었어요."

"마코토 씨 아버지가 돌아가신 건 알고 계신가요?"

"네. 어머님이 편지를 보내셨거든요. 그 사람 일이 있다 보니 아버님 장례식은 따로 치르지 않았다고 했어요. 연락이 늦어 미안하다고도 하셨고요."

"그것 말고 연락을 주고받은 적은 없나요?"

나츠메가 묻자 에츠코가 애매한 표정으로 고개를 끄덕였다.

"재판이 진행되는 과정에서 좀 문제가 있어서요. 그때 이후로는 뵌 적이 없어요."

"문제라니요?"

"저는 두 분과 함께 그 사람 재판을 방청하러 다녔어요. 사건을 일으키게 되기까지 그 사람이 얼마나 힘들었는지 이해해줄 수 있는 사람은 가족밖에 없다고 생각했으니까요. 사기를 당하기 전까지 저희 네 식구는 정말 행복하게 잘 살고 있었거든요. 그 생활이 사기꾼 때문에 한순간에 무너져버렸죠. 물론 그이가 한 일이 용서받지 못할 짓이라는 건 알아요. 하지만 애초에 사기를 친 사람이 잘못한 거 아닌가요? 그런데도 두 분은 정상참작을 요구하기는커녕 오히려 검찰 쪽 증인으로 나오셨어요." 에츠코가 분하다는 듯 입술을 깨물었다.

"뭐라고 증언하시던가요?"

"몰라요. 두 분이 증인으로 나온다는 사실을 알고 바로 자리에서 일어나 나와버렸으니까요."

"노사카 씨는 미나미오츠카에 있는 집을 판 것 같던데 그 돈은 변호사 비용으로 쓴 걸까요?"

나츠메의 질문에 에츠코가 굳은 표정으로 고개를 저었다.

"그 사람은 국선변호였어요. 돈은 다 피해자 유족에게 줬을 거예요. 집뿐만 아니라 가재도구도 다 팔았다고 들었어요."

"마코토 씨와 편지를 주고받는다든지 면회를 간다든지 하는 일은 없었나요?"

"어머님이랑은 전혀 없었을 거예요. 저는 그이가 교도소에 들어간 후 처음 1년 정도는 면회를 다녔어요. 하지만 그이가 먼저 저나 아이들에게 좋을 게 없으니 자기는 이제 잊어달라고 했어요."

"마지막으로 하나만 더 여쭙겠습니다. 미나미오츠카에 있는 마코토 씨 본가에는 가 본 적이 있으신가요?"

에츠코가 고개를 끄덕였다.

"커다란 오동나무 서랍장도 보셨나요?"

나츠메가 묻자 에츠코가 고개를 갸웃거렸다.

"그런 건 못 봤는데요."

검찰청 건물에 들어간 료코와 나츠메는 곧바로 접수데스크로 향했다.

"히가시이케부쿠로 경찰서에서 온 나츠메 형사입니다. 키요마사 검사님을 뵐 수 있을까요?"

안내 직원이 어딘가로 전화를 걸었다. 상대방과 몇 마디 나누더니 전화를 끊고는 "금방 올 겁니다. 잠시만 기다려 주세요." 하고 대답했다.

잠시 후, 키요마사 검사와 함께 일하는 사사모토 사무관이 나타났다.

"갑자기 찾아와 죄송합니다. 노사카 치즈코 씨 사건과 관련해서 몇 가지 여쭤보고 싶은 것이 있습니다만, 검사님 좀 뵐 수 있을까요?"

"마침 점심시간이라 잠깐이라면 괜찮습니다. 이리로 오시죠."

사사모토가 온화한 미소를 지으며 두 사람을 엘리베이터로 안내했다.

엘리베이터에서 내려 복도를 걸어갔다. 사사모토가 걸음을 멈추고 문을 열었다. 방에 들어서자 정면에 놓인 책상 앞에 앉아 있던 키요마사가 고개를 들었다.

"바쁘신데 시간 내주셔서 감사합니다." 나츠메가 키요마사에게 다가가며 인사했다.

"정말이지 약속 없이 찾아오는 걸 좋아하시는군요."

키요마사가 쓴웃음을 지으며 책상 앞에 놓인 접이식 의자를 가리켰다.

"죄송합니다."

나츠메와 함께 의자에 앉자 사사모토가 두 사람 앞에 커피를 내왔다.

"노사카 치즈코 씨 일로 이야기할 게 있으시다고요?"

"범행을 자백했다고 들었습니다만, 범행 동기는 밝혀졌나요?"

나츠메가 묻자 키요마사가 고개를 저었다.

"아직입니다. 하지만 성심성의껏 자신을 돌봐준 히구치 씨에게 상해를 입혔다는 사실은 제대로 인지하고 있습니다. 울면서 진심으로 후회한다고 말하더군요. 악의가 있어서 그런 것 같지는 않습니다."

"혹시 노사카 씨 아들 사건도 키요마사 검사님이 담당하셨나요?"

"그렇습니다만."

"노사카 씨 부부는 검찰 측 증인으로 나왔다고 들었습니다. 두 사람이 법정에서 무슨 말을 했는지 기억하시나요?"

"그게 이번 사건과 관계가 있나요? 뭐 두 사람 모두 증언한 내용은 비슷합니다. 네가 한 짓은 변명의 여지가 없다. 그로 인해 얼마나 많은 사람들이 괴로워하고 있는지 아느냐. 피해자에게도 아내와 자식이 있었다. 너는 그 사람들에게 무엇과도 바꿀 수 없는 소중한 가족의 목숨을 빼앗은 거다. 네가 저지른 죄의 무게를 죽는 순간까지 잊지 말고 회개하도록 해라. 대충 이런 내용이었습니다."

5년 전 일을 마치 어제 일처럼 막힘없이 대답하는 키요마사를 보며 료코는 그가 비상한 기억력의 소유자라는 사실을 다시 한번 떠올렸다.

"그게 이번 사건의 동기와 관련이 있다고 보시는 건가요?"

키요마사가 질문의 진의가 궁금하다는 듯 묻자 나츠메

가 애매하게 고개를 저었다.

"잘 모르겠습니다."

평소와 다르게 자신 없어 하는 표정이었다.

"여기서 아무리 더 사건을 조사한다고 한들 결과는 바뀌지 않을 겁니다."

"불기소라는 건가요?"

나츠메의 말에 키요마사가 고개를 끄덕였다.

"노사카 씨가 치매가 아니라는 증거가 발견되지 않는 이상 불기소 처분이 내려질 겁니다."

"그 후에는 어떻게 되나요?" 료코가 물었다.

"정신병원에 들어가게 되겠죠. 노사카 씨 나이나 건강 상태를 생각했을 때 아마도 거기가 노사카 씨의 마지막 거처가 되지 않을까 싶습니다."

"말씀 감사합니다."

나츠메가 자리에서 일어서는 것을 보고 료코도 따라서 일어났다.

"시간 괜찮으시면 드시고 가시죠."

키요마사가 두 사람 앞에 놓인 커피를 권하며 일어섰다. 그대로 방 안에 있는 냉장고 쪽으로 가서 문을 열었다.

"그럼 사양하지 않고 감사히 마시겠습니다."

나츠메가 다시 의자에 앉아 커피잔을 들어 올리는데 옆

에서 진동이 울렸다.

"제 핸드폰이네요."

나츠메가 양복 윗주머니에서 핸드폰을 꺼내 들었다. 상대방과 잠시 이야기를 나누더니 전화를 끊고 료코를 향해 미소를 지어 보였다.

"히구치 씨 의식이 돌아왔다네요."

"정말이요?" 료코는 안도의 한숨을 내쉬었다.

"그거 정말 다행이네요."

옆에서 들려온 목소리에 료코는 고개를 돌렸다. 키요마사가 선 채로 젤리 음료를 마시고 있었다.

"설마 그게 점심인가요?" 나츠메가 물었다.

"네. 10분 후에 다음 조사가 시작되거든요."

"식사 시간을 뺏어서 죄송합니다."

"늘 이러니 신경 안 쓰셔도 됩니다."

나츠메가 가방 안에서 종이봉투를 꺼냈다.

"괜찮다면 이것 좀 드셔 보시겠습니까?"

나츠메가 종이봉투에 든 빵을 꺼내 키요마사의 책상 위에 하나씩 내려놓았다.

"참치 감자빵, 치킨 토마토 치즈빵 등등 이것저것 있습니다. 아내가 만든 거라 맛은 보장할 수 없지만요."

키요마사와 사사모토가 책상 앞으로 다가와 빵을 구경

했다.

"그럼 사양하지 않고 감사히 먹겠습니다." 키요마사가 빵 하나를 집어 들어 사사모토에게 건넸다.

병실 문을 노크하자 "네." 하고 여자 목소리가 들렸다.

문을 열자 하세가와 소장이 서 있었다.

"의사 선생님께 히구치 씨 의식이 돌아왔다는 연락을 받고 왔습니다. 히구치 씨와 이야기를 할 수 있을까요?"

료코는 환자 침대 쪽을 쳐다보았다. 머리에 붕대를 감은 히구치가 이쪽을 보고 있었다.

"히가시이케부쿠로 경찰서에서 온 형사님들이셔."

하세가와의 말에 히구치가 살짝 고개를 끄덕였다.

"들어오세요."

병실로 들어가자 하세가와가 침대 옆에 접이식 의자를 하나 더 가져다주었다.

"잠깐 나갔다 올게." 하세가와가 히구치에게 말하고 병실을 나갔다.

문이 닫히자 료코와 나츠메는 접이식 의자에 앉았다.

"의식이 돌아오셔서 정말 다행입니다." 나츠메가 히구치에게 말했다.

"그러게요. 재활 훈련도 해야 하고 직장에 복귀할 때까지는 시간이 좀 걸리겠지만 의사 선생님 말로는 심각한 후유증이 남거나 하지는 않을 거라네요. 노사카 씨한테도 안심하라고 전해주세요."

"노사카 씨가 원망스럽지 않으세요?"

예상치 못한 히구치의 말에 료코가 저도 모르게 되물었다.

"조금도 원망하지 않는다고 하면 거짓말이겠지요. 하지만 형사님들처럼 저도 저 나름의 각오와 자부심을 가지고 이 일을 하고 있습니다. 이번 사건으로 일을 그만두고 싶다고 생각하지는 않습니다."

"노사카 씨는 히구치 씨에게 한 일을 무겁게 받아들이고 있습니다." 나츠메가 말했다.

"그런가요."

"사건 당시 상황을 기억하시나요?"

나츠메가 묻자 히구치가 고개를 끄덕였다.

"군데군데 기억나지 않는 부분도 있지만 대충 다 기억하고 있습니다."

"그럼 그날 노사카 씨 댁을 찾아간 후 무슨 일이 있었는지 말씀해주시겠습니까?"

"그날 저는 노사카 씨를 한 번 더 설득해 보려고 댁으로 찾아갔습니다."

"한 번 더라니요?"

"그 전날, 노사카 씨와 함께 사이타마에 있는 요양시설을 견학하고 왔는데 돌아오는 길에 거긴 들어가고 싶지 않다고 하셨거든요."

"이유는요?"

"모르겠습니다. 그냥 싫다고만 하셨어요."

"노사카 씨는 본인 사정에 비추어 봤을 때 기초생활보장 수급자가 되는 것이 부담스러웠던 것 같습니다."

"그랬을지도요. 하지만 시설을 방문하러 가는 길에 저 나름대로 열심히 설득해서 노사카 씨도 마음을 바꾼 것 같았거든요. 수급자 신청도 하고 아파트를 나와서 시설로 들어가는 방향으로요."

"그렇다면 시설 자체가 마음에 안 든 걸까요?"

"아마도요. 노사카 씨를 다시 댁에 모셔다드리고 하룻밤 고민해 봤지만 역시 사이타마에 있는 요양시설로 옮기는 것이 노사카 씨에게 가장 좋다는 결론을 내렸습니다. 그래서 다음 날, 이번에는 반드시 노사카 씨를 설득해서 시설에 들어가겠다는 확답을 받아 내고야 말겠다고 다짐하며 노사카 씨 댁을 방문했습니다."

"하지만 노사카 씨는 여전히 싫다고 고집을 피우셨고요?"

나츠메의 말에 히구치가 고개를 끄덕였다.

"저는 어떻게 해서든지 설득해 보려고 노력했지만 노사카 씨는 받아들이지 않으셨습니다. 부군의 영정사진을 바라보며 죽을 때까지 여기서 살 거니까 내버려 두라고 하시더군요. 저도 좀 심했던 것 같기는 합니다. 노사카 씨 손을 억지로 잡아끌고 집 밖으로 모시고 나왔거든요. 집 안 상태나 노사카 씨 건강을 생각하면 그 집에서 계속 지내는 것이 결코 노사카 씨에게 좋을 리가 없었으니까요. 지금은 괜한 고집을 부리는 것뿐이고, 나중이 되면 이 선택이 옳았다고 제게 고마워할 거라고 생각했습니다. 열쇠로 현관문을 잠근 다음 노사카 씨를 업고 내려가려고 계단 앞에 쭈그리고 앉았는데…"

"절대 안 된다고 소리를 지르며 노사카 씨가 뒤에서 밀친 거군요."

"그렇습니다." 히구치가 복잡한 표정으로 고개를 끄덕였다.

"혹시 그때 방문했던 요양시설의 팸플릿 갖고 계신가요?"

나츠메가 묻자 히구치가 선반 쪽을 가리켰다.

"저 선반에 놓인 가방 안에 들어있습니다."

"제가 좀 봐도 될까요?"

"네, 그러시죠. '선마크 사야마'라는 시설입니다."

나츠메가 의자에서 일어나 선반 앞으로 걸어갔다. 가방에서 팸플릿을 꺼내 의자로 돌아와 펼쳐 들었다.

옆에 앉아 있던 료코도 함께 팸플릿을 들여다보았다.

종이에 적혀 있는 대로라면 상당히 쾌적해 보이는 시설이었다. 방 하나가 두 평 남짓 되는 크기로 넓지는 않았지만, 침대 외에 빌트인 가구와 TV 등도 갖추어져 있을 뿐아니라 몸에 이상이 생기면 버튼 하나로 관리인이나 의사를 부르면 된다고 적혀 있었다.

적어도 그 살풍경한 아파트에서 홀로 고독하게 지내는 것보다는 훨씬 나아 보였다.

"노사카 씨는 앞으로 어떻게 되는 건가요?"

히구치의 질문에 료코는 나츠메를 쳐다보았다.

"아마도 불기소 처분될 겁니다. 그 후에는 정신병원으로 옮겨질 가능성이 큽니다. 아마도 거기가…"

"모쪼록 편안하게 가셔야 할 텐데요." 히구치가 나직한 목소리로 중얼거렸다.

"히구치 씨는 노사카 씨를 생각해서 한 일인데 결과가 이렇게 돼서 안타깝네요."

병실을 나와 료코가 착잡한 심정으로 입을 열었다.

노사카 입장에서는 신뢰하던 사람을 다치게 하면서까지 그 집에 머무르고 싶어 했는데 결과적으로는 두 번 다시 돌아가지 못하게 된 셈이었다.

"노사카 씨는 왜 그 아파트에 집착한 걸까요?" 료코는 나츠메에게 물었다.

"잘은 모르겠지만 애착 같은 게 아닐까요?"

"역시 나츠메 형사님도 그렇게 생각하시나요? 저도 히구치 씨 이야기를 듣고 경찰서에서 노사카 씨가 한 말이 생각났거든요."

"'그러니까 조금이라도 더 함께 있어야 해'라고 했던가요?"

"네."

히구치의 설명을 듣고 있던 노사카는 남편의 영정사진 쪽을 돌아보며 이 집을 떠나지 않겠다고 고집을 피웠다고 했다.

"하지만 남편분 유골함이나 영정사진 정도는 얼마든지 새 거처로 가져갈 수 있었을 텐데 말이지요." 나츠메가 이해가 가지 않는다는 투로 중얼거렸다.

"추억이겠죠. 노사카 씨는 그곳에서 남편분과의 추억을 곱씹으며 여생을 보내고 싶었던 게 아닐까요?"

손목시계를 확인하자 벌써 오후 다섯 시였다.

"슬슬 경찰서로 돌아가야겠는데요."

료코가 말하자 나츠메가 이쪽을 돌아보았다.

"마지막으로 사이타마에 있다는 요양시설에 한번 가볼까요?"

선마크 사야마는 사야마시역에서 걸어서 10분 정도 걸리는 위치에 있었다. 2층짜리 건물 앞에는 가족들이 언제든지 만나러 올 수 있도록 넓은 주차장이 마련되어 있었다.

건물 안에 들어가자 현관 양 옆으로 커다란 신발장이 있었다. 료코와 나츠메는 신발을 벗어 손님용 슬리퍼로 바꿔 신고 바로 앞에 있는 접수데스크로 향했다.

"실례합니다."

나츠메가 인사하자 안쪽에서 시설 유니폼을 입은 여자 직원이 나왔다.

"예약도 안 하고 갑자기 찾아와서 죄송합니다만 안을 좀 둘러볼 수 있을까요?"

나츠메가 양해를 구하자 직원이 "네, 그럼요." 하고 고개를 끄덕였다.

직원의 안내를 받으며 시설 내부를 둘러보았다. 1층에 있는 커다란 식당과 휴게실에서는 입소자들이 TV를 보거나 이야기를 나누고 있었다.

개인실에는 욕조가 없지만, 대신 1층에 대욕탕이 마련되어 있었다. 혼자서 거동이 어려운 입소자는 목욕할 때 직원이 옆에서 도와준다고 했다.

1층을 대충 둘러본 후, 개인실이 있는 2층으로 향했다.

"어떤가요?" 나츠메가 료코에게 의견을 물었다.

시설에 대한 전반적인 인상이 어떤지 궁금한 듯했다.

"이 정도라면 쾌적하게 생활할 수 있을 것 같은데요." 료코가 대답했다.

"어느 쪽 부모님이 입소하실 예정인가요?" 직원이 물었다. 아무래도 나츠메와 료코를 부부라고 오해한 모양이었다. 료코는 "아, 그게…." 하며 적당히 얼버무렸다.

직원이 개인실 문을 열고 두 사람을 안으로 안내했다.

두 평 남짓한 방은 침대 때문에 여유 공간이 거의 없어 직원은 들어오지 않고 밖에서 기다렸다.

료코는 방 안을 둘러보았다. 좁고 답답하긴 했지만, 침대 맞은편 벽에 빌트인 가구와 TV가 설치되어 있는 등 상당히 기능적으로 설계된 공간이었다.

"이 정도면 잠만 자는 공간으로는 충분하지 않을까요?"

나츠메가 고개를 끄덕이며 료코의 의견에 동감을 표했다.

잠시 방 안을 둘러보던 나츠메가 퍼뜩 생각났다는 듯 료코를 돌아보았다.

　"서랍장…" 나츠메가 나지막한 목소리로 중얼거렸다.

　"서랍장이요?"

　"노사카 씨 집에 다시 가 봐야겠습니다." 낯빛이 변한 나츠메가 서둘러 방에서 나갔다.

4

병원 복도를 걸어가니 병실 앞 의자에 앉아 있던 남자가 나츠메와 료코를 보고 자리에서 일어났다.

"히가시이케부쿠로 경찰서 나츠메 형사입니다."

양복을 입은 남자 앞에서 걸음을 멈춘 나츠메가 인사를 건넸다.

"도쿄지검 카미야마입니다. 말씀 많이 들었습니다."

"오늘은 무리한 부탁을 드려 죄송합니다." 나츠메가 고개를 숙였다.

"아닙니다, 그리 번거로운 일도 아닌걸요." 카미야마가 병실 문을 열었다.

병실로 들어가자 침대에서 일어나 앉아 있던 노사카가 깜짝 놀라 이쪽을 쳐다보았다.

"이제 이동할 겁니다."

카미야마의 말에 노사카의 얼굴빛이 사나워졌다.

"나를 어디로 데려가려는 게야! 어서 집으로 보내줘! 어서!"

노사카는 버럭 역정을 내며 침대 옆 탁자에 놓여 있던 플라스틱 컵을 집어 들어 던졌다. 하지만 컵은 이쪽까지 날아오지 못하고 바닥에 힘없이 떨어졌다.

"간호사 말에 따르면 화를 내는 일이 많아졌고 폭력적인 성향도 강해졌다고 합니다." 카미야마가 나츠메와 료코에게만 들릴 정도로 작은 목소리로 속삭였다.

"노사카 씨, 이제 집에 가실 거예요. 그러니까 화내지 마세요." 나츠메가 침대 쪽으로 다가서며 부드러운 말투로 다독였다.

"정말?"

미소 띤 얼굴로 고개를 끄덕이는 나츠메를 보고 노사카는 이내 표정을 풀더니 안도의 한숨을 내쉬었다.

나중에 정신병원으로 보내야 한다는 사실을 생각하면 노사카의 안심한 얼굴을 똑바로 쳐다볼 수가 없었다.

어제 나츠메는 키요마사 검사를 찾아가 한 가지 부탁을 했다. 노사카를 정신병원으로 옮기기 전에 원래 살던 집에 잠깐 데려가고 싶다는 것이었다. 키요마사는 의아한 표정을 지었지만 자기 부하가 동석한다는 조건하에 나츠메의 부탁을 받아들였다.

노사카를 휠체어에 태우고 병원을 나와 차로 향했다.

나츠메가 노사카를 부축해 차에 태웠다. 나츠메와 노사카는 뒷좌석에 타고, 료코가 조수석에 앉자 카미야마가 운전대를 잡고 출발했다.

노사카의 아파트로 향하는 차 안에는 정적이 흘렀다.

조시가야가 가까워지자 노사카가 문 쪽으로 바짝 붙어 앉았다. 이마를 창문에 들이대고 바깥 풍경을 열심히 내다보았다.

자기가 살던 동네를 기억하는 건지, 아니면 기억해 내려고 애쓰는 건지 료코로서는 알 길이 없었다.

아파트 앞에서 차를 멈추고 맨 먼저 나츠메가 내렸다. 노사카를 부축해서 차에서 내리도록 한 뒤, 등을 보이고 쪼그려 앉았다.

나츠메가 노사카를 업고 아파트 계단을 오르기 시작했다.

"도주의 우려는 없어 보이니 저는 여기서 기다리겠습니다."

카미야마의 말에 나츠메가 뒤를 돌아보았다.

"감사합니다."

"키요마사 검사님 지시니까요. 맛있는 빵을 먹게 해준 답례라고 하셨습니다. 형사님께서 뭘 하려는 건지 궁금해 하시는 것 같기는 했습니다만."

"일이 끝나면 보고드리러 가겠습니다."

나츠메는 말을 마치고 다시 계단을 올랐다. 료코도 뒤따라갔다. 3층에 도착해 료코가 열쇠를 꺼내 문을 열었다.

나츠메에게 업힌 노사카의 신발을 벗겨 현관에 내려놓고, 나츠메의 구두끈도 풀어주었다.

나츠메는 구두를 벗고 노사카를 업은 채 안쪽에 있는 방으로 향했다. 노사카를 방바닥에 내리고 좌식 의자에 앉을 수 있도록 도와주었다.

나츠메가 노사카 맞은편에 책상다리를 하고 앉았다. 료코는 일어선 채로 두 사람을 가만히 내려다보았다.

"데려다줘서 고맙네. 이제 돌아가게나." 노사카가 말했다.

"아직 돌아갈 수는 없습니다. 노사카 씨께 드릴 말씀이 있거든요."

"할 말이 있다고?" 노사카가 의심에 찬 눈빛으로 나츠메를 노려보았다.

"히구치 씨가 의식이 돌아왔습니다. 히구치 씨 기억하시죠?"

"아…." 노사카가 침통한 표정으로 입술을 꼭 깨물고 고개를 숙였다.

"의사가 후유증은 없을 거라고 하니 노사카 씨도 안심하시라고 전해달라더군요. 다만 히구치 씨로서는 노사카 씨가 왜 자기를 밀었는지 그 이유를 알 수 없어서 마음에 걸린다고 했어요. 노사카 씨를 생각해서 가장 좋은 방법을 권해드린 건데 왜 그렇게 싫어하시는지 모르겠다고요."

"이유는 나도 잘 모르겠어. 남들한테 피해를 줄 바에는 차라리 지금 여기서 그냥 죽어버렸으면 좋겠구먼."

"저희가 그 이유를 찾았습니다."

나츠메의 말에 노사카가 깜짝 놀라 고개를 들었다.

"알고 싶으세요?"

노사카가 간절한 눈빛으로 나츠메를 쳐다보았다.

"노사카 씨가 천수를 다할 때까지 열심히 살아 보겠다고 약속해주시면 알려드릴게요."

그 말이 의미하는 바를 곰곰이 헤아려 보고 있는지 노사카는 나츠메에게 시선을 고정한 채 잠시 동안 아무런 반응을 보이지 않았다. 이윽고 노사카가 천천히 고개를 끄덕였다.

"노사카 씨는 여기서 인생의 마지막 순간을 맞이하고 싶다고 생각하신 겁니다. 이 오동나무 서랍장이 있는 장소에서요."

나츠메가 손으로 서랍장을 가리키자 노사카의 시선이 따라 움직였다.

"어제 아드님을 만나고 왔습니다."

노사카가 눈을 크게 떴다.

료코는 노사카가 아직 아들을 기억하고 있어서 다행이

라고 생각했다.

"마코토 씨는 자신이 지은 죄를 뉘우치고 피해자와 유족에게 사죄하는 마음으로 성실하게 형을 살고 있습니다. 건강도 나쁘지 않다고 하니 안심하셔도 됩니다."

"내게 아들 따윈 없어." 노사카가 거칠게 내뱉었다.

"마코토 씨한테 보낸 편지에도 그렇게 적으셨다고 들었습니다. 이 집에는 마코토 씨가 감옥에서 보내온 편지는 하나도 보이지 않던데 전부 버리셨나요?"

노사카는 아무 말도 하지 않았다.

"혹시 기억 못 하실 수도 있으니 마코토 씨에게 들은 이야기를 토대로 다시 말씀드리겠습니다. 마코토 씨는 노사카 씨에게 보낸 편지에 피해자와 유족들, 그리고 어머니 아버지께 죄송하다고 썼습니다. 자기가 한 짓은 결코 용서받지 못할 일이며, 아마도 노사카 씨가 살아 있는 동안 교도소를 나가지는 못할 거라고요. 그리고 속죄라는 말을 입에 올리기도 조심스럽고, 앞으로 어떻게 살아가야 할지 생각하면 눈앞이 깜깜해지기도 하지만 어떻게든 열심히 살아보겠다고 적었습니다."

나츠메의 말을 듣고 있던 노사카의 입술이 부들부들 떨렸다.

"기억하시지요? 노사카 씨는 아까 말한 것처럼 마코토

씨에게 너는 이제 내 아들이 아니라는 편지를 써서 보냈습니다. 그 편지에 대해 마코토 씨는 자기도 두 분을 부모로 생각하지 않도록 노력하겠다고, 다만 두 분이 남은 생을 평안하게 보내시기를 진심으로 바란다고 답장을 보냈고요. 또 지금은 피해자의 명복을 빌며 교도소 내에서 오동나무 서랍장 만드는 일을 하고 있다고도 썼습니다. 지금은 손잡이를 다는 것 정도밖에 못 하지만 앞으로 더 기술을 갈고 닦아 언젠가 피해자 유족을 위해 무언가를 만들 수 있게 되면 좋겠다고요."

가만히 노사카를 바라보던 나츠메가 오동나무 서랍장 쪽으로 시선을 돌렸다.

"실은 노사카 씨도 부군도 마코토 씨에게 격려의 말을 전하고 싶으셨던 것 아닌가요? 하지만 피해자나 유족을 생각하면 차마 그럴 수 없었겠지요. 두 분은 그 대신 마코토 씨의 손길이 닿은 이 오동나무 서랍장을 구입한 겁니다. 두 번 다시 만나지 않겠다고 전하고 연락도 끊는 대신 이 서랍장을 아들이라고 생각하기로 한 거죠. 수감자가 만든 제품을 판매하는 곳에 확인해보니 두 분은 치바 교도소에서 만드는 맞춤제작형 오동나무 서랍장을 주문하셨더군요. 마코토 씨가 수감 중인 교도소지요. 완성품이 집에 도착한 건 부군이 돌아가시기 며칠 전이었고요."

"그런, 그런 얘기는 듣고 싶지 않아. 마코토는 이제 없다고…" 노사카가 무릎 위에 올려놓은 두 손을 꽉 움켜쥐었다.

"손잡이가 닳은 정도를 보면 노사카 씨의 마음은 미루어 짐작할 수 있습니다. 아마도 노사카 씨는 마코토 씨가 작업한 부분을 매일같이 어루만지며 아들의 앞날에 희망이 함께하기를 기도하셨겠지요. 노사카 씨는 아드님이나 오동나무 서랍장에 대한 기억이 희미해져 가는 와중에도 마음속 어딘가에서는 여기 계속 머물러야만 한다고 생각한 것 아닌가요? 히구치 씨가 추천한 요양시설에는 이 오동나무 서랍장이 들어갈 공간은 없으니까요. 노사카 씨의 마지막 순간을 이 서랍장이 함께해주기를 바란 것인지, 아니면 당신 목숨이 다하는 그 순간까지 이 서랍장을 통해 아들에게 전하고 싶은 말이 있었던 건지는 잘 모르겠습니다만, 아무튼 노사카 씨는 마지막까지 이 서랍장과 같이 있어야 한다고 생각해서 히구치 씨에게 그런 짓까지 하게 된 겁니다. 그렇지 않나요?"

노사카는 몸을 웅크린 채 부들부들 떨고 있었다.

히구치가 입소를 제안했을 때, 노사카는 남편의 영정사진을 바라보며 죽을 때까지 여기서 살 거니까 내버려 두라고, 절대로 이 집에서 나가지 않겠다고 단호하게 거절했다.

본인은 의식하지 못했을지도 모르지만 어쩌면 그때 실제로는 사진이 들어있는 액자 유리에 반사된 오동나무 서랍장을 보고 있었던 것이 아닐까.

액자를 방바닥에 놓아둔 것은 죽은 남편에게도 아들의 분신을 보여주고 싶어서였을 것이다.

"지금부터 저희와 함께 아드님을 만나러 가지 않으시겠습니까?"

나츠메의 말에 노사카가 화들짝 놀라 고개를 들었다.

"아드님이 출소할 때 아마 노사카 씨는 이 세상에 없을 겁니다. 아들에게 앞으로 살아갈 힘을 주고 진정한 속죄가 무엇인지 가르쳐주는 것이 부모로서 마지막으로 해야 할 일 아닐까요?"

"마코토를… 마코토를 만나러 가도 되는 걸까요?" 노사카가 떨리는 목소리로 말했다.

"저는 그래야 한다고 생각합니다."

노사카의 눈에서 한 줄기 눈물이 흘러내렸다.

형사의 약속

1

"오늘은 바질 치즈빵이랑 참치 감자빵이야."

미나요가 테이블 위에 종이봉투를 내려놓았다.

"고마워."

나츠메 노부히토는 거실을 나서는 미나요에게 말했다.

다 먹은 식기를 들고 자리에서 일어나 싱크대로 가져가서 설거지를 했다. 종이봉투를 가방에 넣고 양복 재킷을 걸치니 방에서 외출 준비를 마친 미나요가 걸어 나왔다.

나츠메는 미나요에게 고개를 끄덕여 보이고는 거실을 나섰다.

현관으로 향하던 미나요가 이쪽을 돌아보길래 나츠메는 '주먹'을 냈다. 미나요는 '보'였다. 나츠메는 신발장 위에 놓인 접시에서 자동차 키를 집어 들고 신발을 신은 다음 집을 나섰다.

아파트 주차장에 도착해 운전석 문을 열고 차에 올라탔다. 조수석에 미나요가 앉는 것을 확인한 후 시동을 켜고 출발했다.

"그러고 보니 어제 요시자와한테 문자 메시지가 왔어. 류타가 목표로 하던 고등학교에 합격했다고."

"어머, 잘됐네."

미나요가 반색했다.

"축하 선물로 뭘 주면 좋을까?"

"그 또래 남자애들이 좋아할 만한 건 잘 모르겠으니까 당신이 골라줘."

"음."

나츠메는 잠시 고민해 보았지만 이렇다 할 만한 것이 떠오르지 않았다.

"요시자와한테 넌지시 물어볼게."

"류타가 벌써 그런 나이라니." 미나요가 믿기지 않는다는 투로 말했다.

"그럼. 에미랑 동갑이잖아."

아파트에서 5분 정도 달려 병원에 도착했다. 주차장에 차를 세우고 미나요와 함께 병실로 향했다. 병실 문을 열고 들어가 곧바로 침대 쪽으로 다가갔다.

"우리 딸, 잘 잤니?"

나츠메는 에미의 얼굴을 내려다보며 머리를 쓰다듬어주고는 침대 앞에 놓인 접이식 의자에 앉았다. 미나요와 함께 에미의 팔다리를 주물러 근육을 풀어주면서 잠시 가족끼리의 단란한 시간을 즐겼다.

"이제 슬슬 가 봐야 하지 않아?"

미나요 말에 나츠메는 벽에 걸린 시계를 쳐다보았다. 7시 반이었다.

주무르고 있던 손을 이불 속으로 다시 넣어주고 의자에서 일어나 다시 한번 머리를 쓰다듬은 다음 가방을 집어 들었다.

"다녀올게."

병실 문을 닫고 엘리베이터 쪽으로 걸어가는데 "여보!" 하고 다급하게 부르는 목소리가 들렸다.

"왜 그래?"

무슨 일인가 싶어 병실로 돌아가 문을 열었다. 침대 위에서 에미의 얼굴을 들여다보던 미나요가 고개를 돌렸다.

"지금 내가 부르는 소리에 에미가 반응했어."

그 말을 듣고 나츠메는 침대 쪽으로 황급히 달려갔다. 미나요를 밀치다시피 하며 에미에게 얼굴을 바짝 들이댔다.

"에미, 에미, 들리니? 아빠야, 들려?" 에미의 얼굴을 들여다보며 필사적으로 딸의 이름을 불렀다.

에미가 보일 듯 말 듯 고개를 끄덕이는 것 같았다.

"진짜 반응하는 것 같아."

나츠메는 아내를 돌아보며 연신 고개를 끄덕였다.

"이제 곧 눈을 뜰지도 모르겠다." 미나요가 젖은 눈으로 나츠메를 바라보았다.

"그러게."

"오늘은 큰 사건이 없으면 좋을 텐데."

"응."

항상 하는 생각이었지만 오늘은 특히 더 간절했다.

2

　담배를 피우며 문 쪽을 살피니 유리 너머로 그녀가 보였다.

　매장 안에 들어오자마자 그녀도 나를 발견했는지 곧바로 이쪽으로 걸어왔다.

　그녀가 내 자리로 오는 동안 홀에 있는 거의 모든 손님들의 시선이 그녀에게 쏠렸다.

　"생일 축하해."

　내가 맞은편에 앉은 그녀에게 말하자, 그녀는 무표정한 얼굴로 살짝 고개를 끄덕였다.

　홀 직원이 물을 가져다주었다.

　"따뜻한 우유 한 잔 주세요."

　그녀가 주문을 마치자, 직원이 어색한 웃음을 지으며 물러갔다.

　"7시에 타카다노바바역 앞 교차로에서 기다리라고 했어. 아마 8시면 끝날 거야."

　"역시 나도 가면 안 될까?" 그녀가 매달리는 듯한 눈빛으로 애원했다.

　"안 돼. 약속했잖아."

나는 그녀의 눈을 똑바로 쳐다보며 타일렀다.

"정말 괜찮겠어?"

"너야말로 괜찮겠어?"

그녀가 고개를 끄덕였다.

"잠깐만 그대로 있어봐."

나는 손을 뻗었다. 검은 머리를 뽑기는 안쓰러우니 흰머리만 몇 가닥 뽑아 냅킨에 싸서 주머니에 넣었다.

잠시 후 트레이를 손에 들고 다가온 홀 직원이 그녀 앞에 우유가 담긴 잔과 계산서를 내려놓고 물러갔다.

그녀가 컵을 들어 입으로 가져갔다. 그러나 곧 표정을 찡그리며 손으로 입을 막고 컵을 내려놓더니 자리에서 일어났다. 그러고는 곧장 화장실로 향했다.

이대로라면 그녀도 나도 머지않아 죽을지도 모른다.

떨리는 손으로 메뉴판을 집어 들어 스스로에게 용기를 불어넣기 위한 것을 찾아 페이지를 넘겼다.

찾았다.

나는 손을 들어 직원을 불렀다.

3

상해사건 관련 탐문수사를 마치고 경찰서로 돌아오는 길에 주머니에 넣어둔 핸드폰 진동음이 울렸다.

"조금 전 살인사건이 발생했다."

키쿠치 계장의 목소리를 들으며 나츠메는 저도 모르게 새어 나오는 한숨을 삼켰다.

조시가야 공원묘지 근처 공터에 주차된 차 운전석에서 칼에 찔린 여자의 사체가 발견되었다고 했다.

나츠메는 전화를 끊고는 함께 이동 중이던 료코에게 사건 개요를 전하고 현장으로 향했다.

공터 앞에 주차된 경찰차 뒷좌석에 후쿠모리가 타고 있었다. 옆에 앉은 중학생쯤 되어 보이는 남자아이 어깨에 손을 올리고 다독이고 있는 듯했다. 최초 발견자인 모양이었다.

공터 쪽으로 눈을 돌리자 안쪽에 승합차 한 대가 보였다. 감식반이 차 주위에 파란색 비닐 시트로 벽을 치고 있었다.

5년 전까지 영업하던 대중목욕탕이 헐리고 공터가 된 땅이었다. 아무도 관리하지 않아 나무와 풀이 무성하기는 했지만 테니스장만큼이나 넓은 공간이다 보니 낮에는 동네 아이들이 몰려와서 놀았다.

전에는 이 주변도 개인 주택이나 아파트가 많이 들어서 있었는데 최근 몇 년 사이에 하나둘씩 사라지더니 이제는 가로등도 찾아보기 힘들었다. 근처에는 CCTV도 없었다.

차 문을 열고 후쿠모리가 내리더니 이쪽으로 다가왔다.

"불쌍한 녀석. 학원 끝나고 집에 가는 길에 갑자기 오줌이 너무 마려워서 공터로 뛰어들었대. 차가 서 있는 걸 보고 사람이 타고 있으면 다른 데 가야겠다 싶어서 안을 살폈는데 운전석에 쓰러진 채로 꼼짝도 안 하는 피해자를 발견한 거지. 창문을 아무리 두드려도 반응이 없어서 경찰에 신고했다는군." 후쿠모리가 얼굴을 찌푸리며 설명해주었다.

"발견 시각은요?"

"8시 15분경. 아직 범인으로 추정되는 인물을 목격했다는 제보는 없어. 나는 목격자 진술을 좀 더 들어볼 테니 주변 탐문수사를 부탁해."

"알겠습니다."

나츠메는 료코와 함께 공터를 나섰다.

한 시간 정도 근처에 사는 주민들과 지나가는 사람들을 대상으로 탐문수사를 벌였지만 범인을 특정할 만한 정보는 얻지 못했다. 다만 7시쯤 공터 앞을 지나간 주부의 말에 따르면 자기가 봤을 때는 주차된 차가 없었다고 했다.

현장에 돌아오니 공터 앞에 구경꾼이 몰려 있었다.

나츠메와 료코는 폴리스 라인을 통과해 공터로 들어섰다. 형사 셋이 서 있는 비닐 시트 쪽으로 향했다. 가까이 다가가 보니 수사1과에서 나온 야부사와 계장과 나가미네가 후쿠모리와 이야기를 나누고 있었다.

"수고가 많으십니다."

나츠메와 료코가 인사하자 세 사람이 이쪽을 돌아보았다.

"어땠어?"

후쿠모리의 질문에 나츠메는 탐문수사 결과를 보고했다.

"범행 시각은 7시에서 8시 사이라는 건가." 야부사와가 말했다.

"다른 장소에서 살해한 다음 운전석으로 옮겼을 가능성은 없을까요?"

나츠메가 묻자 야부사와가 고개를 흔들었다.

"피해자는 꽤 뚱뚱한 여성이야. 옮기기는 쉽지 않을걸. 게다가 아무리 인적이 드문 저녁 시간대라고 해도 굳이 위험을 감수해가며 그런 일을 했을 것 같지는 않군."

"안을 좀 살펴봐도 될까요?"

료코가 묻자 후쿠모리가 고개를 끄덕이며 "우리는 아까 봤어."라고 말했다.

나츠메는 장갑을 끼고 료코와 함께 파란색 시트 안쪽으로 들어갔다.

맨 먼저 차량 번호판이 눈에 들어왔다. 렌터카 번호였다. 차 안을 볼 수 있도록 문이 모두 열려 있었다. 운전석에 앉은 밝은 갈색 머리 여자가 눈에 들어왔다. 확실히 몸집이 큰 편이었다. 나이는 40대 초반으로 보였다. 분홍색 스웨트셔츠에 청바지 차림이었는데 가슴에서 배까지 검붉은 얼룩이 넓게 퍼져 있었다. 양팔에도 방어흔으로 보이는 상처가 확인되었다.

범인은 조수석에서 피해자를 덮친 것 같았다.

어디선가 희미한 악취가 느껴져 조수석 바닥을 보았다. 꽤 많은 양의 토사물이 쌓여 있었다.

나츠메는 손을 뻗어 손가락으로 토사물을 만져 보았다. 부드러웠다. 손가락을 얼굴 가까이 가져와 찬찬히 살펴보니 먹고 바로 토했는지 내용물이 쌀과 고기와 계란이라는 사실을 육안으로도 확인할 수 있었다.

"피해자를 찌르던 도중에, 아니면 죽인 다음에 범인이 토한 걸까요?"

료코의 말에 나츠메는 가볍게 고개를 끄덕였다. 둘은 피해자와 차 안 상황을 조금 더 살핀 후 파란색 시트 밖으로 나왔다.

"피해자 신원은 확인됐나요?" 나츠메가 물었다.

"피해자가 면허증을 소지하고 있었어. 오카자키 마키코. 39세. 현재 주소는 사이타마현 토코로자와시 니시스미요시 토요카와 빌라 201호. 가지고 있던 핸드폰 주소록에 저장된 번호는 '아오이' 하나뿐이야. 아마 가족인 것 같은데 피해자 핸드폰은 현재 통화가 불가능해. 나가미네, 지금 바로 피해자 집으로 가서 같이 사는 가족이 있는지 확인해 봐."

"나츠메 형사님도 같이 가도 될까요? 가족이 있다면 사체 확인을 부탁해야 하니까 관할서 형사와 같이 움직이는 게 좋을 것 같은데요."

"좋을 대로 해. 어차피 수사본부가 세워지면 둘이 한 팀 하겠다고 할 거잖아." 야부사와가 어깨를 으쓱했다.

"나츠메 형사님, 가시죠."

나가미네의 말에 나츠메는 고개를 끄덕였다.

빌라 앞에 차를 세우고 나츠메는 나가미네와 함께 차에서 내렸다.

201호 창문에 불이 켜져 있었다. 안에 사람이 있는 듯했다.

나가미네가 초인종을 누르고 잠시 기다리자 "네…" 하고 가느다란 목소리가 들렸다.

"밤늦게 죄송합니다. 경찰입니다."

현관문이 열리고 고개를 숙인 깡마른 여자가 나왔다. 어깨 위로 늘어뜨린 머리카락의 4분의 1 정도가 흰머리였다.

"오카자키 마키코 씨 가족분 되시나요?"

나가미네의 질문에 고개를 든 여자의 얼굴을 보고 나츠메는 저도 모르게 숨을 삼켰다.

눈이 퀭하게 꺼지고 볼이 쑥 들어가 해골 같은 인상이었다. 긴팔 원피스를 입고 있었지만 심하게 마른 체형이라는 사실을 옷 위로도 알아볼 수 있었다. 얼굴을 봤을 때 초등학생이나 중학생은 아닌 것 같았지만 10대 후반인지 아니면 40대나 50대쯤 되는지 판단하기가 어려웠다. 한 가지 확실한 것은 심한 거식증 환자라는 점이었다.

"네." 여자가 기운 없는 목소리로 답했다.

"마키코 씨와는 어떤 관계이신가요?"

나가미네가 좀처럼 다음 말을 잇지 못하는 것을 보고 나츠메가 대신 물었다.

"딸입니다. 엄마가 왜요?"

"실은 조금 전 조시가야에서 어머니로 추정되는 사체가 발견되었습니다."

나츠메가 설명하자 여자의 어깨가 흠칫 떨렸다.

"신원 확인을 위해 지금 저희랑 같이 경찰서까지 좀 가주실 수 있을까요?"

여자의 이름은 오카자키 아오이라고 했다.

뒷좌석에 앉은 나가미네가 경찰서로 가는 동안 아오이에게 사건에 대해 설명했다.

어머니가 살해당했다는 말을 들으면서도 아오이는 울거나 흥분하지 않고 시종일관 고개를 숙인 채 아무 말도 하지 않았다.

경찰서에 도착해 아오이를 데리고 건물 뒤편에 있는 시체 안치소로 향했다.

천을 걷어 얼굴을 보여주자 아오이는 "저희 엄마 맞아요." 하고 작은 목소리로 중얼거렸다.

한참 동안 어머니 얼굴을 들여다보던 아오이가 몸에 덮인 천 쪽으로 손을 뻗었다. 천을 걷으려고 하는 아오이의 손을 나츠메가 붙들었다.

"안 보시는 편이 좋습니다." 나츠메는 아오이의 눈을 들여다보며 고개를 저었다.

"엄마가 무슨 일을 당했는지 확인하고 싶어요. 안 되나요?"

아오이가 처음으로 보이는 강한 눈빛에 나츠메는 천천히 손을 놓았다.

천을 걷자 벌거벗은 시신의 가슴에서 배까지 열 몇 개의 깊게 찔린 상처들이 드러났다. 아오이는 가만히 서서 입술을 꼭 깨물고 어머니의 몸을 내려다보다가 이윽고 천천히 눈을 감았다. 다시 눈을 떴을 때는 눈가가 촉촉하게 젖어 있었다.

"감사합니다." 아오이가 나츠메와 나가미네에게 고개를 꾸벅 숙이고 천을 다시 덮었다.

"많이 힘드시겠지만 한시라도 빨리 범인을 잡을 수 있도록 어머니에 대해 몇 가지 좀 여쭤봐도 될까요?"

나가미네의 말에 아오이가 고개를 살짝 끄덕였다.

조사실에 들어가 아오이를 의자에 앉힌 후, 나가미네가 맞은편에 앉았다. 나츠메도 문 옆자리에 앉아 조서를 쓸 준비를 했다.

나가미네는 우선 아오이의 기본적인 신상 정보부터 확인했다.

생일을 받아적다가 문득 동작을 멈춘 나츠메는 안쓰러운 마음에 아오이를 잠시 쳐다보았다.

오늘은 아오이의 스무 살 생일이었다.

아오이는 아무런 감정도 느껴지지 않는 눈동자로 나가미네가 묻는 말에 기계적으로 대답하고 있었다.

"아오이 씨 말고 다른 가족은 없나요?"

나가미네가 묻자 아오이가 고개를 가로저었다.

"아버지는?"

"안 계세요."

"돌아가셨나요? 아니면 이혼하셨나요?"

"제가 태어났을 때부터 안 계셨어요."

"그러시군요. 어머니를 마지막으로 본 건 언제였나요?"

"오늘 낮이요."

"몇 시쯤이었나요?"

"3시 전후였던 걸로 기억합니다."

"어머니가 발견된 장소는 렌터카 안이었습니다. 오늘 어디에 갈 거라든지 누구랑 만날 거라든지 하는 얘기는 못 들으셨나요?"

"딱히 그런 말은 없었는데요."

"어머니 친구나 지인 중에 아오이 씨가 아는 사람은 없나요?"

"전혀요."

조금만 움직여도 힘에 부친다는 듯 아오이가 느리게 고

개를 저었다.

"한 명도 모른다고요?"

"네. 엄마랑 같이 살기 시작한 지 한 달 정도밖에 안 돼서 잘 몰라요."

"지금까지는 왜 같이 살지 않으셨나요?"

"교도소에 들어가 있었거든요."

"어머니가요?"

아오이가 고개를 끄덕였다.

"무슨 죄를 저질러서요?"

"마약류관리법 위반이요." 아오이가 작게 한숨을 내쉬며 대답했다.

"그렇군요. 많이 힘드신 것 같으니 마지막으로 하나만 더 여쭙겠습니다. 오늘 저녁 6시부터 9시까지 어디서 뭘 하고 계셨나요?"

"집에 있었습니다."

"사건 관계자 전원에게 공통적으로 묻는 질문이니 양해해주시기 바랍니다. 아마 또 연락을 드릴 일이 있겠지만 오늘은 이만 돌아가셔도 됩니다."

나가미네가 자리에서 일어나자 아오이가 고개를 들어 이쪽을 쳐다보았다. 2, 3초 정도 나츠메와 눈을 마주친 후, 온몸의 힘을 쥐어짜는 듯한 느낌으로 자리에서 천천히 일어났다.

순간 균형을 잃고 휘청이는 아오이의 어깨를 나가미네가 부축했다. 곧바로 불에 데기라도 한 듯 화들짝 놀라며 바로 손을 뗐지만 다행히 아오이는 책상을 짚고 있어서 쓰러지지는 않았다.

"저희가 집까지 모셔다 드리겠습니다." 나가미네가 말했다.

"괜찮습니다. 택시 타고 가면 되니까요."

1층 안내데스크에서 택시가 올 때까지 기다렸다가 아오이를 태워 보낸 후, 나츠메와 나가미네는 계단으로 향했다.

"살짝만 건드려도 부서질 것 같은 몸이었습니다."

나가미네가 걱정스러운 목소리로 말했다. 나츠메는 고개를 끄덕였다.

"이번 일로 증상이 더 심해지지 않으면 좋을 텐데요."

강당 앞에 야부사와가 서 있었다.

"어땠나?"

야부사와의 질문에 나가미네가 고개를 저으며 대답했다.

"별다른 소득은 없었습니다."

나가미네가 아오이에게 들은 내용을 보고하자 야부사와가 고개를 끄덕였다.

"피해자 면허증에 적힌 정보로 조회해 보니 과거에 체포된 경력이 있더군. 수사본부가 세워졌으니 두 사람은 이대로 한 팀이 되어 움직이도록 해."

"알겠습니다."

나츠메와 나가미네는 동시에 대답하고 강당으로 들어갔다.

강당 안에는 이미 자리가 거의 다 차 있었다. 나가미네와 나란히 앉아 잠시 기다리자 간부들이 들어와 수사회의가 시작되었다.

맨 먼저 형사과장이 자리에서 일어났다.

"그럼 지금까지 알게 된 사실을 말씀드리겠습니다. 피해자는 오카자키 마키코 씨, 39세. 무직. 사체가 발견된 차는 렌터카로, 타카다노바바 영업소에서 오늘 오후 6시부터 6시간 동안 빌리기로 한 상태였습니다. 빌린 사람은 피해자 본인이었고, 시간 및 휘발유 소모 정도를 기준으로 판단했을 때 차를 빌린 후 곧바로 사건 현장으로 향한 것으로 보입니다. 또 피해자는 2008년 8월과 2011년 6월에 마약류관리법 위반 혐의로 체포된 적이 있습니다. 두 번째로 체포되었을 때는 징역 2년 6개월의 실형을 선고받아 복역했고, 두 달 전에 출소했습니다. 피해자는 체포되기 전까지도 무직이었으며, 정부의 지원을 받아 생활하고 있었습니다. 그런데도 마약을 상습적으로 사용했다는 점에서 마약 매매를 수입원으로 했을 가능성이 높습니다. 과거 두 차례 사건에서는 그 점을 입증하지 못했지만, 마약 관련 원한이 이번 사건의 동기일 가능성도 염두에 두고 과거 피해자 주변 인물들과의 관계도 철저하게 확인해주시기 바랍니다. 이상."

"다음으로 피해자 주변 인물들에 대해 보고해 주십시오."

그 말을 듣고 나가미네가 자리에서 일어났다.

"조금 전까지 피해자 딸인 아오이 씨에게 이야기를 듣고 오는 길입니다. 아오이 씨는 한 달 전부터 오카자키 씨와 함께 살기 시작했지만 어머니의 친구나 지인은 전혀 모른다고 합니다. 아오이 씨가 어머니를 마지막으로 본 것은 오늘 오후 3시경이었으며, 어머니가 렌터카를 빌린 목적이나 누구를 만날 예정이었는지는 모른다고 했습니다. 이상."

그 후로도 계속해서 보고가 이어진 후, 길었던 수사회의가 끝났다. 회의 마지막에 앞으로의 업무분장이 이루어졌다. 나츠메와 나가미네는 피해자 주변 인물을 조사하는 일을 맡게 되었다.

나츠메는 강당에서 나오자마자 계단을 올라 옥상으로 향했다.

새벽 1시가 넘은 시간이었다. 괜히 자는 사람을 깨우는 게 아닌가 싶기도 했지만 에미의 상태가 너무 궁금해서 미나요의 핸드폰으로 전화를 걸었다.

영상통화로 바꾸고 스피커폰을 켰다.

"여보세요…. 혹시 새로운 수사본부가 설치된 거야?"

화면에 미나요의 얼굴이 보였다. 아직 병원에 있는 모양이었다.

"응. 안타깝지만 우리의 바람은 이루어지지 않았어." 나츠메는 화면을 향해 어깨를 으쓱해 보였다.

"갈아입을 옷은 있어? 갖다 줄까?"

"이럴 때를 대비해서 몇 벌 사물함에 넣어둔 게 있으니까 괜찮아. 그보다 당신 아직 병원에 있는 거야?"

"어쩌면 에미가 이대로 눈을 뜰지도 모르겠다는 예감이 들어서 간호사분들한테 오늘 밤만 자고 가겠다고 양해를 구했어."

미나요의 얼굴이 화면에서 사라졌다. 대신 이번에는 에미의 잠든 얼굴이 보였다.

"아침보다 반응이 확실해진 것 같아."

미나요의 목소리가 들렸다.

"에미, 에미, 들리니? 아빠 금방 갈게. 아빠 가면 웃는 얼굴 많이 보여줘야 한다?"

화면을 보며 말을 걸자 에미의 입가가 희미하게 움직였다.

"아빠 잘 자, 하는 것 같네."

"그러게. 내일은 당신도 나도 일찍 일어나야 하니까 이만 끊을게." 나츠메는 아쉬운 마음을 달래며 말했다.

"잘 자."

"당신도 잘 자. 너무 무리하지 말고."

전화를 끊고 옥상에서 내려가려고 몸을 돌리자 문 옆에서 나가미네가 담배를 피우고 있었다.

"엿들으려던 건 아니니 오해하지 마세요. 흡연실에 사람이 너무 많아서. 부인이신가요?"

"네. 원래 일할 때는 전화를 잘 안 하는데 오늘은 좀 신경 쓰이는 일이 있어서요."

"신경 쓰이는 일이라니요?"

"오늘 아침, 병원에서 딸에게 말을 걸었을 때 조금 반응이 있었거든요. 그래서⋯."

"네? 그게 정말이라면 지금 이러고 있을 때가 아니지 않나요? 여기서 병원까지 많이 멀지도 않잖아요."

"다들 여기서 자야 하는데 저만 빠져나가는 것도 좀 아닌 것 같아서요. 그리고 일종의 미신 같은 건데, 진실을 밝혀서 피해자와 유족들의 원통함을 풀어주면 딸도 눈을 뜰

거라고 믿고 있거든요."

"그렇군요. 그럼 내일을 위해 어서 밥 먹고 주무시죠."

아침 수사회의를 마치고 나가미네와 함께 강당을 나왔다.

나츠메와 나가미네는 피해자의 주변 인물 중 가족을 담당하게 되었다.

"아오이 씨에게 가기 전에 잠깐 어디 좀 들러도 될까요?" 복도를 걸어가며 나츠메가 말했다.

"어디를요?"

"제 대학 동기 중에 심리상담사인 친구가 있어서요. 평소에는 메지로에 있는 심리상담센터에서 근무하는데, 일주일에 3일은 이케부쿠로히가시 고등학교에서 학교상담사로 일하거든요."

"아오이 씨가 졸업한 고등학교네요."

"네, 어쩌면 재학 중에 아오이 씨한테 어머니에 대해 뭔가 들은 이야기가 있지 않을까 싶어서요."

건물에서 나와 걸음을 옮기며 나츠메는 핸드폰을 꺼내 타나베 쿠미코에게 전화를 걸었다.

"여보세요, 나츠메? 이 시간에 웬일이야?"

약간 귀찮아하는 듯한 말투였다.

"미안미안. 정말 미안한데 오늘 오전 중에 시간 좀 내줄 수 있을까?"

"매번 이런 식이라니까. 10시까지라면 괜찮아. 아침 먹을 시간이 사라지겠지만."

"다음에 내가 제대로 한번 살게. 어디로 가면 돼?"

"메지로."

나츠메는 전화를 끊고 차에 올라타 메지로에 있는 심리 상담센터로 향했다.

10분 정도 걸려 센터에 도착하고 보니 아직 업무 시작 전인지 문이 잠겨 있었다. 유리문을 두드리자 안쪽에서 쿠미코가 샌드위치를 베어 물며 모습을 드러냈다.

"정말이지…."

툴툴거리며 문을 열던 쿠미코가 나츠메 옆에 서 있는 나가미네를 보고 입을 다물었다.

"경시청에서 나온 나가미네 형사님이셔."

나츠메가 소개하자 쿠미코가 어색한 미소를 지으며 샌드위치를 뒤로 숨겼다.

쿠미코의 안내를 받으며 사무실 안으로 들어갔다. 접수 데스크 앞에 6인용 소파가 놓여 있고, 안쪽에 방이 두 개 있었다.

"10시까지는 아무도 안 오니까 그냥 여기서 얘기할까?"

나츠메는 고개를 끄덕이고 접수데스크 앞 소파에 앉았다. 나가미네도 옆자리에 앉았다.

"커피라도 좀 내올게."

"아니야, 캔커피 사 왔어."

가방에서 캔커피 세 개를 꺼내서 내려놓자 쿠미코가 맞은편 소파에 앉았다.

"경시청 형사님이 함께라는 건 곧 사건 관련이라는 말이네." 쿠미코가 안 봐도 뻔하다는 듯 한숨을 내쉬었다.

"혹시 오카자키 아오이라는 학생 기억해? 올해 스무 살인데 이케부쿠로히가시 고등학교 졸업생이야. 거식증 환자고."

"기억하고말고."

꽤나 기억에 남는 학생이었는지 쿠미코가 바로 대답했다.

"그 학생이 왜? 설마 이번 사건의 피해자가?"

"어젯밤에 아오이 씨 어머니가 살해당했어."

나츠메의 말에 쿠미코가 흠칫하며 놀랐다.

"출소했어?"

"복역 중이었다는 것도 알고 있었구나."

나츠메가 확인하듯 묻자 쿠미코가 고개를 끄덕였다.

"아오이가 3학년 때 일이었고, 당시 학교 안에서 꽤 화제였거든."

"한 달쯤 전부터 같이 살기 시작했다더라. 혹시 어머니
본 적 있어?"

"응. 애초에 나한테 상담을 요청한 사람도 아오이가 아니
라 어머니였는걸. 딸이 중학생 때부터 거식증 징후를 보이
기는 했는데 고등학생 되고 더 심해졌다면서 낫게 할 방법
이 없겠냐고 묻더라고."

"그래서 아오이와 상담을 시작하게 됐고? 거식증의 원인
은 알아냈어?"

"아니. 이쪽에서 아무리 물어도 뭘 대답을 해야 말이지."

"어머니가 원인이었을 가능성은?"

"지금 생각하면 그랬을 수도 있겠다 싶기는 해. 하지만
당시에는 어머니가 약을 하는 줄도 몰랐고, 오히려 딸을
생각하는 자상한 엄마라고 생각했어. 아오이네 집은 정부
지원을 받을 정도로 경제적으로 여유가 없는 상황이었는
데도 나 말고 정신의학과 치료도 받게 하는가 하면 조금이
라도 딸이 먹을 수 있는 게 없는지 열심히 찾아다녔거든.
뭐 결국은 변명이겠지. 고등학교에 입학하기 전까지 아오이
가 어떻게 지냈는지 알아보려고 하지 않은 내 잘못이 커."
쿠미코가 어깨를 축 늘어뜨렸다.

"쿠미코 씨 잘못은 아니라고 생각합니다."

나가미네의 말에 쿠미코가 엷은 미소를 지었다.

"아오이 씨는 어머니가 잡혀간 후에 어떻게 됐어?" 나츠메가 물었다.

"원래 살던 집에서 시설로 옮겼다고 들었어. 거기서 학교를 다니다 졸업했고. 졸업 후에는 잠깐 사무직으로 일한 적도 있었지만 반년 만에 그만뒀다더라."

"졸업한 후에 뭘 했는지는 어떻게 알아?"

"몇 달 전에 지하철에서 우연히 아오이랑 마주친 적이 있거든. 너무 달라져서 처음에는 못 알아봤어."

"거식증이 더 심해졌다는 의미야?"

쿠미코가 고개를 끄덕였다.

"그렇다는 건 어머니가 거식증의 원인은 아니라는 걸까요?" 나가미네가 의견을 말했다.

"어머니가 수감된 후 아오이의 상태가 훨씬 더 나빠졌으니 그렇다고 볼 수도 있겠네요. 어머니가 함께 있는 동안은 조금이라도 먹게 했던 것 같으니까요. 마약을 하는 엄마랑 지내는 게 좋은 환경이었다고는 하기 어렵지만요. 지하철에서 만났을 때 제가 정신의학과에 가보라고 권했지만 자기가 병에 걸린 것도 아닌데 왜 병원에 가야 하냐고 그러더라고요."

거식증은 단기간에 체중이 급격하게 줄어들어도 자각증

상이 없는 경우가 많다고 했다.

"오히려 지금 자기는 일하지 않아도 정부 지원을 받으며 살 수 있으니 운이 좋다고 하더라. 더 얘기해도 안 들을 게 뻔해서 그냥 병원 말고 여기로 오라고 했어. 상담 치료 받으러 오라는 것도 아니고 돈 안 내도 되니까 그냥 일주일에 한 번 여기 와서 내 말동무 좀 해달라고 했지. 아오이랑 이런저런 얘기를 나누다 보면 조금이라도 상태가 좋아지지 않을까 기대했는데…."

"실제로는 오히려 더 나빠지기만 했다는 거네."

"특히 두세 달 전에 봤을 때는 정말 당장이라도 숨이 넘어갈 것 같았다니까. 최근 한 달 정도는 아주 약간이지만 살이 좀 붙은 것 같던데. 나츠메 네 말을 듣고 보니 어머니가 감옥에서 돌아온 덕분이었는지도 모르겠다. 그런데 살해당했다니…." 쿠미코가 머리를 감싸쥐었다.

"잠시 실례하겠습니다." 나가미네가 자리에서 일어나 센터 밖으로 나갔다.

"그건 그렇고 유우마는 잘 지내?"

화제를 바꾸는 게 좋다고 판단한 나츠메가 물었다.

"최근 3개월 정도는 못 봤어."

"그래?"

마에다 유우마는 나츠메가 담당한 사건에서 범인으로

밝혀진 여자의 외아들인 동시에 어머니 손에 죽을 뻔한 피해자이기도 했다.

유우마의 어머니인 마에다 케이코는 자신이 살던 아파트에 불을 질러 사실혼 관계에 있던 남편을 죽인 방화살인 혐의로 체포되었다. 하지만 케이코가 정말로 죽이려고 했던 사람은 사실혼 관계인 남편이 아니라 아들이었다는 사실을 간파한 나츠메는 진실을 털어놓으라며 케이코를 설득했다.

케이코는 재판에서 사실을 인정하고 징역 22년형을 선고받았다. 법정에 선 케이코는 한마디 변명도 하지 않고 죽을 때까지 자신이 저지른 죄를 직시하며 속죄하는 마음으로 살겠노라고 말했다. 피고인 측이 항소하지 않아 형이 확정되었다.

하지만 사건이 해결된 후에도 나츠메는 유우마가 계속 마음에 걸렸다.

유우마는 어머니가 감옥에 간 후 아버지 쪽 친척 집으로 들어갔고, 학교도 옮겼다고 했다. 잘 지내는지 궁금했지만 막상 연락을 하려니 아무래도 조심스러웠다.

나츠메의 존재가 유우마에게 기억하고 싶지 않은 과거의 아픈 기억을 떠올리게 할 것 같았다.

그래서 상담 치료 전문가인 쿠미코에게 유우마를 봐달

라고 부탁했다. 상담센터가 있는 메지로는 사건 당시 유우마네가 살던 조시가야 바로 옆 동네라 유우마를 메지로까지 오게 하는 것이 신경이 쓰였지만, 가능하면 나츠메가 가장 신뢰하는 상담사인 쿠미코에게 맡기고 싶었다.

"나츠메도 유우마랑 가끔 만나?"

"아니. 너한테 유우마 상담 치료를 부탁한 후에는 두 번밖에 못 봤어."

유우마와 좀처럼 연락을 취하지 못하고 있다가 4개월 전, 만나야만 할 일이 생겼다.

수감 중인 마에다 케이코에게서 두 통의 편지가 도착한 것이었다. 각각 나츠메와 유우마 앞으로 보낸 편지였다.

유우마에게 보내는 편지는 무슨 내용인지 모르겠지만, 나츠메에게 보낸 편지에는 현재 케이코가 놓인 상황이 담담한 필체로 적혀 있었다.

케이코는 유방암에 걸려 일반 여자교도소에서 의료교도소로 옮겨졌다고 했다. 이미 뼈와 간에까지 전이된 말기 암이라서 수술도 어려운 상태인 것 같았다. 구체적인 언급은 없었지만 나츠메가 책에서 찾아본 결과, 케이코에게 남은 시간은 그리 길지 않은 듯했다.

나츠메가 받은 편지에는 유우마에게 편지를 전달해달라는 말도, 케이코의 목숨이 얼마 남지 않았다는 사실을 유우마에게 알려주길 바란다는 말도 적혀 있지 않았다. 케이코로서는 자신이 처한 상황이나 심정을 털어놓을 상대가 나츠메밖에 없었던 건지도 모르겠다는 생각이 들었다.

나츠메는 며칠 동안 고민한 끝에 유우마를 만나 현재 어머니가 놓인 상황을 설명하고 편지를 건네주었다.

어머니로 인해 죽은 마음이 다시 살아날 수 있는 처음이자 마지막 기회라고 생각했기 때문이다.

나츠메는 유우마에게 어머니를 만나 네 솔직한 심정을 털어놓아 보면 어떻겠냐고 제안했다. 직접 만나러 가는 것이 싫다면 나츠메가 대신 케이코에게 전해줄 수도 있다고 하고 일단 헤어졌다.

"가장 최근에 만난 건 한 달 전 조시가야에서야."

수사를 위해 들른 은행에서 나오는 길에 우연히 마주친 것이었다.

"조시가야에서?" 쿠미코가 놀란 듯 몸을 앞으로 내밀었다.

나츠메도 당시 유우마를 알아보고 상당히 놀랐다. 사건이 일어난 조시가야 주변은 유우마로서는 발도 들여놓기 싫을 정도로 꺼림칙한 장소일 터였기 때문이다.

한두 마디 인사만 나누고 헤어지려고 하는데 유우마가 전에 했던 이야기에 대해 생각해 보았다면서 나츠메를 붙잡았다.

유우마는 잠시 머뭇거리다 지금 자기가 무슨 생각을 하며 살고 있는지 어머니에게 전하고 싶다고 했다.

하지만 역시 직접 얼굴 보고 이야기하기는 힘들 것 같으니 때가 되면 자기 대신 전해줄 수 있겠느냐고 나츠메에게 물었다.

'때가 되면'이라는 게 언제를 말하는 것인지 알 수 없었지만 지금은 아직 어머니에게 전하고 싶은 말이 완전히 정리된 상태가 아닌가 보다 싶어 더 묻지 않았다.

나츠메가 알겠다고 하자 "한 가지 약속해주셨으면 하는 게 있다"며 유우마가 입을 열었다.

설령 그것이 어머니로서는 듣기 힘든 이야기라 할지라도 꼭 제가 하는 말을 그대로 전해주세요.

그 약속만 제대로 지켜준다면 나츠메를 통해 어머니에게 자기 생각을 전하겠다고 했다.

죽음을 눈앞에 둔 상대방에 대한 연민 때문에 자기 마음을 솔직하게 털어놓지 못한다면 평생 지옥 같은 고통에서 헤어나오지 못할 거라는 유우마의 호소에 나츠메는 반드시 그렇게 하겠노라고 약속하고 헤어졌다.

"유우마가 조시가야에 있었다는 건 이제 자신의 과거와 제대로 마주하겠다는 의미일 수도 있겠다."

나츠메도 같은 생각이었다.

"많이 바쁘겠지만 가끔은 시간 내서 유우마랑 만나보는 게 어때? 유우마는 나츠메를 아버지처럼 생각하는 것 같던데."

나츠메는 그렇게 하는 편이 좋을지 고민하며 애매하게 고개를 끄덕였다.

초인종을 누르고 잠시 기다리자 조용히 문이 열리더니 고개를 숙인 아오이가 나왔다.

"갑자기 찾아와서 죄송합니다. 피곤하시겠지만 어머니에 대해 몇 가지 더 여쭤봐도 될까요?"

나가미네의 말에 고개를 든 아오이를 보고 나츠메는 언뜻 위화감을 느꼈다.

무엇에 위화감을 느꼈는지 생각해 보다가 곧 답을 찾았다. 아오이의 눈 밑 다크서클이 어제보다 약간 더 옅어져 있었다.

"집이 좀 지저분하지만 괜찮으시다면 들어오세요."

나츠메와 나가미네는 집 안으로 들어갔다. 현관 바로 앞이 부엌이었다. 체력이 없어서 청소를 제대로 못 하는지 마루와 벽 선반에는 먼지가 쌓여 있고, 즉석식품과 과자가 든 마트 비닐봉지가 굴러다녔다. 냉장고나 전기밥솥은 보이지 않았지만, 마루 위에 새것 같은 전자레인지가 놓여 있었다.

아오이가 부엌 안쪽에 있는 방으로 들어갔다. 방바닥에 깔린 요와 이불 주위로 옷가지가 어지럽게 널려 있었다.

"내올 것이 없어 죄송해요." 아오이가 요 위에 힘없이 주저앉았다.

"괜찮습니다. 신경 안 쓰셔도 됩니다."

나가미네가 아오이 앞에 쭈그려 앉았다. 바닥에 물건이 너무 많아 앉을 공간이 없었다.

나츠메는 문밖에서 두 사람을 지켜보기로 했다.

"어머니가 어제 오후 2시 55분에 본인 핸드폰으로 전화를 걸었던데 이 번호가 혹시 누구 번호인지 아시나요?" 나가미네가 전화번호가 적힌 종이를 아오이에게 건넸다.

아오이가 이불 위에 굴러다니던 자기 핸드폰을 집어 들어 주소록을 확인해 보더니 "모르겠는데요." 하며 고개를 저었다.

"그러시군요. 어제 3시경까지 어머니와 함께 있었다고 하셨는데 그렇다면 통화 내용을 들었을 수도 있겠다 싶어서요."

"저랑 있을 때는 통화하는 건 못 봤어요. 집에서 출발한 후에 걸었나 보네요."

별생각 없이 부엌 쪽을 둘러보던 나츠메는 문득 시선을 멈췄다. 가까이 다가가서 싱크대 위를 살펴보니 계란과 닭고기와 즉석밥 용기와 케첩이 무질서하게 뒤섞여 있었다. 싱크대 안에는 도마와 부엌칼, 접시와 프라이팬이 음식물이 묻은 상태로 방치되어 있었다.

"그리고 어머니 핸드폰에 등록된 '아오이'라는 번호로 전화를 걸어 봤더니 사용하지 않는 번호라고 뜨더군요. 아오이 씨 번호가 아닌가요?"

나가미네가 계속해서 질문하는 것을 들으며 나츠메는 다시 방 앞으로 돌아왔다.

"아마 옛날 번호일 거예요. 엄마가 감옥에 들어간 후, 돈이 없어서 해지했거든요. 지금 사용하는 건 반년 전에 새로 계약한 번호예요."

"그렇군요. 핸드폰 번호뿐만 아니라 주소도 바뀌었는데 출소한 어머니와는 어떻게 연락을 취하셨나요?"

"지금쯤이면 출소했겠다 싶어서 제 쪽에서 먼저 연락했어요. 제가 연락했을 때는 갱생보호시설이라는 데 있다고 했어요."

"교도소에 면회 간 적은 없나요?"

"네, 한 번도 안 갔어요. 외출하는 걸 별로 좋아하지 않아서요."

"어머니 핸드폰 요금은 아오이 씨가 계속 내고 계셨나요?"

나가미네가 묻자 아오이가 고개를 저었다.

"제 핸드폰도 해지할 정도였는걸요. 누구 아는 사람한테 부탁했던 게 아닐까요? 저도 잘 모르겠지만."

"잘 알겠습니다. 마지막으로, 혹시 어머니 수첩이나 일기장이나 편지 같은 게 있을까요?"

"엄마 짐은 저기 있는 가방이 전부예요. 편하게 열어보셔도 돼요."

아오이가 나츠메 발치를 가리켰다. 아래를 내려다보니 발 옆에 커다란 검은색 가방이 놓여 있었다.

"그럼 좀 살펴보겠습니다."

나츠메는 아오이의 양해를 구하고 가방을 열어 안을 살펴보았다. 옷가지와 화장품 외에 다른 것은 보이지 않았다. 나츠메는 나가미네를 보고 고개를 가로저었다.

"피곤하실 텐데 협조해주셔서 감사합니다. 안 나오셔도 되니 편히 쉬십시오." 나가미네가 자리에서 일어나며 말했다.

"평소 요리는 어머니가 하셨나요?"

나츠메가 아오이에게 묻자 옆에서 나가미네가 갑자기 무슨 소리냐는 듯 고개를 갸웃거렸다.

"아니요, 엄마는 옛날부터 요리는 안 하셨어요."

"그렇군요. 그럼 이만 가보겠습니다. 안녕히 계십시오."

나츠메는 아오이에게 인사하고 현관으로 향했다.

집을 나와 나가미네와 함께 계단 쪽으로 걸어갔다.

"어머니를 기다린 건지 아니면 어머니에게서 떨어지려고 한 건지…" 계단을 내려가며 나가미네가 혼잣말처럼 중얼거렸다.

나츠메와 비슷한 생각을 하고 있는 듯했다.

핸드폰을 해지하고, 원래 살던 이케부쿠로에서 멀리 떨어진 곳에 새집을 구하고, 면회도 가지 않은 것을 보면 어머니에게서 떨어지고 싶어 한 것 같기도 했다.

하지만 그렇다면 왜 아오이 쪽에서 먼저 연락을 취해 다시 어머니와 같이 살기로 한 것인지 설명이 되지 않았다.

게다가 쿠미코의 말에 따르면 아오이는 어머니와 함께 살기 시작한 한 달 전부터 아주 조금이지만 체중이 늘었다고 했다.

"최근 한 달 동안 함께 살면서 두 사람 사이가 어땠는지가 궁금하네요." 나츠메가 말했다.

"저도 같은 생각입니다. 가능하면 아오이 씨는 모르게 알아보는 편이 좋을 것 같네요. 아오이 씨가 집 밖으로 나올지는 모르겠지만 일단 차 안에서 기다려 볼까요? 마침 점심시간이기도 하고."

"편의점에서 먹을 걸 좀 사 오겠습니다. 뭐가 좋으세요?"
나츠메가 물었다.

"그럼 주먹밥 아무거나 부탁드립니다. 저는 차를 눈에 띄
지 않는 곳으로 이동시켜 놓겠습니다."

"나왔네요."

나가미네의 말에 나츠메는 차창 너머 보이는 빌라 2층을
올려다보았다.

집에서 나온 아오이가 현관문을 잠그고 비틀비틀 계단
으로 향했다. 계단 난간을 붙잡고 한 걸음 한 걸음 천천히
내려와서는 역 쪽으로 걸어갔다.

"그럼 가 볼까요?"

아오이가 시야에서 사라진 것을 확인한 후, 나츠메와 나
가미네는 차에서 내렸다.

나가미네와 함께 빌라로 돌아와 우선 아오이네 집 아래
층인 101호 초인종을 눌렀다. 집에 아무도 없는지 몇 번을
눌러도 반응이 없었다. 102호도 마찬가지였다.

계단을 올라가 아오이네 옆집인 202호 초인종을 누르자
"네." 하고 남자 목소리가 들렸다.

"경찰입니다. 잠깐 시간 좀 내주시겠습니까?"

나가미네가 용건을 밝히자 현관문이 열리고 서른 전후로 보이는 남자가 얼굴을 내밀었다.

"경찰이요? 무슨 일이죠?"

나가미네가 꺼내 든 경찰 신분증을 보고 남자가 의아해하며 물었다.

"실은 여기 201호에 사는 분이 사고를 당해서 그 일로 수사 중입니다."

"사고라니요?"

"어젯밤에 살해당했습니다."

나가미네의 말에 남자가 놀란 듯 눈을 크게 떴다.

"살해당했다고요? 어느 쪽이요?"

"어머니입니다."

"어느 쪽이 어머니인데요? 둘이 사는 것 같던데."

"몸집이 큰 쪽입니다."

"아, 그쪽이 엄마였구나."

지금까지 모르고 있었는지 남자가 고개를 끄덕였다.

"옆집 분들과는 교류가 있으셨나요?"

나가미네가 묻자 남자가 고개를 저었다.

"전혀요. 딸은 음침하고 엄마는 무개념인데 무슨 교류가 있었겠어요."

"무개념이라니요?"

"그전까지는 사람이 사는지 안 사는지도 모를 정도로 조용했는데 엄마라는 사람이 오고 나서부터는 매일같이 큰소리가 났거든요."

"찾아오는 사람들이 있었나요?"

"그런 건 아니고요. 딸을 구박한달까 윽박지른달까 아무튼 고래고래 소리를 질러댔거든요. 뭐라고 한마디 하고 싶었는데 덩치가 크고 위협적인 여자라 내버려 뒀죠."

"무슨 말을 하면서 소리를 지르던가요?" 나가미네가 관심을 보이며 몸을 내밀었다.

"너한테는 이제 기대도 안 하지만 적어도 일은 할 수 있어야지 않겠냐, 뭐 그런 얘기였어요."

나가미네가 나츠메와 눈빛을 주고받았다.

"먹으라고 강요하지는 않던가요?"

나츠메가 묻자 남자가 고개를 끄덕였다.

"맞아요. 뭐라도 좋으니 아무튼 좀 먹으라는 말도 자주 했어요."

4

주택가 언덕을 오르자 높은 담이 보였다.

하치오지 의료교도소였다.

걸음을 멈추고 올려다보았지만 높은 담에 가려 안은 보이지 않았다. 담을 따라 걷다 보니 담 너머로 삐죽 솟은 몇몇 건물들이 눈에 띄었다.

저 가운데 어디에 그 사람이 있을지는 알 수 없었다. 하물며 그 사람이 지금 어떤 모습을 하고 있을지는 전혀 감도 잡히지 않았다.

하지만 어쨌든 그 사람이 여기 있다는 것만은 확실했다. 그리고 이제 곧 사라지려 하고 있었다.

나에게 그 사실을 알려준 사람은 나츠메 형사님이었다.

나츠메 형사님은 당시 사건의 진상을 깨닫고 큰 충격을 받은 나를 걱정해서 그 사람이 체포된 후에도 한동안 여러모로 신경을 써주었다. 나츠메 형사님이 소개해준 상담사를 만나고 함께 돌아가던 길에 나츠메 형사님을 따라 어느 병원에 들른 적도 있었다.

형사님을 따라 병실 안에 들어선 나는 깜짝 놀랐다. 코에 호흡기를 연결한 여자아이가 침대에 누워 있었다. 아이는 미동도 하지 않았다.

형사님 딸이라고 했다.

10년 전, 모르는 사람에게 망치로 머리를 맞아 혼수상태에 빠진 후 지금까지 깨어나지 못하고 있는 것이었다.

나츠메 형사님은 나에게 침대 옆에 놓인 접이식 의자를 권하고는 이불을 걷어 딸의 다리를 주무르기 시작했다. 내게도 도와달라고 했다.

나는 옆에서 형사님이 하는 것을 보며 조심스럽게 아이의 가느다란 팔을 마사지했다. 살짝 건드리기만 해도 부러질 것처럼 가냘픈 팔과, 10년 동안 누워만 있어서 부자연스럽게 휜 다리를 보며 아이가 나와 닮았다는 생각을 했다.

타인의 이기적인 욕망 때문에 마음이 죽어버린 아이.

아이는 침대에 누워 숨을 쉬고 있고, 나는 팔다리도 움직이지만, 두 사람 모두 빈껍데기에 불과했다.

마사지를 마치고 나츠메 형사님은 나를 병원 옆 공원으로 데려갔다.

혹시 살아 있는 것만으로도 감사해야 한다는 말을 하고 싶어서 저를 병원에 데려오신 건가요?

형사님이 건네주는 캔커피를 받아 들며 내가 물었다.

나츠메 형사님은 잠시 나를 가만히 바라보더니 그런 게

아니라며 고개를 저었다.

딸도 살아 있다고. 다만 지금은 어려운 상황에 부딪혀서 잠시 멈춰 서 있는 것뿐이라고.

내 딸 에미는 필사적으로 앞으로 나아가려 하고 있어. 지금은 아무것도 보이지 않는 어둠 속이지만 머지않아 밝은 빛이 보일 거라고 믿으며 노력하고 있지. 유우마 네 마음속에도 언젠가 반드시 빛이 찾아올 거야. 그때까지 너 자신을 믿고 힘을 내면 좋겠구나. 넌 혼자가 아니란다.

진지한 표정으로 나를 격려하는 나츠메 형사님을 보니 초등학생 때 돌아가신 아버지 생각이 나서 울컥했지만 눈물이 나지는 않았다.

나는 더 이상 눈물을 흘리지 않게 되었다.

그 일이 있은 후, 아무리 슬프거나 괴로운 일이 생겨도 내 눈이 젖어드는 일은 없었다.

친어머니에게 살해당할 뻔한 나에게 그보다 더 절망스러운 일은 있을 수 없었다.

그 후로는 만날 일이 없었는데 네 달쯤 전에 나츠메 형사님이 나를 찾아왔다.

형사님 이야기를 듣고 복잡한 마음으로 집에 돌아온 나는 한참을 망설이다가 그 사람의 편지를 꺼내 들었다.

그 사람은 편지에서 내게 정말 미안하다는 말을 구구절

절 늘어놓고 있었다.

죽기 전에 단 한 번만이라도 좋으니 나를 직접 만나 사과하고 싶다고, 그게 불가능하다면 죽을 때까지 오로지 내가 행복하기만을 바라겠노라고 적혀 있었다.

편지를 읽고 심장이 요동쳤다. 앞으로 어떻게 하면 좋을지 갈피를 잡을 수가 없어 마음이 혼란스러웠다.

저 담 너머에 그 사람이 있다는 사실은 알지만, 이제 두 번 다시 그 사람을 직접 만나 진심을 전할 일은 없었다.

담 너머 건물들을 쳐다보고 있는데 주머니 속에서 핸드폰이 진동했다.

그녀에게서 걸려 온 전화였다.

"유우마…."

통화 버튼을 누르자 그녀의 목소리가 들렸다.

어제 만났을 때보다 조금 더 생기가 느껴지는 목소리였다.

"어제는 잘 잤어?" 내가 물었다.

"응. 유우마는?"

"못 잤어."

"그래…. 이제 못 만나겠네."

그 말을 듣고 나는 아무 말도 할 수가 없었다.

"정말 고마워. 안녕."

뭔가 더 말을 하려고 하는데 전화가 끊겼다.

나는 핸드폰을 가만히 내려다보았다.

두 번 다시 그녀를 만날 일은 없을 거라는 사실을 알았지만, 역시 눈물은 나지 않았다.

5

"피해자가 사건 당일 2시 55분에 마지막으로 통화한 핸드폰 번호 계약자와 연락이 닿았습니다. 계약자 이름은 후쿠이 츠카사, 36세. 다만 후쿠이 씨에게 확인해 본 바 그 번호는 사채를 못 갚아서 강제로 만들게 된 불법 대포폰이며, 현재 누가 사용하고 있는지는 모른다고 합니다. 이상."

보고를 마친 앞자리 형사가 자리에 앉았다.

"역시 마약 관련인가." 옆에 앉은 나가미네가 누구에게랄 것도 없이 중얼거렸다.

"다음, 감식반."

"피해자 위에 든 내용물을 조사한 결과, 사건 당일 먹은 음식은 라면임이 확인되었습니다. 소화 상태로 봤을 때 살해되기 한 시간쯤 전에 먹은 것으로 추정됩니다. 조수석 바닥의 토사물에서는 쌀, 양파, 계란, 닭고기, 케첩이 검출되었습니다. 아마도 오므라이스가 아니었을까 싶습니다. 소화 상태로 봤을 때 라면과 동 시간대에 먹었을 가능성이 높습니다."

감식반 직원이 자리에 앉는 것과 동시에 수사1과장이 일어났다.

"피해자 주변 인물들은 계속해서 조사하기로 하고, 범인과 피해자가 함께 식사했을 가능성이 있으니 이케부쿠로와 타카다노바바 주변에서 라면과 오므라이스를 파는 가게를…."

수사1과장이 갑자기 말을 끊었다.

시선을 따라가 보니 수사본부 소속이 아닌 형사가 들어와 수사1과장 쪽으로 다가가는 것이 보였다.

"뭔가? 회의 중에."

"그게…."

형사가 귀에 대고 뭐라고 속삭이자 수사1과장의 표정이 바뀌었다.

"방금 범인이 자수했다고 한다."

수사회의가 끝나고 야부사와 계장이 이쪽으로 걸어왔다.

"두 사람이 범인 신문을 맡도록 해."

나츠메와 나가미네는 "알겠습니다." 하고 동시에 대답하고는 자리에서 일어났다.

강당을 나와 조사실로 향했다.

"뭔가 이 사건, 간단히 끝날 것 같지가 않은데요."

나가미네의 말에 나츠메도 고개를 끄덕이며 동감을 표했다.

"말투가 부드러운 나츠메 형사님이 질문하는 게 나을 것 같네요. 재채기만 해도 날아가 버릴 것 같은 상대니까요."

"그러지요."

제1조사실 문을 열자 아오이가 고개를 숙인 채 앉아 있었다.

"이제 가 보셔도 됩니다." 나가미네가 아오이를 감시하기 위해 문 옆에 앉아 있던 형사에게 말했다.

책상 위에는 아오이가 소지하고 있던 칼과 핸드폰이 지퍼백에 담긴 상태로 놓여 있었다.

나츠메는 아오이 맞은편 의자에 앉았다. 아오이는 고개를 숙인 채 아무런 반응도 보이지 않았다. 나가미네가 문 옆자리에 앉아 조서를 펼치고 펜을 꺼냈다.

"그럼 시작하겠습니다. 첫 번째 질문입니다. 당신은 어머니를 살해하기 전에 무엇을 먹었습니까?" 나츠메가 물었다.

"오므라이스를 먹었습니다."

"어디서 먹었나요?"

"집에서요. 직접 만들어 먹었습니다."

"정말인가요?"

"정말입니다."

머리카락에 가려 아오이의 표정이 전혀 보이지 않았다.

"공범이 있습니까?"

"저 혼자 했습니다."

"왜 어머니를 죽였나요?"

나츠메가 묻자 아오이가 고개를 들었다.

"짜증 나서요." 아오이가 코웃음을 치며 말했다.

낮에 봤을 때와는 전혀 다른 사람처럼 표정 변화가 확실했다.

"너한테는 이제 기대도 안 한다는 식의 말을 들었기 때문인가요?"

나츠메의 말에 아오이의 눈동자가 살짝 흔들렸다. 하지만 대답은 하지 않았다.

"출소한 어머니에게 연락을 해서 함께 살기 시작한 것은 어머니를 죽이기 위해서였나요?"

"네." 아오이가 바로 대답했다.

"어머니와 연락하지 않고 계속 떨어져 지낼 수도 있었을 텐데 왜 굳이?"

"그 여자가 이 세상에 살아 있다고 생각하는 것만으로도 토할 것 같았거든요. 그래서 죽여버리기로 한 거죠."

"왜 그렇게까지…."

"특별한 이유는 없어요. 그냥 옛날부터 소름 끼치도록 싫었으니까. 그게 다예요."

"어머니가 렌터카를 빌린 업체 직원의 증언에 따르면 동행자는 없었다고 하던데 어떻게 그 장소를 알고 찾아가서 죽였다는 건가요?"

"그 시간에 거기 있을 거라는 건 알고 있었으니까요."

"무슨 의미죠?"

"저녁 7시 반에 거기서 약을 사기로 했다면서 나갔거든요. 그래서 공터 근처에 숨어서 기다렸죠. 마약 밀매상이 와서 약을 건네고 사라지는 걸 확인한 다음, 우연을 가장해서 차에 다가갔고요. 이케부쿠로에서 놀다가 집에 가려던 참이었다고 하니까 아무런 의심도 하지 않고 태워주더라고요. 차에 타자마자 칼로 찔러 죽였어요."

"어머니가 딸에게 마약을 사고파는 이야기를 했다고요?"

아오이가 하는 말은 신빙성이 없어 보였다.

"그만큼 머리가 비었다는 얘기죠."

"차 안에서 마약은 발견되지 않았습니다만."

"제가 갖다 버렸으니까요."

"어디에 버렸는데요?"

"근처에 있는 공원 화장실 변기에 흘려 보냈어요. 그러고는 오츠카역까지 걸어가서 지하철을 타고 귀가했고요. 제가 엄마를 죽였다는 걸 못 믿으시겠나 보네요. 이런 몸으

로 사람을 죽이는 건 불가능하다고 생각하시나요?" 아오
이가 도전적인 눈빛으로 나츠메를 쏘아보았다.

나츠메는 아무 말도 하지 않았다.

"증오는 때로 생각지도 못한 힘을 불러일으키기도 하거
든요."

그렇게 말하며 희미하게 웃어 보이는 아오이를 나츠메는
가만히 바라만 보았다.

아오이를 유치장에 데려다 놓고 나가미네와 함께 강당으
로 향했다.

"어떻게 생각하세요?"

나가미네가 나츠메에게 물었다.

"수상한데요."

"저도 그렇게 생각합니다. 아무래도 아오이 같은 몸으로
피해자를 죽이는 건 힘들지 않을까요? 한두 번 찔러서 치
명상을 입혔다면 몰라도 피해자 양팔에는 칼을 막으려다
찔린 상처가 여기저기 남아 있었으니까요. 피해자가 상당
히 거세게 저항한 것 같던데 아무리 칼을 들었어도 그 몸
으로는 감당하기 힘들었을 겁니다." 나가미네가 지퍼백에
든 칼을 들어 보였다.

"또 아오이가 그 정도 양을 토해낼 정도로 뭔가를 먹을

수 있을 리가 없으니까요. 애초에 거식증인 사람이 누군가를 죽이기 직전에 식사를 한다는 것 자체가 말이 안 되지 않나요? 게다가 어머니를 죽이기 위해 한 달 전부터 함께 살았다면 좀 더 빨리 실행에 옮기지 않은 것도 이상하고요. 범행일은 아오이의 스무 살 생일이지 않습니까."

"그것도 그렇네요. 스무 살부터는 소년법이 적용되지 않으니 같은 죄를 짓더라도 형이 훨씬 무거워질 텐데."

"어땠나?"

갑자기 들려온 목소리에 고개를 드니 야부사와 계장이 이쪽으로 걸어오고 있었다.

"아오이는 혼자서 어머니를 죽였다고 하는데 아무래도 거짓말 같습니다. 칼을 가지고 있는 걸 보면 범행에 가담했을 가능성은 있습니다만. 아니면 진범에게서 칼을 건네받았을 수도 있고요." 나가미네가 설명했다.

"탐문수사팀에 부탁하고 싶은 게 있습니다."

나츠메가 입을 열자 야부사와가 이쪽을 쳐다보았다.

"뭘?"

"아오이가 사는 빌라 주변에 있는 마트와 주방용품 판매점을 조사해주었으면 합니다. 부엌에서 요리한 흔적이 남아 있었거든요. 하지만 먹는 것에 전혀 관심이 없는 아오이가 무거운 프라이팬을 사용해 직접 오므라이스를 만들었

을 것 같지는 않습니다. 게다가 아오이네 부엌에는 냉장고
도 전기밥솥도 없었으니까요. 새것 같은 전자레인지가 하
나 있던데 그건 아마도 어머니가 함께 살기 시작하면서 마
련한 것이 아닌가 싶습니다. 실제로는 말을 맞추기 위해 범
행 후에 프라이팬과 부엌칼 따위를 구입해서 오므라이스
를 만들었을 가능성이 있습니다. 편의점 도시락을 사 먹거
나 식당에 가서 먹으면 목격담이나 영수증 기록 등을 통
해 범행 전에 먹은 게 아니라는 사실을 들킬 수 있으니까
요."

"그게 사실이라면 공범 혹은 진범이 따로 있다는 말이
군."

나츠메가 고개를 끄덕였다.

"내일부터 피의자의 교우 관계를 알아보도록 해."

"알겠습니다."

나가미네가 지퍼백에서 아오이의 핸드폰을 꺼내 조작했
다.

"사건 당일 오후 4시 47분에 걸려온 전화가 있습니다."
나가미네가 그렇게 말하며 핸드폰 화면을 보여주었다.

화면에 뜬 이름을 확인한 나츠메는 저도 모르게 눈썹을
찌푸렸다.

마에다 유우마라고 쓰여 있었다.

나츠메는 결국 지난밤 잠을 이루지 못했다.

유우마도 아오이도 쿠미코에게 상담 치료를 받고 있었으니 두 사람이 아는 사이라고 해도 딱히 이상할 것은 없었다. 하지만 사건 발생 두세 시간 전에 통화를 했다는 점이 아무래도 마음에 걸렸다.

우연에 불과하다고 생각하려 해도 불길한 예감이 머릿속에서 떠나지 않았다. 어제부터 몇 번이고 유우마와 통화를 시도했지만 연락이 닿지 않았다.

"무슨 일 있으세요?"

조수석에 앉은 나가미네가 물었다.

"아, 아무것도 아닙니다." 나츠메가 대답했다.

"어젯밤부터 좀 이상하신데요."

"정말 아무 일도 없습니다."

"나츠메 형사님은 남의 거짓말은 귀신같이 알아채면서 정작 본인은 거짓말을 잘 못 하시는군요. 마에다 유우마가 형사님 아는 사람인가요?"

"네."

어차피 유우마를 만나면 알게 될 일이었다.

"같은 팀으로서 저도 무슨 사정인지 알아두는 게 좋을 것 같은데요."

나츠메는 자신이 유우마와 어떻게 아는 사이인지 설명했다.

"그렇군요. 그 사건을 저지른 범인의 아들이라…. 상대가 아는 사람이라고 해서 나츠메 형사님의 판단이 흐려질 일은 없겠지만 이번 일과는 관련이 없으면 좋겠네요."

"그럴 겁니다."

나츠메의 대답을 듣고 나가미네가 자신을 뚫어져라 쳐다보는 것이 느껴졌다.

"나츠메 형사님이 그 정도로 단언하시는 건 처음 봅니다."

"유우마는 그때 이후로 오므라이스를 못 먹거든요."

유우마의 어머니는 아들이 좋아하는 오므라이스에 수면제를 넣어 아들이 잠든 사이에 죽이려고 했었다.

오늘은 일요일이었기 때문에 학교가 아니라 유우마가 얹혀살고 있다는 친척 집으로 향했다.

유우마 큰아버지네 집이었다. 쿠미코에게 전해 듣기로는 유우마 또래의 남매가 있는 화목한 가정으로, 유우마한테도 잘해준다고 했다.

초인종을 누르자 문이 살짝 열리고 중년 여성이 얼굴을 내밀었다. 유우마 큰어머니인 듯했다.

"안녕하십니까. 저는 나츠메라고 합니다만, 유우마 안에 있나요?"

나츠메가 묻자 여자가 "없는데요." 하고 대답했다.

"어디 나갔나요?"

"그게 아니라 고등학교 자퇴하고 이 집에서 나갔는데
요."

"네? 이유는요?"

나츠메의 격한 반응에 여자가 의아하다는 표정을 지었
다.

"유우마랑은 어떻게 아는 사이신가요?" 여자가 물었다.

"아, 죄송합니다. 히가시이케부쿠로 경찰서에서 나왔습니
다. 마에다 케이코 씨 사건을 담당했었습니다. 유우마와도
만난 적이 있고요."

"아아, 형사님이시군요."

상대가 경찰임을 안 여자가 도어체인을 풀고 문을 열었
다.

"고등학교를 자퇴하고 이 집에서 나갔다면 지금은 어디
서 무얼 하며 지내나요?" 나츠메가 흥분을 가라앉히고 다
시 물었다.

"저희도 몰라요. 앞으로는 혼자 살아갈 테니 걱정하지
말라는 문자 메시지 하나만 달랑 남기고 사라져버렸거든
요. 가끔 보내오는 문자 메시지를 보면 단기 계약직이나 일

용직을 전전하는 것 같더라고요. 주소 이전은 안 했으니 어디에 새로 집을 구하지는 않은 것 같은데…."

"유우마는 언제 나갔나요?"

"세 달쯤 전에요."

"뭔가 계기가 있었던 걸까요?"

"글쎄요, 갑자기 사라져버려서 저희도 당황했어요. 뭔가 서운한 게 있었나 싶어서. 하지만 아무리 생각해 봐도 짐작 가는 데가 없더라고요. 그런 일을 당한 게 안쓰러워서 잘해주려고 저희 나름대로 많이 노력했거든요. 대학 학비도 다 대주려고 했는데…."

"학교 측에서는 뭐라던가요?"

"저희 딸이 같은 학교에 다니는데 집단 따돌림 같은 건 없었다고 했어요. 친구도 거의 없긴 했지만요. 원래는 활발하고 사교적인 아이였는데 그 일을 겪은 후부터는 사람을 믿지 못하게 된 것 같았어요."

"유우마와 연락이 닿으면 제게 연락 좀 하라고 전해주시겠습니까? 제가 많이 걱정하고 있다고요."

"그럴게요." 여자가 알겠다고 하고 문을 닫았다.

유우마는 큰아버지네 가족들이 자기한테도 잘해준다고 했으면서 왜 이 집에서 나간 것일까.

"일요일이라 학교에는 아무도 없을 테니 일단 경찰서로

돌아갈까요?"

나가미네의 말에 나츠메가 고개를 끄덕였다.

강당에 들어가 곧장 야부사와 계장 자리로 향했다.

"마에다 유우마에게 이야기는 들어 봤나?"

야부사와의 물음에 나가미네와 나츠메가 동시에 고개를 흔들었다.

"3개월 전에 친척 집에서 나가 지금은 단기 파견이나 일용직으로 일하고 있다고 합니다. 주소 이전은 하지 않았다고 하니 직원 숙소나 PC방에서 지내는 것 같습니다."

나가미네가 조사해온 내용을 보고하자 야부사와가 팔짱을 낀 채 끙 하고 앓는 소리를 냈다.

"다른 수사팀 상황은 어떤가요?" 나가미네가 물었다.

"몇 가지 수확이 있었어. 우선 아오이가 사건 당일 저녁에 역 근처 마트에서 프라이팬과 부엌칼, 그리고 오므라이스를 만드는 데 필요한 식재료를 구입한 사실이 확인됐다."

"시간은요?" 나가미네가 흥분해서 몸을 앞으로 내밀었다.

"8시 반 전후."

피해자의 사체가 발견된 직후다.

"아오이는 뭐라고 하던가요?"

"말도 안 되는 소리를 늘어놓더군. 프라이팬을 산 건 맞지만 그걸로 오므라이스를 만든 건 아니라나. 오므라이스는 전자레인지로 만들었고, 재료도 그전에 사놓은 걸 썼다더라고." 야부사와가 코웃음을 쳤다.

"그게 거짓말이라는 증거를 찾아야 할 텐데요."

나가미네가 말하자 야부사와가 "시간문제야." 하고 받아넘겼다. 그러고는 책상 위에 놓인 지퍼백을 들어 보였다.

"차 안에서 피해자 근처에 떨어져 있던 머리카락이다."

나츠메는 지퍼백을 주의 깊게 살펴보았다. 머리카락 일고여덟 가닥 정도가 들어 있었다.

"DNA 감정 결과, 모두 동일인의 것으로 확인되었다."

"아오이 머리카락인가요?" 나가미네가 물었다.

"현재 감정 중이야. 차 안 토사물의 DNA와도 맞춰 보고 있으니 결과가 나오면 차에 있던 사람이 아오이인지 아닌지 확실해지겠지. 이것 말고도 방금 전화로 보고가 들어온 새로운 사실이 하나 더 있어."

"뭔가요?"

"마약 관련해서 실형을 산 전과자들을 조사 중이던 형사 하나가 보고해 온 바에 따르면 피해자는 청소년을 데리고 장사를 했다는군."

"청소년 성매매 말인가요?"

나가미네가 묻자 야부사와가 고개를 끄덕였다.

"실제로 아이를 샀다는 사람은 없지만 피해자에게 넌지시 제안을 받은 적이 있다는 사람은 몇 있는 모양이야. 아오이가 중학생 때부터라더군."

"그러고 보니 '너한테는 이제 기대도 안 하지만 적어도 일은 할 수 있어야지 않겠냐'고 피해자가 아오이를 윽박지르는 걸 옆집 주민이 들었다고 했죠? 그런 몸을 돈 주고 살 남자는 없으니 뭐라도 하라는 의미였는지도 모르겠네요."

나가미네가 동의를 구하듯 나츠메를 쳐다봤지만 나츠메는 선뜻 대답하지 못했다.

그 사실을 인정한다는 것은 곧 유우마가 이번 사건에 관계했을 가능성을 인정한다는 뜻이었기 때문이다.

자신과 마찬가지로 부모에게 학대당하는, 아니 부모 탓에 죽을 위기에 놓여 있는 아오이를 구하기 위해 유우마가 살인을 도왔을 가능성이 컸다.

"그게 사실이라면 아오이가 거식증에 걸린 것도 이해가 되네요. 빼빼 말라서 뼈만 남으면 상품 가치가 떨어질 테니까요. 피해자가 아오이의 거식증을 어떻게든 낫게 하려고 애쓴 이유도 알겠고요."

"두 사람이 피의자에게 직접 확인해 보도록 해."

"알겠습니다." 나가미네가 고개를 끄덕였다.

강당을 나와 나가미네와 함께 조사실로 향했다.

"오늘은 나가미네 형사님께 조사를 부탁드려도 될까요?"

"알겠습니다. 유우마에 대해서도 물어 보도록 하지요. 나츠메 형사님은 듣기 좀 불편하실지도 모르겠네요."

조사실에 들어가 나츠메는 문 옆자리에 앉았다. 조서를 쓸 준비를 하고 아오이 쪽을 바라보았다.

아오이와 눈이 마주친 순간 가슴이 얼어붙는 것 같았다. 나츠메가 지금까지 살아오면서 한 번도 보지 못한, 공허하고 절망적인 눈빛이었다.

"사건 당일 오후 5시쯤 마에다 유우마와 통화했죠? 무슨 이야기를 했나요?" 나가미네가 물었다.

"통화 안 했어요. 전화가 걸려오긴 했지만 바빠서 못 받았거든요."

"유우마와는 무슨 사이였나요?"

"육체관계는 없었어요. 그냥 아는 사이예요." 아오이가 엷은 미소를 띠었다.

"그냥 아는 사이치고는 상당히 자주 연락하는 것 같던데요."

"달리 이야기할 상대가 없어서요."

"유우마에게 어머니를 죽여달라고 부탁한 거 아닌가

요?"

어느 정도 각오는 하고 있었지만 나가미네의 질문이 나츠메의 가슴을 날카롭게 파고들었다. 아오이의 표정을 주시했다.

"그렇게 재밌는 일을 남한테 맡길 리 없잖아요."

진심인지 아닌지 판단하기가 어려웠다.

"아무튼 사건 당일은 통화하지 않았단 말이죠? 그 전날은 이쪽에서 전화를 걸었던데 그날은 통화했나요?"

"네."

"무슨 이야기를 했나요?"

"일이 피곤하다는 둥 뭐 그런 거요."

"유우마는 무슨 일을 하는데요?"

"그날은 냉동 창고에서 일한다고 했어요. 파견 일용직이라 하는 일은 그때그때 다르다고 했어요."

"어디 살고 있는지 알아요?"

"잠은 주로 카마타에 있는 PC방에서 자는 것 같았어요. 일용직을 파견하는 인력사무소가 주위에 모여 있어서 편하다던데요."

"그렇군요."

나가미네가 나츠메를 힐끔 쳐다보고는 곧 다시 아오이 쪽으로 시선을 돌렸다.

"한 가지 더 확인할 게 있는데…, 어머니에게 이상한 일을 강요당한 적이 있지 않나요?"

그 질문을 들은 순간, 아오이의 어깨가 움찔했다.

"이상한 일이라니요?" 아오이가 물었다.

"성매매 말입니다."

"제가 그 정도로 매력적으로 보이시나요?"

"어머니가 '이제 기대도 안 하지만 적어도 일은 할 수 있어야 하지 않겠냐'고 소리 지르는 걸 옆집에서 들었다던데요. 그런 일을 하는 게 싫어서 식사를 거부함으로써 스스로에게서 성적 매력이라는 가치를 없애려고 한 것 아닌가요? 만약 당신이 어머니를 죽인 게 사실이라면 살해 동기는 아마도 이 성매매 강요 때문이겠죠."

아오이가 쿡쿡거리며 웃었다.

"그 사람은 약쟁이에 구제불능이었지만 그런 일을 강요한 적은 한 번도 없어요."

"그럼 왜 죽인 거죠?"

"얘기했잖아요. 짜증 나서 죽였다고."

"뭔가 이상한데요."

강당으로 걸어가며 나가미네가 연신 고개를 갸웃거렸다.

"성매매를 강요당한 적이 없다고 하는 것 말이지요?"

나츠메의 말에 나가미네가 고개를 끄덕였다.

"왜 부정하는 걸까요? 자기가 어머니를 죽였다는 건 인정했잖습니까. 이 상황에서 사실은 어머니가 성매매를 강요했었다고 하면 정상참작 사유가 될 텐데 말이지요."

"그러게요."

"어쨌든 방금 한 이야기로 봤을 때, 유우마는 이번 사건과 관계가 없을 것 같네요. 만약 유우마가 공범이나 진범이라면 지금 어디서 어떻게 지내고 있는지 저렇게 솔직하게 털어놓을 리가 없으니까요." 나가미네가 나츠메를 안심시키려는 듯 미소를 지어 보였다.

6.

기사 제목만 대충 훑어보고 나는 신문을 내려놓았다.

담배에 불을 붙이고 리클라이너 소파를 뒤로 젖혔다. 천장을 향해 연기를 내뿜었다.

3개월 전 큰아버지네 집을 나온 이후로는 계속 이 주변 PC방을 전전하고 있었다.

쿠션이 해지고 스프링이 튀어나온 소파에서 자는 것도, 유통기한이 지난 도시락을 먹는 것도 전혀 아무렇지 않았다.

어차피 아무리 푹신한 이불을 덮고 누워도 누군가가 죽이러 올 것만 같아 금방 눈이 떠졌고, 아무리 맛있는 음식을 먹어도 수면제가 들어있을 것 같다는 생각에 몸이 반사적으로 토해냈다.

나는 시체나 다를 바 없었다.

PC방의 좁은 1인실 안에서 며칠 동안 꼼짝도 안 하고 있으면 마치 관 속에 누운 것처럼 마음이 평온해져 잠시나마 눈을 붙일 수 있었다.

담배를 재떨이에 비벼 끄고 나는 눈을 감았다.

자수한 지 나흘이 지났다. 그녀는 악몽에 시달리는 일

없이 잘 자고 있을까.

그녀를 처음 만난 건 세 달 하고도 보름쯤 전, 심리상담 센터 대기실에서였다.

당시 나는 끝이 보이지 않는 절망에서 헤어나지 못하고 있었다.

첫눈에 그녀가 나와 같은 처지임을 알아보았다. 그녀도 마찬가지인 듯했다.

나는 용기를 내어 그녀에게 말을 걸었다. 얼마 지나지 않아 큰아버지네 집을 나왔지만, 그 후로도 일주일에 한두 번은 그녀와 만났다.

그녀는 만날 때마다 점점 더 야위어갔다. 헤어질 때면 과연 다음에 또 만날 수 있을지 진심으로 걱정이 될 정도였다.

그런 그녀를 보면서 어쩌면 내 마음을 되살릴 수 있는 유일한 존재는 그녀일지도 모르겠다는 생각이 들었다.

그녀도 같은 마음이었을 것이다. 그녀 역시 나만이 자기를 구할 수 있다고 믿었고, 그래서 우리는 약속을 했다.

약속을 지킨다면 그녀는 틀림없이 구원받을 터였다. 하지만 내 경우는 어떨지 확신할 수 없었다.

혼자서 고민하고 있을 때, 조시가야에서 나츠메 형사님과 우연히 다시 만났다. 그 만남을 계기로 내 안의 망설임을 깨끗이 털어낼 수 있었다.

그녀는 나와 약속을 하고부터 미미하게나마 혈색이 좋아졌고, 체중도 아주 조금 늘었다. 체력을 키워야 한다고 생각해서 억지로라도 먹는 것 같았다.

생각보다 훨씬 강한 의지를 보이는 그녀를 보며 솔직히 약간 당황했지만, 다행히 큰 문제 없이 그녀와의 약속을 지킬 수 있었다.

그녀도 틀림없이 나와 한 약속을 지킬 것이라고 믿었다.

나츠메 형사님은 과연 약속을 지켜주실까—

7

이력서 파일을 뒤지던 남자가 손을 멈추고 고개를 들었다.

"아, 여기 있네요. 저희 쪽에 등록된 사람 맞습니다."

"26일에도 나왔었나요?" 나츠메가 물었다.

"잠깐만요, 확인해 보겠습니다."

남자가 다른 파일을 꺼내 뒤적이는 모습을 나츠메는 숨죽인 채 지켜보았다.

그날 이 주변 어딘가에서 밤늦게까지 일했다는 사실이 확인된다면 유우마의 알리바이가 성립할 터였다.

"그날은 안 나왔네요."

"그렇습니까…." 실망해서 몸에 힘이 풀렸다.

"정말로 손이 모자랄 때 아니면 거의 부탁할 일이 없어요. 비실비실해서 힘도 없고 성격도 어둡고 아무튼 정상은 아닌 느낌이라 웬만한 곳에서는 받아주지 않거든요."

"나츠메 형사님, 이만 가시죠."

옆에 있던 나가미네의 말에 나츠메가 고개를 끄덕였다.

"시간 내주셔서 감사합니다." 나츠메는 남자에게 꾸벅 인사하고 자리에서 일어났다.

인력사무소를 나와 저도 모르게 새어 나오는 한숨을 삼키며 걸음을 옮겼다.

아오이에게 유우마 소식을 듣고 어제부터 나가미네와 함께 카마타 주변을 샅샅이 뒤지는 중이었다.

유우마는 방금 들른 곳을 포함해 세 군데 인력사무소에 등록되어 있었지만, 사건 당일에는 그중 어디서도 일하지 않은 것으로 밝혀졌다. 유우마에 대한 평도 다들 비슷비슷했다. 근처 PC방도 돌아보았지만 사건 당시 유우마를 보았다는 사람은 없었다.

"왜 큰아버지네로 돌아가지 않는 걸까요?"

나가미네가 문득 입을 열었다.

"이틀 동안 돌아다니면서 얻은 정보에 따르면 큰아버지네 집을 나온 후 최근 3개월 동안 유우마는 육체적으로도 정신적으로도 매우 힘들었을 것 같은데 말이지요."

나츠메도 동감이라고 말하려는데 갑자기 주머니 속 핸드폰이 진동했다.

"잠시만요."

나츠메는 나가미네에게 양해를 구하고 핸드폰을 꺼내 들었다. 하지만 화면에 뜬 이름을 확인하고 전화를 받아도 될지 잠시 망설였다.

미나요에게서 걸려온 영상통화였다. 근무 중 사적인 통

화는 되도록 삼가는 편이었다.

"안 받으세요?"

"아내 전화라서요." 나츠메가 대답했다.

"괜찮으니 어서 받으세요."

나가미네의 재촉에 통화 버튼을 눌렀다.

"여보!"

스피커폰으로 해놓은 것도 아닌데 귀를 찢는 듯한 미나요의 외침이 주위에 울려 퍼졌다. 나가미네가 놀라서 나츠메의 핸드폰 화면을 함께 들여다보았다.

"에미가, 에미가… 눈을 떴어!"

순간적으로 무슨 말인지 이해가 가지 않아 나가미네를 쳐다보았다. 서둘러 다시 화면으로 시선을 돌리니 에미의 얼굴이 보였다. 눈을 크게 뜨고 이쪽을 바라보며 입을 뻐끔거리고 있었다. 황급히 스피커폰으로 바꿨다.

"아…아, 히…내…."

화면을 뚫어져라 쳐다봤지만 지금 눈앞에 보이는 것이 현실인지 아니면 매일 밤 찾아오는 꿈의 연속인지 분간하기가 어려웠다.

화면 가까이 얼굴을 가져다 대고 에미의 볼 언저리를 손가락으로 천천히 어루만지니 조금씩 이것이 현실이라는 실감이 났다. 그와 동시에 눈앞이 흐려져 에미의 얼굴이

제대로 보이지 않았다.

누군가가 어깨를 세게 치는 바람에 깜짝 놀라 고개를 들었다.

"어서 가 보세요."

얼굴은 잘 보이지 않았지만 나가미네의 목소리였다.

"하지만…."

"지금 안 가면 언제 가시려고요. 단, 저녁 수사회의 때까지는 돌아오셔야 합니다."

"감사합니다." 나츠메는 손으로 눈가를 닦고 역을 향해 내달렸다.

병원 앞에 택시가 멈추기가 무섭게 나츠메는 거스름돈도 챙기지 않고 서둘러 차에서 내려 병원으로 뛰어들어갔다.

엘리베이터를 기다리는 시간조차 아까워 에미의 병실이 있는 3층까지 계단을 뛰어올라갔다.

병실 앞에 도착해 문손잡이를 잡은 순간, 갑자기 이대로 문을 여는 것이 두려워져 몸이 굳어버렸다.

어쩌면 긴 꿈을 꾸고 있는 것이 아닐까.

이 문을 열면 에미가 혼수상태로 누워있는 현실로 다시 돌아가게 될 것만 같아 불안했다.

나츠메는 크게 한 번 숨을 내쉬고 문을 똑똑 두드렸다.

"네."

미나요의 목소리가 들렸다.

"나야."

"들어와."

"당신이 문 좀 열어줘. 내가 문을 열면 꿈에서 깨버릴 것 같아. 이런 꿈을 지금까지 수백 번도 넘게 꿨으니까."

"무서워하지 말고 어서 문 열고 들어와. 항상 그래왔잖아."

나츠메는 천천히 문을 열었다. 침대 앞에 의사와 간호사가 서 있었다. 안쪽에 서서 이쪽을 쳐다보는 미나요와 시선이 마주쳤다. 눈이 새빨갛게 충혈되어 있었다.

한 발 한 발 천천히 침대 쪽으로 다가갔다. 입술을 꽉 깨물고 금방이라도 터져 나올 것만 같은 울음을 가까스로 참았다.

언젠가 에미가 눈을 뜬다면 반드시 웃는 얼굴로 맞이하겠노라고 다짐했었다.

하지만 침대에 누워 나츠메를 바라보는 에미와 눈이 마주친 순간, 가슴 속 깊은 곳에서 뜨거운 감정이 치밀어 올라 더는 눈물을 참을 수가 없었다.

앞이 잘 보이지 않아 반사적으로 에미의 손을 잡았다. 따뜻한 손이 나츠메의 손을 마주 잡았다.

"아빠야…"

나츠메는 눈물을 훔치며 에미를 똑바로 바라보았다.

"아…아, 히…내…."

에미가 이쪽을 쳐다보며 필사적으로 입술을 움직이고 있었다.

아빠, 힘내—

그렇게 말하고 있는 듯했다.

"그래."

나츠메는 에미에게 고개를 끄덕여 보이고는 미나요 쪽으로 몸을 돌렸다.

"다시 가 봐야 해."

나츠메가 결연한 표정으로 입을 열자 미나요가 미소를 지으며 고개를 끄덕였다.

"에미랑 기다리고 있을게. 다녀와."

에미의 머리를 부드럽게 쓰다듬고 의사와 간호사에게 "잘 부탁드립니다." 하고 인사한 후, 나츠메는 병실을 나섰다.

1층에서 택시를 부르려고 하는데 핸드폰이 진동했다.

화면에 뜬 '마에다 유우마'라는 이름을 보고 나츠메는 황급히 통화 버튼을 눌렀다.

"여보세요, 유우마?"

"네, 형사님. 저예요. 큰엄마한테 문자 메시지를 받았는데 저를 찾고 계시다고요?"

"오카자키 아오이 알지?" 나츠메가 물었다.

"네."

"그녀가 자수한 사건도?"

"네, 신문에 난 걸 보고 깜짝 놀랐어요. 혹시 그 사건 관련해서 경찰에서 저를 의심하는 건가요?"

"그런 건 아니야. 다만 오카자키 아오이에 대해 몇 가지 물어보고 싶은 게 있어서."

"그래서 경찰서로 오라고요?"

"특별히 너를 의심해서가 아니라 그저 형식적인 절차일 뿐이야."

"알겠어요. 단, 경찰서로 가기 전에 나츠메 형사님이랑 둘이 만나서 따로 얘기하고 싶은 게 있는데요."

"어머니 일 말이니?"

"네. 나츠메 형사님은 지금 어디세요?"

"이타바시에 있어."

"혹시 따님 병원인가요?"

"그래."

"제가 그리로 갈게요. 전에 만났던 공원에서 볼까요?"

"그래, 거기서 보자." 나츠메는 전화를 끊었다.

8

공원에 들어서자 안쪽 벤치에 앉은 나츠메 형사님의 모습이 보였다.

전에 만났을 때와 같은 장소였다.

천천히 그쪽으로 걸어가자 나를 알아보았는지 나츠메 형사님이 자리에서 일어났다.

거리가 좁혀질수록 형사님 표정이 조금씩 일그러지는 것이 느껴졌다. 눈앞에서 걸음을 멈추자 넋이 나간 듯한 표정으로 내 얼굴을 뚫어지게 쳐다보았다.

"캔커피 마실래?" 나츠메 형사님이 애써 표정을 수습하고 캔커피를 내밀었다.

나는 커피를 받아 들고 벤치에 앉았다.

"무슨 일이 있었던 거야?" 형사님이 내 옆에 앉으며 물었다.

어느 쪽을 두고 묻는 걸까.

오므라이스 사건 이후 1년 반 만에 20kg 가까이 빠진 체중? 아니면 얼굴 여기저기에 난 멍 자국과 긁힌 상처들?

"네, 뭐…"

어느 쪽인지 알 수 없어 대답을 얼버무렸다.

"춥지?"

그렇게 말하는 나츠메 형사님의 시선을 따라가 보니 내 손을 쳐다보고 있었다. 따뜻한 캔커피를 쥐고 있는데도 손이 부들부들 떨렸다.

"오늘은 좀 쌀쌀하네. 어디 카페라도 들어가서 얘기할까?"

나는 고개를 저었다.

"여기가 좋아요. 둘이서만 얘기하고 싶으니까."

"그래? 그런데 큰아버지네 집에서는 왜 나온 거니? 뭔가 마음에 안 드는 일이라도 있었어?"

"그런 건 아니에요."

"그럼 왜?"

캔을 따려고 했지만 힘이 들어가지 않았다. 옆에서 보다 못한 형사님이 내가 들고 있던 캔커피를 가져가더니 열어서 다시 돌려줬다.

"여기 이렇게 앉아 있으니 옛날 생각 나네요."

겨우 1년 반 전인데도 아주 먼 옛날 일처럼 느껴졌다.

나츠메 형사님은 그때 일을 기억하고 계실까.

"따님 상태는 어떤가요?" 나는 바로 옆에 있는 커다란 병원 건물을 올려다보았다.

"오늘 의식이 돌아왔어."

그 말을 듣고 나도 모르게 캔커피를 땅에 떨어뜨렸다.

"와…, 잘됐네요."

"새걸로 다시 사올게."

자리에서 일어나려고 하는 형사님 팔을 붙잡았다.

"됐어요. 어차피 마셔도 금방 토하니까. 그보다 한 달 전에 저랑 한 약속, 기억하세요?"

나츠메 형사님이 고개를 끄덕였다.

"여기서 다시 한번 말씀해주실래요?"

"설령 네 어머니가 받아들이기 힘든 말이라 할지라도 유우마 너의 진심을 그대로 전해줄 것."

"지켜주실 거죠?"

"그래. 전하고 싶은 말은 정했니? 좀 더 시간이 필요하다면…"

나는 고개를 저었다.

"이제 충분해요. 아오이네 엄마를 죽이는 데 성공했으니까."

그렇게 말한 순간, 이쪽을 보고 있던 나츠메 형사님의 두 눈이 휘둥그레졌다.

한동안 입이 떨어지지 않는 듯 그저 나를 뚫어지게 쳐다보기만 했다. 눈빛이 어지럽게 흔들렸다.

"저랑 아오이가 죽였어요."

나는 주머니에서 핸드폰을 꺼냈다. 내 핸드폰은 아니었다.

나츠메 형사님은 그 자리에 얼어붙은 듯 가만히 앉아서 핸드폰 쪽으로는 눈길도 주지 않았다.

"그 아줌마가 마지막으로 통화한 번호가 이거예요."

형사님이 그제야 내가 들고 있는 핸드폰 쪽으로 고개를 돌렸다.

"그 아줌마는 경찰에 붙잡혔을 때를 대비해서 마약 밀매상 전화번호를 아무 데도 적어놓지 않고 아오이에게 기억하게 했어요. 딸을 퍽이나 믿었는지 출소 후 아오이가 알려준 번호가 예전과 달라진 줄도 모르고 이리로 전화를 걸어 오더군요."

아오이네 엄마는 출소 후 아오이와 만나자마자 마약 밀매상 번호부터 내놓으라고 난리를 피웠지만 아오이는 스무 살이 될 때까지 입을 열지 않고 버텼다.

"너희 둘이 대포폰을 준비했다고?"

믿기지 않는다는 표정으로 묻는 형사님에게 나는 고개를 끄덕였다.

"예전 마약 밀매상에게서 고객 데이터가 든 핸드폰을 넘겨받아 장사를 하고 있다고 했더니 믿던데요? 렌터카를 빌려서 타카다노바바역 앞으로 오라고 했죠. 그 아줌마, 저를 보더니 '너 진짜 완전 약쟁이구나?' 하더라고요. 전혀 의심하지 않고."

"설마, 그럴 리가…." 나츠메 형사님이 입술을 부들부들 떨며 중얼거렸다.

"진짜라니까요. 공터로 이동해서 차를 세우게 하고 죽지 않을 정도로 찌른 다음에 근처에 숨어있던 아오이를 불러서 둘이서 같이 그 아줌마 숨통을 끊었어요."

"대체 왜 그런 짓을…?" 형사님이 쥐어짜는 듯한 목소리로 물었다.

"사람을 죽여보고 싶었거든요."

살기 위해서요—

"거짓말이지? 사실은 아오이를 구하려고 한 일이잖아." 나츠메 형사님이 어느 정도 냉정을 되찾은 듯 침착한 목소리로 말했다.

"제가 왜 그 여자를 구해요."

"아오이는 중학생 때부터 친엄마에게 성매매를 강요당했어. 그래서 거식증에 걸리고 부모 때문에 죽을 위기에 처했지. 유우마 넌 과거의 너와 비슷한 처지에 놓인 그녀를 구하고 싶었을 테고. 하지만 아무리 아오이를 구하기 위해서라고는 해도 사람을 죽인다는 게 쉽지는 않았겠지. 그래서 그날 밤 넌 입에 대기도 싫은 오므라이스를 억지로 먹

음으로써 과거 네 어머니에게 느낀 증오심을 되살리려고
한 거야. 소중한 사람을 구하고자 하는 일념하에. 그렇지?"

아오이와의 만남을 거듭하면서 그녀가 자신을 그렇게까
지 몰아가는 이유를 알게 되었다. 아오이네 어머니는 딸을
폭력으로 지배했고, 아오이 마음속에 지워지지 않는 공포
를 새겨 넣었다. 어머니에 대한 뿌리 깊은 두려움 때문에
아오이는 바로 옆에 어머니가 누워서 자고 있어도 죽일 수
가 없었다.

아오이는 중학생 때부터 어머니가 약 할 돈을 벌기 위해
남자들을 상대해야 했다. 먹지 않는 것, 앙상하게 말라가
는 것 외에 아오이가 어머니에게 저항할 방법은 없었다.

어머니가 감옥에 들어간 후에도 공포심은 사그라들지
않았고, 출소일이 다가올수록 아오이는 점점 더 야위어갔
다.

그런 그녀를 보면서 아오이야말로 내 마음을 되살릴 수
있는 유일한 존재라고 확신하게 되었다.

나는 내 과거를 그녀에게 털어놓고, 앞으로 둘이 함께
살아남을 방법을 찾아보자고 제안했다.

둘이서 이런저런 이야기를 나누다가 한 가지 좋은 방법
이 떠올랐다.

"제가 여자를 소중하게 생각할 리 없잖아요. 이용 가치

가 있어서 협력한 것뿐이에요."

"이용 가치?"

그제야 형사님도 뭔가 눈치챈 것 같았다.

"네. 아오이의 소원을 들어주는 건 그리 어렵지 않았지만, 제 소원을 이루기 위해서는 해결해야 할 문제가 있었으니까요. 그러던 와중에 길거리에서 우연히 형사님을 다시 만나 결심하게 되었죠."

나츠메 형사님은 잠자코 내 말을 들으며 무언가를 떠올리려 하는 듯했다.

"그때 형사님이 약속해주신 덕분에 아오이뿐만 아니라 저도 이걸로 구원받을 수 있겠다는 확신이 들었거든요. 그래서 아오이랑 서로 돕기로 한 거예요."

9

지금까지 이상하다고 느낀 많은 것들이 유우마의 말을 듣고 나니 비로소 이해가 되었다.

어째서 아오이가 스무 살이 될 때까지 기다렸다가 어머니를 살해한 것인지.

어머니에게 성매매를 강요당했다는 사실을 솔직하게 털어놓기만 하면 재판에서 정상참작 사유로 인정되어 감옥에 들어가지 않고 집행유예를 받을 수도 있는데 왜 사실대로 말하지 않은 것인지.

어차피 어머니를 살해한 뒤 바로 자수할 생각이었다면 어째서 자택에서 죽이지 않고 일부러 조시가야까지 가서 죽였는지.

설령 엄마가 받아들이기 힘든 말이라 하더라도 제 진심을 그대로 전해주셨으면 해요—

유우마가 나츠메에게 그런 부탁을 했던 이유도 대충 짐작이 갔지만 인정하고 싶지 않았다.

나츠메는 눈을 감고 입술을 꽉 깨물었다.

다시 눈을 뜨고 유우마를 보았을 때 눈시울이 젖어 들 뻔했지만 가까스로 참았다.

"아오이를 의료교도소로 보내기 위해서였구나." 나츠메
가 말했다.

유우마가 고개를 끄덕이는 것을 보고 암담한 기분이 들
었다.

"제가 아오이네 엄마를 죽이는 걸 돕는 대신 아오이는
그 여자의 마음을 죽여주기로 했어요. 아오이 같은 상태라
면 일반 교도소가 아니라 의료교도소에 들어가게 될 테니
까요."

스무 살이 되기 전에 범죄를 저지를 경우에는 의료교도
소가 아닌 의료소년원에 들어갈 가능성이 컸다.

"아오이가 그 여자한테 당신 때문에 내가 사람을 죽인
거라고 전해주기로 했어요. 마음이 죽어버린 나는 당신이
죽은 후에도 계속해서 사람을 죽일 거라고. 언젠가 반드시
그 여자를 죽여버리겠다는 생각만이 제 유일한 삶의 이유
였어요. 하지만 형사님이 전해주신 소식을 듣고 그 바람은
영원히 이루지 못하게 되었다는 사실을 깨달았죠."

유우마의 이야기를 들으며 나츠메는 절망의 나락으로
굴러떨어지는 듯한 기분이 들었지만 한시도 유우마에게서
시선을 떼지 않았다.

"그 여자를 죽이기 위해 제가 직접 면회를 가더라도 소
원을 이루는 건 불가능할 테니까요. 의료교도소라고는 해

도 어쨌든 교도소니까 면회 전에는 소지품 검사도 할 거고, 감시도 붙을 거고. 결국 제가 할 수 있는 일은 그 여자가 바라는 앞으로의 제 행복을 스스로 망가뜨리는 것뿐이었어요."

"그때 그 약속은 그런 의미였던 거니?"

유우마가 고개를 끄덕였다.

여성 수감자가 들어가는 의료교도소는 마에다 케이코가 수감 중인 하치오지 외에 오사카에도 있었다. 유우마는 아오이가 케이코와는 다른 의료교도소에 수감될 경우에 대비해 나츠메에게 그런 부탁을 한 것이었다.

"나츠메 형사님, 약속 지켜주실 거죠?"

유우마가 물었지만 나츠메는 대답을 할 수가 없었다.

"그때 우연히 형사님을 만난 덕분에 결심을 할 수 있었어요."

"그게 무슨?"

"아오이랑 약속하기는 했지만 역시 좀 망설여졌거든요. 그렇잖아요, 사람을 죽인다는 게. 그래서 그날 제 안의 두려움을 떨쳐버리기 위해 조시가야에 갔었어요. 제가 죽을 뻔한 그 아파트는 헐고 그 자리에 주차장을 만들었더라고요. 그 자리에 서서도 마음을 정하지 못했는데 돌아오는 길에 나츠메 형사님을 만난 거예요."

유우마의 말을 들으며 나츠메는 그때 일을 떠올렸다.

"예전에 이 공원 벤치에 앉아 저한테 넌 혼자가 아니니까 힘내라고 격려해주셨잖아요. 하지만 그 사건 이후 전늘 혼자였어요. 형사님도 저를 제대로 봐주지 않으셨죠. 그날 조시가야에서 만났을 때, 저는 사건 당시보다 15kg 이상 살이 빠진 상태였어요. 그런데도 형사님은 전혀 눈치도 못 채고 아무렇지 않게 인사만 하고 지나가려고 하셨죠."

나츠메는 어금니를 꽉 깨물었다. 뼈저린 후회가 마음속 깊이 사무쳤다.

"아오이를 따라서 바로 자수해도 상관은 없었지만 그 전에 형사님께 지금 제가 느끼는 이 절망감을 보여드리고 싶었어요. 요 며칠 제 주변을 조사해 보셨죠? 빛이 단 한 줄기라도 느껴지시던가요? 힘을 낸다는 건 애초에 자신을 지켜봐주는 누군가가 있는 사람에게나 가능한 일이라고요."

무언가 말을 하고 싶었지만 무슨 말을 하면 좋을지 알수가 없었다.

"뭐 이런 놈이 있나 싶으시죠?"

유우마가 물었지만 입이 열리지 않았다.

"짐승만도 못한 놈, 아니, 전 그냥 죽은 사람이나 다를바 없어요. 빈껍데기인 상태로 숨만 쉬고 있는 거죠. 형사님 따님처럼요."

그 말을 듣고 가만히 있을 수가 없었다.

"에미는 죽지 않았어. 유우마 너도 그렇고."

단호하게 반박했지만 유우마는 "과연 그럴까요?" 하며 속을 알 수 없는 공허한 미소를 지었다.

"형사님은 피해자가 아니니까 그렇게 말할 수 있는 거겠죠. 그런 경험을 하면 마음이 죽어버려요. 뭘 입에 넣기만 하면 바로 다 토해버리고, 자는 사이에 누가 날 죽일까 봐 금방 눈이 떠진다고요. 형사님도 언젠가 깨닫게 될 거예요. 따님은 앞으로 수없이 많은 난관에 부딪히고 부당한 차별에 괴로워하게 되겠죠. 그 고통은 본인밖에 몰라요."

나츠메는 에미의 앞날에 대해 생각해 보았다.

의식이 돌아왔다고 마냥 기뻐만 해도 되는 것일까.

에미 앞에는, 그리고 나츠메와 미나요 앞에도 냉혹한 현실이 기다리고 있을 것임이 분명했다.

하지만….

"사람을 미워하고 사람을 죽이지 않고는 살 수 없는, 마음을 잃어버린 인간도 있어요. 저처럼요."

정말 그럴까. 정말로 지금 눈앞에 있는 유우마는 마음을 잃어버린 것일까.

가로등 불빛을 반사해 하얗게 빛나는 유우마의 머리카

락이 눈에 들어온 순간, 어떤 장면이 뇌리를 스치고 지나
갔다.

"전 앞으로도 사람을 죽일 거예요. 그 여자한테 그렇게
전해주세요. 당신이 내 마음을 죽여서 이렇게 되어버렸다
고."

"정말로 네가 마음을 잃어버렸다고 생각하니?" 나츠메
가 입을 열었다.

야부사와가 보여주었던 머리카락 몇 가닥이 머릿속에
떠올랐다.

"당연하죠. 그렇지 않고서야 이렇게 잔인하고 교활한 짓
을 할 리가 없잖아요."

"유우마 네가 어머니를 증오하는 건 맞지만, 내가 보기
에 마음을 완전히 잃어버린 건 아닌 것 같은데." 나츠메는
확신에 찬 목소리로 말했다.

"형사님은 여전히 사람이 좋으시네요. 아들을 죽이려고
한 여자한테까지 마음을 쓸 정도니 어련하시겠어요. 그 여
자도 꽤나 쓰레기 같은 인간이었지만 저도 만만치 않아요.
아니, 제 쪽이 더할지도 모르겠네요. 전 이제 사람을 죽이
는 게 아무렇지도 않아요. 형기를 마치고 출소하면 또 누
군가를 죽일 거예요."

"살해 현장인 차 안에서 아오이 것으로 추정되는 머리카

락 몇 가닥이 발견되었어."

"그게 뭐요." 갑자기 무슨 소리냐는 듯 유우마가 어리둥절한 표정을 지었다.

"현장에 떨어져 있던 일고여덟 가닥이 전부 흰머리였지. 아오이가 나이에 비해 흰머리가 많은 건 사실이지만 그래도 4분의 3은 검은 머리인데 흰머리만 떨어져 있었다는 게 이상하지 않니? 생각할 수 있는 답은 하나뿐이야. 검은 머리를 뽑는 건 불쌍하다고 느낀 네가 사전에 아오이에게서 흰머리만 뽑아 범행 후 차 안에 떨어뜨린 거지."

처음으로 유우마가 시선을 피했다.

"범행 당시 아오이는 차 안에 없었어. 하지만 이 계획을 확실하게 성공시키기 위해서는 둘이 함께 죽였다고 할 필요가 있었겠지. 물론 아오이가 유우마 네게 엄마를 죽여달라고 부탁한 것도 범죄이긴 하지만 실형이 나오려면 같이 죽였다고 하는 편이 더 확실할 테니까. 아까 네가 말한 것처럼 우선 상대가 죽지 않을 정도로만 만들어 놓고 마지막에 둘이 함께 숨통을 끊는 방법도 가능했을 거고. 아마도 아오이는 그러길 원했을 것 같은데."

유우마는 이쪽을 보려고 하지 않았다.

"아오이는 어머니와 함께 살게 되면서부터 아주 조금이지만 체중이 늘었다고 하더구나. 두렵고 싫은 상대와 같이 살면서 체중이 늘었다는 게 영 이상했는데 이제야 알겠다. 아오이는 네 도움을 받기는 하더라도 마지막은 자기 손으로 어머니를 죽이고 싶었을 테고, 그래서 체력을 기르기 위해 억지로라도 먹으려고 했던 거겠지."

"정말로 둘이 같이 죽였다니까요!" 유우마가 다시 나츠메 쪽을 쳐다보며 항변했다.

"아오이는 경찰서에서 어머니의 시신을 확인할 때 어디에 어떤 상처가 났는지 주의 깊게 살펴봤어. 자기가 죽였다면 그럴 필요는 없었겠지. 유우마 넌 사람을 죽였지만 다른 사람, 그러니까 아오이에게는 사람을 죽이게 하고 싶지 않았던 거야. 단지 이용 가치가 있어서 아오이와 함께 있었던 게 아니라는 거지. 너에게도 마음이 남아 있으니까, 아오이를 소중하게 생각하니까 함께하고 싶었던 거 아니니?"

유우마의 눈동자가 크게 흔들렸다. 아오이에 대한 감정을 필사적으로 억누르려고 하는 것이 느껴졌다.

"아오이가 네 어머니에게 네 말을 전한다고 하더라도 너도 그녀도 구원받지 못해. 오히려 마음의 상처만 더 커지겠지. 네가 소중하게 생각하는 사람이 그렇게 되길 바라는 거니?"

잠자코 이쪽을 노려만 보던 유우마의 눈에서 한 줄기 눈물이 흘러내렸다.

유우마는 자신이 울고 있다는 사실을 깨닫고 당황해하며 황급히 소매로 눈물을 닦았다.

"웃기는 소리 하지 마세요! 그럼 제가 느끼는 이 원통함은, 그 여자에 대한 증오와 분노는 대체 어떻게 하란 말이에요!" 유우마가 절규했다.

"내가 전해주마."

나츠메가 단호하게 말하자 유우마가 놀란 눈으로 나츠메를 쳐다보았다.

"너랑 약속했으니까."

복도를 걸어가던 교도관이 걸음을 멈추고 병실 문을 열었다.

"제일 안쪽 침대입니다."

교도관의 말을 듣고 나츠메는 문 앞에 서서 안쪽을 바라보았다.

마에다 케이코가 침대에 앉아 창밖을 내다보고 있었다.

"입회는 안 하시나요?" 나츠메가 물었다.

"이 병동 환자들은 도주할 우려가 없어서 괜찮습니다."

교도관이 떠나자 나츠메는 숨을 한 번 크게 쉬고 병실 안으로 들어갔다. 제일 안쪽 침대로 다가가니 인기척을 느겼는지 케이코가 이쪽을 돌아보았다.

케이코와 눈이 마주친 순간, 가슴이 철렁 내려앉았다.

병세가 급속히 나빠졌는지 1년 반 전에 만났을 때와는 전혀 다른 사람 같아 보였다.

"일부러 여기까지 와주셔서 감사합니다." 통증이 심한지 얼굴을 찡그리면서 케이코가 고개를 천천히 숙였다.

"아닙니다."

나츠메는 벽에 세워져 있던 접이식 의자를 가져와 앉았다.

"형사님께서 이렇게 찾아와주실 거라고는 생각도 못했네요."

"오늘은 말씀드릴 게 있어서 찾아왔습니다. 그리 좋은 이야기는 아닙니다."

나츠메가 용건을 밝히자 케이코가 마음의 준비를 하듯 입술을 꾹 다물었다.

"유우마가 살인 혐의로 경찰에 체포됐습니다."

그 말을 듣고 케이코의 눈이 휘둥그레졌다.

나츠메는 유우마와 약속한 대로 사건의 대략적인 내용뿐만 아니라 유우마가 케이코에게 어떤 감정을 품고 있는지, 어떤 마음으로 살고 있는지도 자세하게 다 전했다.

케이코는 온몸의 떨림을 어떻게든 가라앉혀 보려고 이

불 밖으로 나온 손을 꽉 움켜쥐고 나츠메의 말에 귀를 기울였다.

"저 때문에 유우마가 사람을 죽였다는 말이네요…."

케이코가 중얼거렸다. 나츠메는 적당한 대답이 떠오르지 않아 잠자코 있었다.

병실에 처음 들어왔을 때보다 케이코가 훨씬 더 작아진 듯한 느낌이 들었다.

"형이 얼마나 나올까요?" 케이코가 물었다.

"저도 모르겠습니다. 제가 케이코 씨를 만나 유우마의 말을 전하겠다고 하니 아오이도 어렸을 때부터 친어머니에게 당한 일을 털어놓기 시작했거든요. 살인이라는 돌이킬 수 없는 중죄를 저지르기는 했지만 유우마에게도 정상참작의 여지는 있습니다. 하지만 그래도 아마 몇 년은…."

"저와는 두 번 다시 못 만나겠지요?"

나츠메는 아무 말도 할 수 없었다.

"애초에 만날 수 있을 거라고 여긴 제가 어리석었죠. 제가 유우마에게 속죄할 길은 눈감는 그날까지 그 아이의 행복을 빌어주는 것뿐이라고 생각했는데 설마 그것 때문에 사람을 죽이게 될 줄이야…. 그 정도로 제가 미웠다는 말이겠죠." 케이코가 긴 한숨을 내쉬며 탄식했다.

"유우마가 아오이의 어머니를 죽인 건 케이코 씨에 대한

증오 때문만은 아니라고 생각합니다. 다만…" 나츠메는 말
끝을 흐렸다.

"그 아이는 앞으로도 계속해서 범죄를 저지를 생각인
걸까요? 제게 복수하기 위해서?"

"그건 저도 잘 모르겠습니다. 말씀드리기 조심스럽지만
유우마는 제게 이렇게 말했습니다. 자기 엄마는 쓰레기 같
은 인간이고 자기도 만만치 않다고요. 과거 그 사건으로
케이코 씨를 조사하면서 죄송하지만 저 역시 그렇게 생각
했었습니다."

"아니에요, 사실이 그런걸요. 그때의 저는 말 그대로 인
간쓰레기였으니까요. 나츠메 형사님이 제 안에 똬리를 틀
고 있는 추한 감정을 파헤쳐 주지 않으셨다면 아마 계속
그랬을지도 몰라요. 겉으로는 멀쩡한 사람인 척하면서…"

"사람은 저마다 마음속에 증오나 욕망, 분노, 잔인함 같
은 감정을 품고 있다고 생각합니다. 평소에는 잘 모르고
지내지만 어떤 계기로 그것이 겉으로 터져 나와 점점 증식
하다가 이성으로는 제어할 수 없는 지경에 이르게 되는 거
죠. 케이코 씨나 유우마가 그랬듯이요. 그런 어두운 감정
은 사람이라면 누구에게나, 제 마음속에도 있습니다."

"형사님도 그런 감정을 느끼신다고요?" 케이코가 믿을
수 없다는 표정을 지었다.

"네."

나츠메 역시 과거 격렬한 증오에 사로잡힌 시기가 있었다.

"하지만 사람은 동시에 그런 추한 감정을 없앨 힘도 가지고 있다고 믿습니다. 누구든지요."

"어떻게 하면 그런 감정을 없앨 수 있죠?" 케이코가 매달리는 듯한 눈빛으로 물었다.

"글쎄요…."

나츠메는 케이코의 절박한 물음에 어떻게든 대답해주고 싶었다.

에미 일을 돌이켜 생각해 보니 답이 보이는 듯했다.

사람—이 아닐까.

끝이 보이지 않는 절망의 구렁텅이에 빠져 있을 때, 나츠메 옆에는 미나요가 있었다. 힘들고 괴로운 시간이었지만 둘이 함께였기에 앞을 보고 살아가자는 각오와 희망을 주고받을 수 있었다.

나츠메 주위에는 언제나 나츠메를 생각해주는 친구와 동료가 있었고, 어떠한 난관에 부딪히더라도 최선을 다해 살고자 노력하는 에미가 있었다.

이들의 존재가 나츠메 안에서 꿈틀대는 증오를 조금씩 가라앉히고 앞을 향해 나아갈 수 있는 용기를 주었다.

"사람, 아닐까요?"

나츠메가 입을 열자 가만히 이쪽을 바라보고 있던 케이코가 의미를 이해했다는 듯 천천히 눈을 감고 고개를 끄덕였다.

"…유우마도 그런 사람을 만나게 될까요?"

다시 눈을 뜨고 불안한 얼굴로 묻는 케이코에게 나츠메는 고개를 끄덕여 보였다.

"오늘 제가 여기 온 가장 큰 이유는 유우마와 한 약속을 지키기 위해서지만 동시에 케이코 씨와 또 다른 약속을 하기 위해서이기도 합니다."

"저랑 약속을요?" 케이코가 살짝 고개를 갸웃거렸다.

"얼마나 시간이 걸릴지는 모르겠지만 유우마가 잃어버릴 뻔한 마음을 완전히 되찾을 때까지 제가 옆에서 지켜보겠습니다."

에미에 대해서도 마찬가지였다.

설령 앞으로 어떤 일이 생긴다 하더라도 에미가 이 세상에 태어나 살아가는 것이 행복하다고 느낄 수 있게 될 때까지 옆에서 함께할 생각이었다.

옮긴이 남소현

연세대학교와 이화여자대학교 통역번역대학원에서 공부하였고, 일본 문학 번역가로 활동하고 있다.

초판 2021년 7월 10일 1쇄
저자 야쿠마루 가쿠
옮긴이 남소현
ISBN 979-11-90157-33-9　03830

출판사 도서출판 북플라자
주소 서울특별시 동대문구 장안동 301-1 삼아빌딩 3층
홈페이지 www.bookplaza.co.kr

영화 판권, 오탈자 제보 등 기타 문의사항은 book.plaza@hanmail.net으로 보내주세요. 잘못된 책은 구입하신 서점에서 교환해 드립니다.